JN219385

アムレトー・ヴェスパ【著】

鳥居英晴【訳・解説】

関東軍特務機関員だった イタリア人の手記

柘植書房新社

関東軍特務機関員だったイタリア人の手記◆目次

序言

H・J・ティンパーレイ

本書にはしがきを書くように依頼を受けたので、私は著者のアムレトー・ヴェスパ氏について簡単に説明するとともに、本書の出版にかかわる事情も簡単に説明しようと思う。

私がヴェスパ氏と初めて上海で出会ったのは一九三六年秋で、彼は私に会いに来た。彼の妻ら家族が上海にいる彼に会うため、大連から船で向かう途中、青島で日本当局に拘束されたことを公表することについて助けを求めて来たのであった。私は仲間である地元の新聞の担当者あてにメモを書き、それをヴェスパ氏に渡した。その後間もなく、彼は私の視界から消えてしまった。

一九三七年末も近くなったころ、ヴェスパ氏は再び私に会いに来た。彼は、満州で日本の秘密機関に雇われたときの経験について本を書いたので、それを出版することについて助言が欲しいと言った。そのことについてなぜ私のところに来たのか尋ねた。彼は次のように答えた。「なぜなら、あなたはこのようなことについて知っているし、日本人と問題を起こしているからです(原注)。それにあなたは私のことを密告することはないと確信しているからです。もしこの本を書いたことを日本人が知ったら、彼らは私を即座に殺してしまうでしょう。もう書き上げたので、家族を上海から脱出させるべく、出来るだけ早く出版する手はずを整えたいのです」。

原注：一九三七年十二月、マンチェスター・ガーディアンへ送る通信についての検閲権について抗議したことで、私は日本当局といざこざを起こしていた。

私は検討してみようと約束したが、真剣に言ったわけではなかった。なぜなら、私自身が本を書いていたので、ヴェスパ氏の原稿を読む暇はないことはわかっていたからである。

翌日か翌々日、彼は原稿を持って来た。私はそれを批評精神のあるジャーナリスト仲間に渡して、率直な感想を聞かせてくれるよう頼んだ。驚いたことに、返って来たのは最上級の絶賛であった。しかし、私はまだ満足せず、もう一人に試してみることにした。私は外国政府の役人で信頼できる友人に事情を説明した。彼はヴェスパ氏が述べていることが真実であるかどうかを調べるのに、このうえなくよい環境にいた。原稿を通読し、注意深く調査してから後、その人物は、明確にする必要があると思われるいくつかの点について著者に尋ねたいので、彼と会えるかどうか私に尋ねた。面会の手はずがつき、何度も長時間話し合った後、彼はヴェスパ氏が真実を語っていると確信した。

彼は次のように書いた。「記述されている暴力のほとんどは調査を通じてよく知っているが、新しい隷属民を支配する日本陸軍の方法の特質として明らかにされている冷笑、汚職、悪行、残忍性の激しさを読んだことは、私にとって精神的に衝撃的な経験であった。西洋文明の守護者だと公言するヒトラーとムッソリーニに対する辛辣な叱責である。私は彼らでさえ、もしこの本を読んだら、彼らが擁護しているものに恐れを抱くであろうと信じる」。

「『彼らはわれわれのやったこと以上のことはしていない』と説く英国の生粋の保守主義者に対しては、それは明瞭な他山の石となるであろう。またハト派の孤立主義者にとっては、それは日本の侵略が隷属国民にとって意味する法と秩序や繁栄という彼らの観念に対する強力な解毒剤のはずである」。

「これは私がこれまでに読んだ中で、一階級、一国民に対する最も有力な告発状である。それは、実際には『少数が多数を支配し、二、三千人の者を楽にさせるために数億人の人々が暗黒の中で働き、集団が集団に無理強いし、人類の大部分が人為的な利益の手段を維持するため汚物と飢餓の中で生活しなければならない組織的な不正義の全制度』に対する告発状である」。

第三の意見を求めたいと思って、私は友人で『中国の赤い星』の著者エドガー・スノーに原稿を読んでくれるよう依頼した。彼は次のようなコメントを寄せて返して来た。「叙述されている出来事や人物や状態について私が知っている限りでは、この本は信憑性についてあらゆる内部の証拠を示している。これは疑いなくユニークな価値を有するインサイド・ストーリーである」。

それ以来、私は個人的に原稿を一言一句にわたって精査した。その基準として用いたのは、私が一九三三年、三四年、三五年にマンチェスター・ガーディアンと雑誌アジアの特派員とし

ロシアへの途中で　著者は左から2番目（1911年3月7日）

て満州を訪れた際に得た満州の状態に関する知識であった。ヴェスパ氏のすばらしい著作は大体において信憑性のあるものとして受け入れなければならないと確信している。

本書についてはこれくらいにしておこう。読者は疑いなくこれまでの著者の経歴を知りたいであろう。

アムレトー・ヴェスパは一八八八年、イタリアのラクイラに生まれた。二十二歳の時に教育と兵役を終えてメキシコに行った。フランシスコ・マデロ将軍（訳注）のもとで将校として革命軍に参加した。メキシコでの軍務の中で、彼は二度負傷し大尉になった。

訳注：メキシコの革命家。ディアス将軍の独裁に反対して活動するが、弾圧されて米国に亡命。米国で武装蜂起を呼びかける。これに応えてメキシコ各地で反乱が起き、ディアスは辞任。一九一一年に大統

領に選出される。しかし革命派の支持を失って、一九一三年にクーデターで逮捕され、暗殺される。

ヴェスパ氏自身の語るところによると、一九一二年に彼はメキシコを離れ、フリーランスのジャーナリストとして米国、南米、オーストラリア、仏領インドシナ、中国を旅行した。旅行中に彼はチベット、モンゴル、東シベリアの国境まで訪れた。

世界大戦中の一九一六年、連合国は彼の中国国境地帯の専門知識を利用した。彼は諜報機関に属し、日本陸軍に従って、沿海州とアムール地方、バイカルやニコラエフスクまで行った。

著者　哈爾濱神社で写したものと見られる（1927年）。神社は特務機関のすぐ近くにあり、現在ロータリーになっている中央寺院（聖ニコライ会堂）に面していた。

この間、ヴェスパ氏は著名な中国人や日本人に会うという特別な機会を得た。その中には当時満州の総督であった張作霖元帥がいた。戦後の一九二〇年、彼は満州の軍閥の機関に入った。その時から、彼は満州の舞台裏の政治での有力者になった。

けれども、間もなくヴェスパ氏の新しい関係はイタリア当局との衝突をもたらした。イタリア製の武器が満州に密輸されているなか、張元帥がその領土内に秩序らしいものを維持するためには、密輸を阻止することが彼の任務であったからである。結局、彼は国籍を変え、中国市民となることにした。身元引受人には当時、中東鉄道付属地の行政長官だった朱慶瀾、保証人には北満警察長官だった温応星将軍と中東鉄道警務処長だった姚志曽将軍がなった。これは秘密のことではなく、公で本物の公開された公証人による行為であった。このようにして彼は行動の独立を維持し、また等しく重要なことであるが、生活の独立も維持したのである。けれども、国籍を変更したのにかかわらず、ヴェスパ氏は忠実なファシスト党員でムッソリーニの熱烈な崇拝者であった。

一九二八年の日本人工作員によるものとされる張作霖元帥の暗殺以後、ヴェスパ氏は突然再び生存のための苦闘に直面することになり、さまざまな事業に手を出した。けれども、一九三二年に日本人が満州の支配者になった。それにより、日本人はヴェスパ氏自身の運命の支配者になった。もし彼が彼らに仕えることを拒否すれば、彼らは彼の家族の安全を脅かすという単純な方法で彼を人質にとった。こうしてヴェスパ氏はやむなく日本の秘密機関の手先になった。このことこそ、本書を今日の世界にとって最も重要なものにしているのである。日本人のもとでこのような特権のある地位にあった者はいなかったし、間違いなく今後もいないであろう。彼が言っていることは注目に値するし、彼の驚くべき経験を公表するにあたって彼が

妻と娘と

示した勇気に対して、彼はわれわれが感謝の念を表すに値する人物である。

国籍の変更で、ヴェスパ氏はイタリア当局の干渉から自由になったが、日本人が満州を支配すると、彼は日本人の言いなりにされてしまう立場になってしまった。彼の家族の生命がかかっており、彼は自分の感情を抑え、神経を研ぎすまし、服従するしかないと感じた。しかし、満州を支配下に置こうとして日本人が用いた方法に対する彼の嫌悪は、各章に現れている。彼は、新しい支配者の金銭的な無節操、悪質さに対する反抗が遅すぎて苦しんだ他の人々運命を見て来た。身動きがとれないなか、彼の努力は彼自身と家族をそうした運命から救い出すために傾注された。

ヴェスパ氏は彼自身の物語をまねのできないやり方で、米国の言いまわしを使うと、「歯に衣を着せず」に語った。それは日本人全体に対する心の底からの嫌悪感を抱かせるにいたった事件を激しい憤りで書いている男の物語である。とはいえ、武藤元帥や大井大佐の場合のように、立派な資質のゆえに彼を敬服させた幾人かの日本人当局者について、あちこちで口を極めて褒めていることもわかるであろう。

私個人としては――この見解は本書の発行者も同じであるが――日本国民は全体としては、大部分が中国やインド、欧州の農民と同じように、忍耐強く勤勉な人々からなっていると信じている。日本の人々は、軍事財政上の支配階級の犯罪に対して責を負わされるべきではない。究極のところ、彼らは実際、中国国民自身と同じようにその犠牲者なのである。日本国民がこうした恥ずべきことに手を貸し、ほう助しているようにみえることに限っていえば、彼らがそうするのは、彼らは実際に何が起きているのか無知なためであり、また日本の名誉と覇権は同義語であると信じるようにされているためである。

H・J・T

ロンドン

一九三八年六月二十二日

訳注：ハロルド・ジョン・ティンパーレイ（一八九八―一九五四）。オーストラリア生まれ。香港の新

聞に勤務するため、一九二一年に中国に渡る。北京に移り、クリスチャン・サイエンス・モニター、AP、ロイターなどの特派員を務める。一九二八年からマンチェスター・ガーディアンの特派員となった。日本軍が南京に侵攻した後の彼の報告は、西側諸国に伝えられた。著書に“What War Means: the Japanese Terror in China”(1938), “Japan: A World Problem”(1942)。

第一章　張作霖の部下として

イタリア人から中国人になる

一九一六年以来、私が極東で秘密機関員として働いている間に、私は多くの中国人の当局者と知り合いになった。その中に満州の軍閥である張作霖元帥（訳注）がいた。私の仕事の性質を知って、彼はロシアに居住している中国人の実情やその他の有用な情報を提供するように何回か私に依頼した。私はその都度快くそれに応じた。もし私が東洋に永住することに決めたら、自分のために働いてくれたら嬉しいと何度も言っていた。彼の申し出は魅力があった。私は一般情勢を精査した。世界大戦後の欧州の惨めな情勢から、私はその申し出を受け入れることにした。それで一九二〇年九月二十四日、私は満州として知られる東三省の総督である張作霖元

張作霖

帥の秘密機関に入った。

訳注：馬賊から身をおこし、日露戦争中に日本軍と密接な関係を持つ。一九一六年、奉天省長兼督軍となって奉天省（現・遼寧省）の実権を握った。一九一九年、黒竜江、吉林両省も支配下に収めて、東三省全体に君臨する事実上の独立地方政権を形成した。一九二六年、呉佩孚と結んで北京政府を支配下におき、安国軍総司令となった。一九二七年、北京で陸海軍大元帥に就任。国民革命軍の北伐に反撃したが、劣勢を挽回できず、一九二八年六月、北京政府の放棄と奉天（現・瀋陽）への帰還を決断。その途中で関東軍の謀略による列車爆破事件に遭遇し、死亡。

元帥が私に求めた最初の条件は、私が彼のために働いていることは満州の一省である黒竜江省の省長、呉俊陞（訳注）以外には知られてはならないということであった。呉は元帥の親友であり、私は命令や指示のために連絡を取ることになっていた。しかしまた、私は自国や連合国の命令を受けていると思わせておかなければならないというものであった（原注）。

訳注：一九二一年、黒竜江督軍兼省長。張作霖が東三省総司令官を自称すると副司令に就任。一九二八年、張作霖が北京放棄を決めると、六月三日に張の特別列車に同乗、翌日爆破事件に遭遇し、即死した。
原注：世界大戦中、私は連合国の諜報機関に雇われ、満州、モンゴル、シベリアにおけるいろいろな任務についていた。

奉天の張作霖元帥をたまに訪れるときはいつも、私は夜陰にまぎれ、中国人のような服を着て黒眼鏡をかけ、欧風の帽子を目のところまでかぶり、忠実な副官に付き添われて訪れなければならなかった。

張作霖を訪問する著者

八年間にわたって私は元帥のために働いたが、彼がいつも名誉と勇気のある男であったと述べることができるのは喜びである。彼はその言にたがわず、彼に忠実に仕える者たちにとって素晴らしいボスであった。一

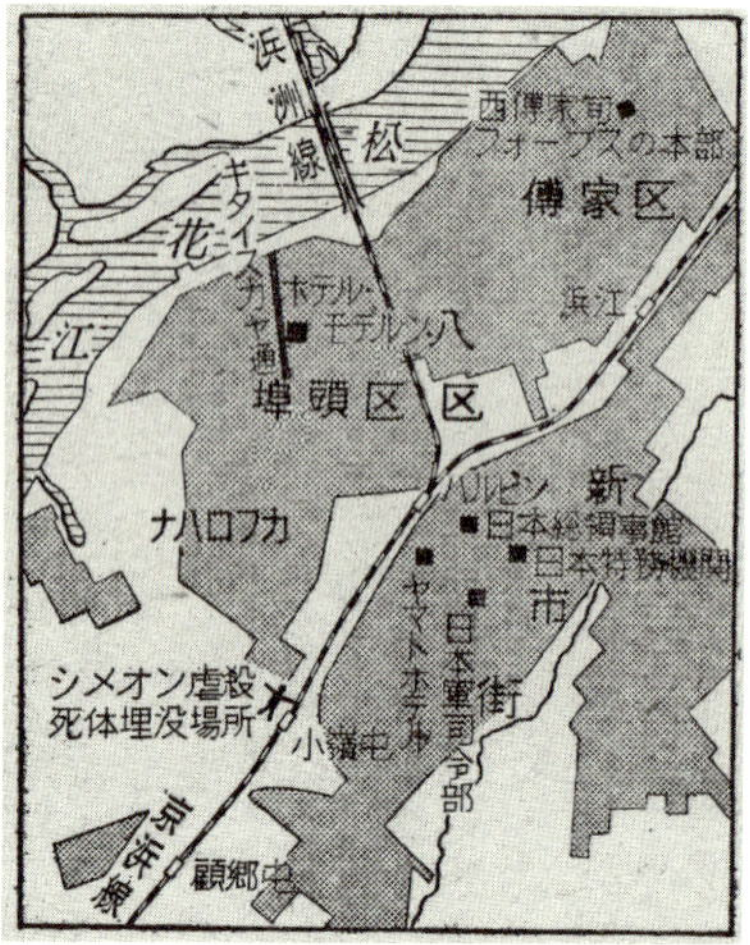

ハルビン市街図　『日本週報』（1956 年 2 月 5 日号）

方、誤りを犯したり、信頼を裏切ろうとした者に対しては非常に厳しく、裏切り者には無慈悲であった。

その間、私はロシア、モンゴル、朝鮮、中国で違った名前、違った旅券で任務を遂行した。それはすべて仕事の中で必要な部分であった。

私の任務は多く、さまざまであった。政治情報の収集、他の国の工作員の監視、匪賊（訳注）、武器や麻薬の密輸業者、革命から逃れてきた数千人の若いロシア人女性を輸出する白奴隷商人を追うこと、ソ連や日本の活動に監視の目を光らせることであった。

訳注：満州は匪賊の活動が活発な地域であった。満洲事変から満州国の成立にかけての混乱の時期、中国人匪賊やロシア人犯罪集団による犯罪が急増した。満州国の成立後、東北政権の正規軍の元兵士と匪賊の区別が曖昧なものになった。

しばらくの間はさまざま職業や商売に誠心誠意、従事する必要があった。例えば、モンゴルで金鉱や炭鉱の試掘者の仕事、満州とロシアの間の鉄道による通信交易の再開のための中

中国とロシアの当局者たち、ハルビン（1924年）

国政治委員会の書記もやった。その資格で私は一九一一年三月七日、最初の列車でロシアへ行った。一九二二年には、ソ満国境にある満州里という重要な鉄道の町にあるロシア語と中国語による新聞の編集長、その後、モンゴルのウランバートルにあるいくつかの新聞の特派員もしたことがある。

一九二三年二月、私は奉天へ呼び戻され、危険な程度までになっていた武器密輸を調査するよう命じられた。

最初の二ヶ月間、山海関、秦皇島および天津・奉天線上の他の場所で過ごした。まもなく私の努力は報われた。三月二日、最初に密輸された五百丁の小銃を押収することに成功した。それらはイタリア製であることがわかった。私はそれらが山海関から約九マイルのところにある万里の長城を通って持ち込まれているところを取り押さえた。

三月二十二日には、私はさらに一千丁の小銃を押収し、四月十二日には、私の部下が北戴河近くで二百丁のイタリア製の自動拳銃を押収した。四月二十七日には、さらに内陸で私は二千丁以上の小銃を持った密輸業者を捕らえた。それらはすべて満州の匪賊に向けたもので、彼らは元帥の仕事をますます困難にしていた。なぜなら法と秩序の回復は、生活水準の向上と繁栄のための他のすべての試みに先立って進めなければならなかったからである。

私の活動は一般にも関係諸国にも広く知れわたり、その結果、七月に天津を訪れたとき、イタリアのガブリエリ総領事から来訪するように言われた。

私が訪問すると、彼は天津で何をしているのかと尋ねた。私は観光旅行だと答えた。

「バカなこと言うんじゃない」と彼は答えた。「君が天津で何をしようとしているか私はよく知っている。警告しておく。君は中国当局から発行された有力な文書を持っているかもしれないが、イタリア国民であるからには君はまだ私の管轄下にある。もし、君が面倒を起こしたら、躊躇せず君を逮捕し追放する。帰れ。もう言うことはない」。

この脅迫を受けても、私は驚かなかった。けれども、私は自分の任務を果たさなければならず、法律違反者の国籍にかかわらず、誠実にそうしようと決心していた。

その夏に押収したもの中には、私が探していた数千丁の小銃、拳銃など、それにモルヒネとヘロイン二百キロ、アヘン約千五百キロがあった。

最後には十一月十四日に日本当局の全面的な合意と私の中国人ボスの支持を得て、私は天津で日本の汽船に乗り込み、四千丁ものイタリア製の小銃を押収した。それらは広東に向けたものであったが、翌日、地元新聞にイタリア租界警察長官が署名した公告を見ておもしろく思った。その公告は、「日本の汽船で見つかり、中国当局によって押収された武器はイタリア製であったが、天津のイタリア海軍兵舎に所蔵されていたものではない」と述べていた。

十一月十八日、私と非常に仲の良いイタリア人警察官が十時に訪ねてきた。彼は明らかに非常に取り乱していて、次のようなことを言った。

「ヴェスパ君、私は嫌な任務を負わされている。ガブリエリ総領事が君の即時追放命令を伝えるよう私に命じたのだ。君は十時四十五分発の上海行の列車で出発できるよう、半時間内に駅に行かなければならない。誰にも話をしたり電話をかけたりしてはならない。奥さんだけには、急用で上海に呼ばれたと言ってもいいが、追放命令については話してはいけない。もし君が誰かと連絡をとろうとしたら、手錠をかけて軍隊の護衛のもとで君を駅まで送るよう命令されている。いま庭には私の部下がいる。私がいましていることは恐ろしく不正義であることは承知しているが、命令は遂行しなければならない。不祥事が公にならないよう、逮捕に抵抗するようなことはせずに私を助けてほしい。半時間内に駅に行き、その間指示された以外の誰にも連絡を取らないという約束を守るなら、私は列車に行き、そこで君の護衛と一緒に待っている」

私はその条件を受け入れるしかなかった。私はその可哀想な男に誓った。妻には急用で上海に呼ばれたとだけ言った。半時間後、私は四人のイタリア人水兵とロマグノリという下士官とともに客車に閉じ込められた。

上海には十一月十九日に着き、私は直ちにイタリアの戦艦カラブリアの小部屋に入れられた。幸い、その船の艦長は真のイタリア人で、すぐに私を呼び出した。私の窮状を話すと、彼はイタリアのデ・ロッシ総領事に士官を送り、次のように伝えた。イタリア海軍の船を不正な手続きのために貸すことはしない。私に対して取られた行為を正当化する正式な文書が午後四時までに届かなければ、私を解放する。文書が届くことはなかった。四時五分に私は自由の身となって船を離れた。

二日後、イタリアのフェラヨロ副領事はフランス租界と共同租界の当局に、軍艦カラブリアの水兵で脱走兵のアムレトー・ヴェスパなる者の逮捕状を送った。

上海市警察の英国人の長官は、非常に高潔で性格が強い人物であった。彼はイタリア総領事館を訪れて、次のように指摘した。アムレトー・ヴェスパの逮捕状に添付されている写真が本当に手配されている男のものなら、すぐに逮捕できる。なぜなら、ヴェスパ氏は現在、長官の家にいるからである。しかし、領事は「水兵で脱走者」という文字を消さなければならない。なぜなら、ヴェスパ氏が中国に十五年間も住んでいることは知られているからである。一方、水兵が手配されているのなら、写真は間違っており、変更しなければならない。

中国当局もイタリア公使に抗議したが、ヴェスパ氏はイタリア公民であり、中国政府がヴェスパ氏のことに懸念する理由はないと返答された。

問題は地元新聞の話題の種になり、天津の領事は追放令を取り消すことを拒否した。結局、問題をはっきりさせるために警察と協議の上で、私は逮捕されてフェラヨロ副領事のもとに連行された。証人を前に、フェラヨロは私に対する嫌疑は何かと聞かれたが、彼は答えることができなかった。彼は間違いについて何かつぶやいて、私は放免された。

数日後、私は再びイタリア領事館に呼ばれた。そこでイタリア公使は、私が中国から退去することを望んでいると言った。船賃は支払われ、途中の費用として五千ドルが与えられるという申し出であった。私はその申し出を断った。

一九二四年四月九日、私が鄧脱路（現・丹徒路）を渡っているとき、男に胸を刺された。その男は逃走した。中国当局は、犯人はイタリア人の元船員だとみなした。私の命を二度狙ったもう一人のイタリア人はまだ上海に住んでいる。彼の共犯者は三人のロシア人と一人のインド人で、厳罰に処せられた。ロシア人はハルビン（訳注）の中国の法廷で、インド人は同じ英国の法廷で判決を受けた。

訳注：一八九八年にロシアが中東鉄道の建設を始めるとロシア人のほか、中国、日本、英国などの貿易商が集まる国際都市として発展した。ロシアの極東進出の拠点となる。ハルビン市はロシアの市政が敷かれ、ロシア語を公用語とした。ロシア革命後は、多くの亡命ロシア人が集まった。ハルビン市街は駅を中心とする新市街、西洋風の街並みの中央大街（ロシア語名：キタイスカヤ）がある埠頭区、中国人街の傅家甸の三区域からなっていた。

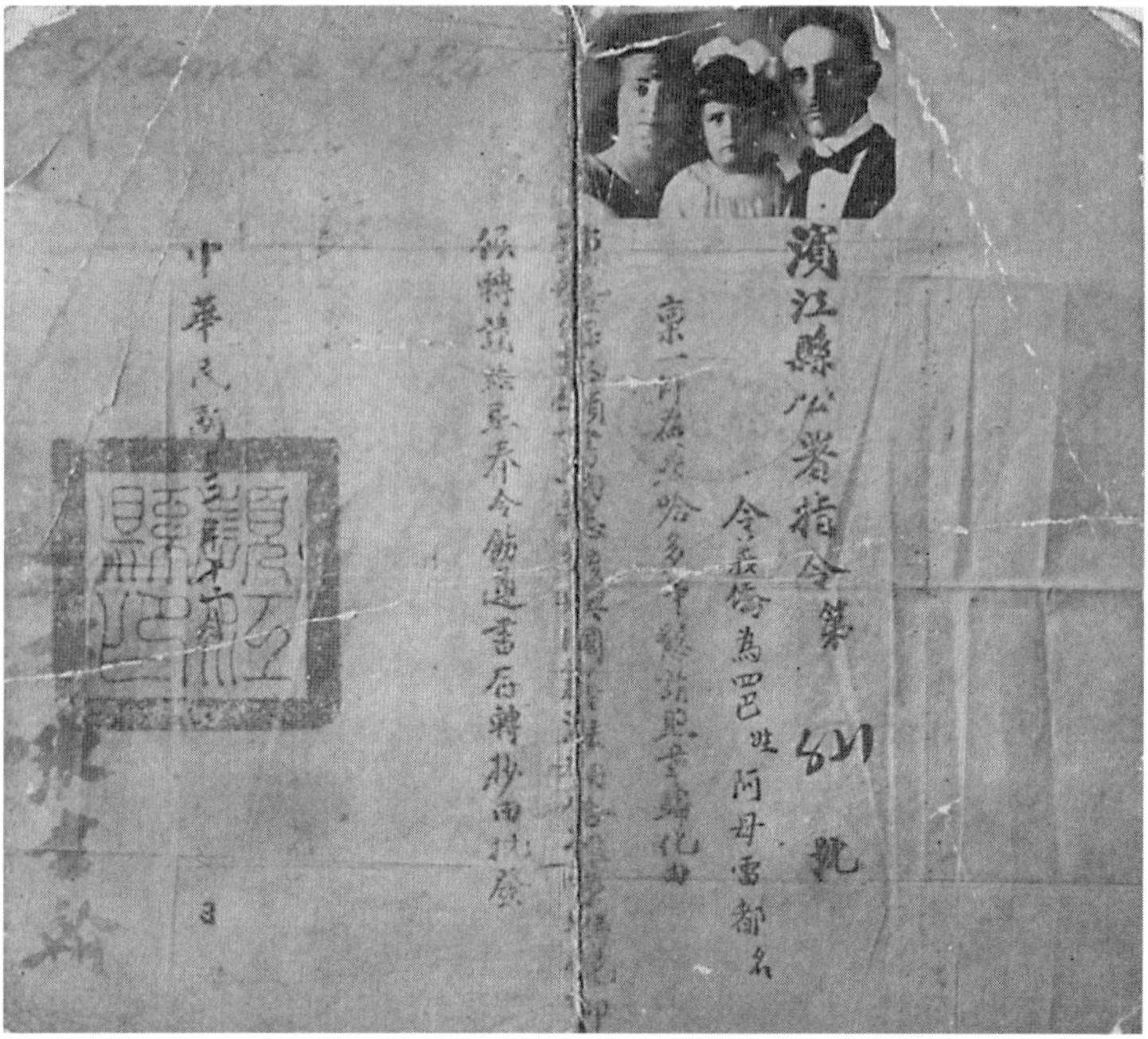
濱江縣公署指令第611號

最初の中国帰化申請書（1924年１月）

その後間もなく、私はハルビンに戻ったが、残念なことにイタリア当局により私が真面目な暮らしを立てることを困難にしていることがわかった。そこで私は当時は不愉快なある決心をした。現在はそれを後悔している。なぜなら、ファシズムの勝利を通じ、イタリアの当局者と精神が変わったので、今やそうすることは必要なくなっているからである。

私は中国の市民となった。保証人は東省特別行政区長官の朱慶瀾将軍と北満鉄道総裁の温応星将軍、中東鉄道警務処長の姚志曽将軍がなった。私は中国人として、誰もから妨害を受けずに無法者に対し戦うことができた（訳注）。

訳注：帝政ロシアは一八九六年、清朝政府と条約を結び、満州に鉄道を敷設、経営する権利を獲得、翌年に中東鉄道会社を設立した。一九〇三年に完成。中露国境の満州里から綏芬河《すいふんが》を横断した本線と、ハルビンから南へのびて旅順にいたる南部線があった。中東鉄道の沿線の付属地は鉄道会社が所有し、行政権や司法権を有していたが、中国側は一九二一年、これを接収。東省特別行政区に指定して、行政長官を任命した。一九二四年からは中ソ合弁での共同経営となった。長春以南は日露戦争後、日本に割譲された。日本政府は一九〇六年に南満州鉄道株式会社を設立、経営にあたらせた。その際、鉄道付属地の経営権も受け継いだものとし、満鉄附属地となってからは、日本の行政権が行使されることになった。中東鉄道は日本では東清鉄道、東支鉄道と呼ばれていたが、一九三三年に満州国交通部が北満鉄道と改称した。満鉄附属地は一九三七年十二月に満州国に移譲された。一九三五年、全鉄道が満州国に売却された。

私の命が狙われたことは、もう一回あった。この事件の翌日にでた新聞記事を載せておく。

ハルビンで工作員殺害の企て失敗
ヴェスパの命を狙ったインド人、引き渡される

Harbin Plot To Kill Agent Fails

Indian Extradited When Attempt Is Made On A. Vespa's Life

HARBIN, Jan. 12.--(Special).--The alleged attempt last month on the life of A. Vespa, general manager and part owner of the Atlantic Theater, a local silent picture house, resulting in the prompt arrest of an alleged Indian accomplice, Burr Singh, and his extradition to the British authorities at Shanghai, still leaves at large an Italian named G. Condoveros, thought to be the prime mover.

The plot was discovered on December 20 and soon afterwards the British Consul applied to the Chinese Police for the extradition of Burr Singh, who had been arrested on a charge of complicity.

According to local speculations, it appears strange and incomprehensible that Condoveros was not likewise arrested but is still at large in Harbin.

Vespa, it will be recalled by the Shanghai press, has been in China a good many years and has been prominently associated with the Mukden Intelligence Service, in which he is credited with valuable work, especially activities against Communists and arms smugglers. It is generally believed here that the alleged plot to murder him might have been motivated by personal enmity arising out of his work for the Mukden Government.

著者の殺害計画失敗を報じる新聞

ハルビン、一月十二日（特電）― 先月に起きた当地の無声映画館であるアトランティック劇場の総支配人で共同所有者のA・ヴェスパの殺害未遂事件では、インド人共犯者のブール・シンが逮捕され、上海の英国当局に引き渡されたが、主犯と思われるG・コンドヴェロスというイタリア人はいまだ逃走中である。

殺害計画は十二月二十日に発覚し、その後間もなく、英国領事は中国の警察に対して共犯の疑いで逮捕されたブール・シンの引き渡しを求めた。

コンドヴェロスが同様に逮捕されずに、いまだにハルビンで逃走しているのは不思議で理解できないと当地では憶測されている。

上海の新聞で思い起こされるであろうが、ヴェスパは長年にわたり中国に住み、奉天の諜報機関と目立った関係を持ち、貴重な仕事、特に共産主義者や武器密輸業者に対する活動で高い評価を得ている。彼の殺害計画は、奉天政府のための彼の仕事から生じた個人的な怨恨が動機であろうと当地では一般に信じられている。

白奴隷商人

張作霖の工作員としてハルビンに戻ってからは、あらゆる種類の無法者たち、たかり、密輸業者、白奴隷商人、裏社会の連中が、私が彼らに対してやったのと同じように公然と私に対して宣戦を布告した。

ボルシェビキの報復の前に、極東へ逃げてきたロシアからのすべての難民のうち、九割は満州に定着し、彼らの九割は極度に困窮していた。猛禽類のように白奴隷商人は、奉天、ハルビンその他の中心地に向かって行き、美貌の若い女性を彼らが言うところの「飢餓の恐怖」から引き出し、彼女らをより暖かい国々へ連れて行こうとした。秘密工作員兼警察官として生活をしているうち出くわした集団の中で、最も強力で最も執念深く、最も組織立ち、最も金持ちであったのは白奴隷商人の一群であった。われわれがいくら逮捕しても判事に賄賂を渡して、犯罪者たちは釈放されるのが落ちであった。

白奴隷商人の正真正銘の王は十年前と同じように今日でも、あるロシア人である。彼は充分な証拠に基づいて二十三回逮捕されたが、二万ドルから二万五千ドルほどにも達する保釈金を支払って二十三回とも釈放された。

事態に窮した満州当局は最終的に犯罪を見逃すか、または超法規的措置を取るしかなくなっていた。治外法権が無数の外国人がこの邪悪な取引を行う際の隠れ蓑になっていた。ハルビンに着いて一、二年もたたぬうちに満州の恐怖になっていた二人のスウェーデン人は、六人の上品な娘たちが天津で「家庭教師」になるために、彼女らと同行して護衛しているところをハルビン駅で私の部下の工作員に捕まった。法的行為が無駄なことを知っていたので、私の部下は指示を受けて、男たちを鉄道地帯の境界まで連れていき、その場ですぐに一番近くの電信柱に吊るしてしまった。

一九二六年、きちんとした身なりのフランス人の男がハルビンのモデルン・ホテルの最上級の二部屋をとり、到着後間もなく、さまざまな新聞に求人広告を出した。十八歳から二十二歳までのタイピストによい就職口があるというものであった。私は何人かの部下に彼を監視させたところ、二十四時間のうちに二十もの応募があり、応募者にそれぞれ二十ドルの前金を払ったことがわかった。私はこのフランス人を自分で訪ねたところ、彼はホテルを出ようとしているところであった。彼に、私に二人の娘があり、適当な仕事につかせたいと思っていると説明した。彼女らを連れてくる前に、その仕事は立派なもので、給料も悪くないものであることを自分で確かめたいと言った。そのフランス人は私をじろりと見て、自分が誰だか知っているかと尋ねた。「私は上海のフランス租界の書記です」と彼は言った。「速記者を雇いたいのは工部局での仕事なんです」(後でわかったことだが、実際には彼はフランス租界とは何の関係もなかった)。

「けれど私の娘たちはフランス語を知りません」と答えた。

「それは問題ないです。上海のフランス租界には、既に二万人のロシア人がいますし、行政はフランス語を話す人たちより、ロシア語を話す人たちのほうが有用なのです」。

「結構です」と言って、今度は私が彼を一瞥した。「私が知りたかったのはそれなんです。これが私の名刺です。もしあなたが今晩九時の列車でハルビンを離れないと、それを後悔する前に命はないでしょう。これまで白奴隷商人が何の痕跡も残さずに消えてしまったことを思い出させる必要はないでしょう」。

そのフランス人はその夜、タイピストを連れて行かずに立ち去った。

満州に日本人がやって来たのと同時に、私の白奴隷商人に対する戦いは、直ちに停止された。売春宿や人身の送り出しをする「周旋屋」を開設し経営する許可を得ようとして私の上司に大金が支払われるのを、私は日本の工作員（原注）として目撃させられたのであった。

原注：第三章で述べるように、私はその時にまで、日本の秘密機関に入れられていた。

日本の占領の初期、私の部下はある晩、チチハルの待避線に停まっていた貨車から悲鳴が聞こえたので、貨車の扉を開けた。その中には、アイダ・ローゼンベルグという女が十一人のロシア人娘と一緒にいた。そのうち二人は凍え死んでおり、十六歳以上の者はいなかった。この女は娘たちを貧農の家族から数ドルで買って、天津に連れて行くところであった。彼女はその夜、留置された独房で看守に絞殺された。この外国女性が親類縁者の困窮につけ込んだこと、また中国人の看守が彼らの独自のやり方で彼女につけを払わせるのを見ることは生身の人間が耐えられることではなかった……それで、私はそれを自分自身に釈明した。翌日、疑問が呈されることはなかった……私自身が尋ねる気は毛頭なかった。

張作霖はいかにして殺害されたか

前の節で述べたように、私は一九二〇年九月二十四日以来、最良の上司である張作霖元帥のもとで、不十分な武器で法と秩序のために壮絶な戦いを続けていた。

張作霖は一八七六年、東三省の南端にある奉天省の海城という小さな村に生まれた。彼の青春時代の物語はほとんど伝説的である。ある時、彼はある県知事の役所に入っていき、貧しい者を抑圧していると非難し、大勢の彼の部下や兵士の前で裁いて、独りで彼に死刑を宣告した。それから彼は刑を執行し、誰もが驚きから我に帰ったときには、彼は外に出ていったあとだったという。

日露戦争の間、張作霖は日本の機関に入り、ロシアの通信線を攻撃して悩ました。日本が彼の仕事を評価したことは、戦争の終わりに日本が北京宮廷から彼の完全な恩赦を得たことと彼の生まれ故郷である奉天省の長官に任命させたという事実に示されている。その時から満州の進歩と張作霖の自身の出世が始まるのである。一九二二年、彼はようやく満州を初めて離れ、北京周辺の戦争の一つに参加した。けれども、彼の軍隊は呉佩孚の軍隊に破られ、彼は満州に撤退、現在は満州国として知られる東三省の独立を宣言した。

彼は優秀な行政官であり、無慈悲な専制君主でもあった。教育と教養の不足を稀な知力と驚くべき記憶力で補っていた。満州の農民の生活を中国の近隣の省や朝鮮、ロシアと比べて一層快適にしたのは張作霖であった。人口が一千万人ほどと少なく、うち五十万人だけが土着の人々であった満州は、彼が死んだ時には人口三千万の豊かな国になっていた。毎年何千人という中国人や他の民族も満州へ作物の収穫を手伝いに行き、そのまま定住するようになった。

彼の暴力的な性格の一例として、紙幣を甚だしく操作したことで彼が捕らえた地元の銀行の重役の運命をあげることができる。彼らのうち九人は奉天の会議に呼ばれ、到着すると張作霖は一席ぶった。その簡潔さと率直さは世界記録になるに違いない。彼は次のように言った。

「お前たちが満州の通貨を操作して巨万の富をつくり、農民や商人を破滅させていることは、私にはわかっているし、お前たちもわかっているに違いない。お前たちにはこれまでに責任を負わせると警告していた。お前たちはヘマをした。だが、よく聞け。お前たちの地位にあって、この投機を防ぐことができないのであれば、お前たちは無能なのだ。防ぐことができ、そうしなかったのなら、お前たちの責任だ。いずれにせよ、お前たちは死に値する」

五分後、九人の銀行家の首が張作霖の中庭の地面に転がっていた。

元帥は長年にわたり、日本人を最後まで手玉に取り、多くの場合、自分の目的をさらに達成

中ソ鉄道委員会（1927 年３月）中東鉄道をめぐる張作霖政権とソ連の間の交渉にヴェスパも関わったようである。

するために彼らを使った。一九二五年十一月二十二日、郭松齢将軍は中国の「政治家」が好む通電を発し、でっち上げた理由で張作霖元帥の引退を要求し、同日に彼の軍隊を長城を越えて奉天に向けて進ませた。その軍隊は準備が整っていたが、張元帥の守備軍は備えができていなかった。

六月十八日までに、郭将軍は奉天を攻撃できる距離にいた。張作霖元帥は時間を無駄にすることなく、日本側に奉天の鉄道地帯の守備隊を増強し、郭将軍には軍隊を南満州鉄道の二十里以内に入れさせないと宣言するよう説得した。これは奉天は守られることを意味していた。数日後、張作霖元帥は彼の軍隊を武装、再編成し、日本軍の一個師団に中国兵の制服を支給して、郭将軍に一撃を加え、完全に勝利した。郭将軍は妻とともに捕虜となり、二人とも即座に処刑された。

一九二六年、張作霖元帥は日本側にけしかけられて北京に進軍し、そこで二年間とどまった。けれども、その間に国民党の軍隊が中国全土を席巻した。最初は共産主義者の、次には蒋介石将軍の有能な指導のもとに、国民党軍は済南府（現・山東省済南市）に着いた。その時点で、蒋

北京の天安門を訪れる中国人兵士とともに（1927年）

介石軍は日本側から非常な抵抗に出会った。その当時、日本側は青島・済南鉄道を占有していた。けれども、張作霖元帥は風向きを知ることができ、満州に何とかして帰りたいと思った。東三省の責任者で元帥の最も古く、最も信頼されている友人である呉俊陞将軍も帰るように要請した。
一九二八年五月十九日、北京の日本公使は張作霖元帥に満州に帰らないように警告した。これはおそらく、元帥が五月二十六日に奉

日本兵とともに　モンゴル（1927年）

天行きの列車にすぐに乗ろうと決めたことの直接の原因であったのだろう。

　五月三十一日、張作霖元帥の東京の工作員であるスワインハート氏は彼に、奉天へは列車で行かないように大至急で警告した。張が旅行中に暗殺されるという確実な情報を得たからであった。元帥はこの噂を信じなかったが、彼は日本軍本部でそれを某大佐に言った。大佐は微笑して、心配することは何もないことを証明するため、彼自身も元帥と同じ車室で奉天までずっと旅行しようと答えた。

私は六月二日の真夜中に北京を出発した列車に乗っていた。その列車は元帥の運命を決めることになるが、私はある問題を調査するため天津で降りなければならなかった。六月四日、日本軍当局は呉俊陞将軍に対して奉天の南二十キロの駅で元帥を出迎えるように依頼した。呉将軍は何人かの参謀とともに出迎え、そこから奉天まで元帥と帰りの旅をともにした。列車が奉天に到着する十分前に、旅行中に元帥と同じ客室にいるという約束をそれまで果たしていた日本人の大佐は立ち上がって、隣の客室に行って刀と帽子を取ってくると言った。後でわかったことだが、彼はそうするのではなく、列車の最後尾の客室に行った。数分後、列車が陸橋の下を通っていた間に不思議な爆発があったときには、彼は比較的に安全だった（訳注）。元帥と呉俊陞将軍が乗っていた客車は吹き飛ばされ、将軍と十七人の人たちは即死した。張作霖元帥は重傷を負い、数時間後に死亡した。

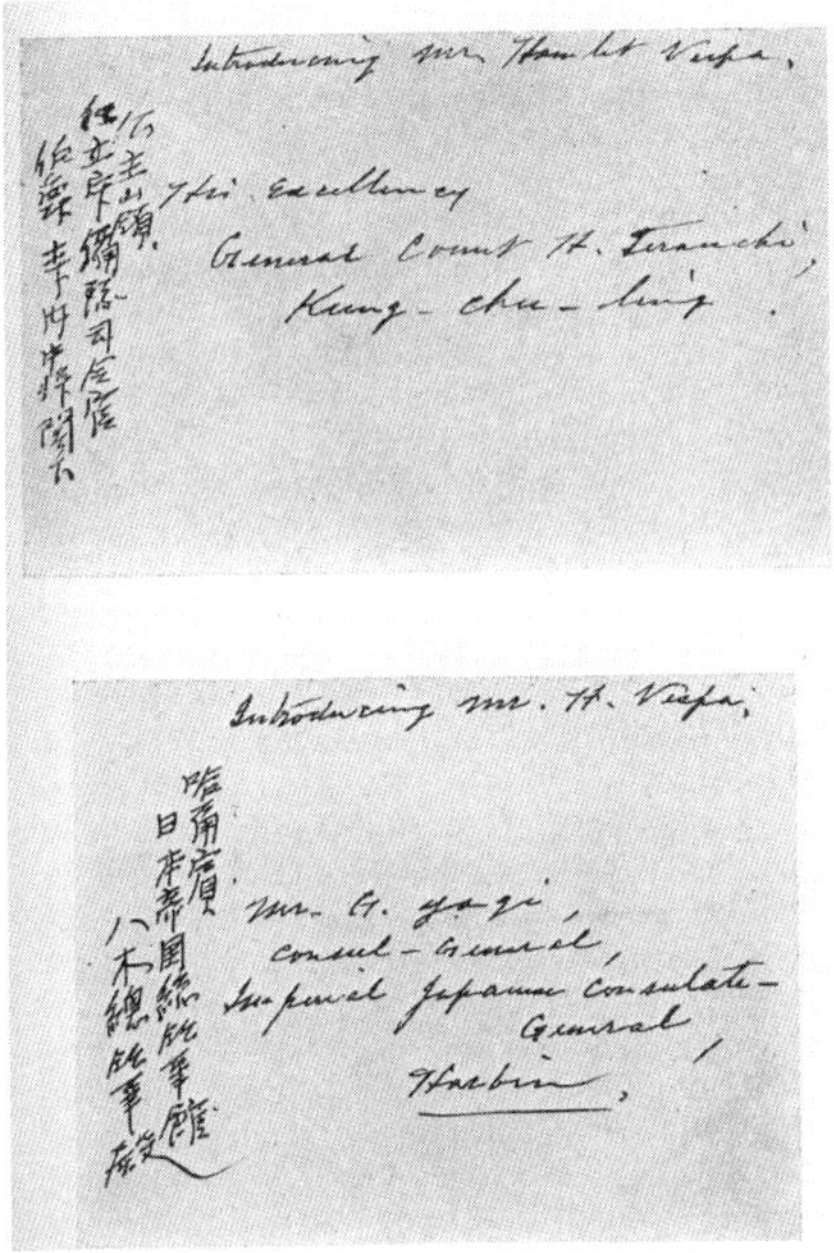

天津特務機関長田中大佐から著者に与えられた紹介状（1929年）

訳注：同乗していたのは張作霖政権の軍事顧問の儀我誠也少佐で、軽傷を負った。爆破時には張作霖と同じ客車にいたとされる。

日本人が元帥の暗殺の張本人であるということは、一抹の疑いもない。爆発物は陸橋の鋼鉄の支柱の下に置かれており、この地点で常時勤務に立っていた中国人の歩哨は、数日前に日本兵と交代されていた。

張作霖元帥の死にともない、息子の張学良が父親の領土を引き継いだ。けれども、彼は革命的青年中国により共感しており、日本に直接反対する政策をより追求しようとする傾向があり、その結果、満州軍（安国軍）総参謀長の楊宇霆将軍（訳注）が常に彼に忠告をしていたのにもかかわらず、日本がその意見を押し付ける措置を取る日は遠くはないことになった。

訳注：日本陸軍士官学校に留学。張作霖の信任を得る。一九二五年に郭松齢が張作霖の下野を求めて起こした事件を鎮圧。一九二六年十一月、安国軍参謀長。張作霖爆殺後、張学良の国民政府への合流方針に反対し、一九二九年一月、張学良により暗殺される。

第二章　満州事変

日本の奉天占領

張作霖元帥が暗殺された日以来、私の生活はすべて変わってしまった。一年以上、満州軍（安国軍）総参謀長の楊宇霆将軍に仕えていたが、時がたつにつれて、不規則で不十分な給料を補うためにいろいろな事業に取り掛かる必要があることがわかった。これらの事業では比較的運が良かったが、私の生命はいつも危険にさらされていた。けれども、もっと悪いことが起ころうとしていた。

一九三一年九月十八日の夜、南満州鉄道地帯の日本軍は、正確に計画されたことを示す迅速さと正確さで行動し、中国領土に進撃して奉天市と兵器廠、飛行場を占領した。また、夜中過ぎに不意をつかれ、自衛のために反撃する機会のなかった中国側守備隊を虐殺した。日本側が説明するこの事件は、河本末守中尉の陳述書の中にある。それは以下の通り。

一九三一年九月十八日の夜、私はたまたま鉄道線路のそばで六人の兵士と演習をしていた。突然、遠くないところから爆発音が聞こえた。鉄道線路が爆破で吹き飛ばされたことがわかった。われわれがこの事件を調査しているとき、あまり遠くないところに隠れていた中国兵約百人が発砲して来た。私は約千五百ヤード離れていた第三中隊の上官に直ちに連絡した（どのように「連絡した」かは説明されていない）。その時、長春発の特急列車が近づいて来るのが聞こえた。惨事を避けるために私は兵士に命じて、列車の運転手に合図するために、数発発射させた。しかし運転手は気づかず、そのまま爆発地点に達し、奇跡的に脱線せずに現場を通過して、奉天に定時に着いた。

これが表向きと国際連盟委員会への説明であった。

他方、日本の将兵全部に配布されたパンフレットには、いつものように太陽女神として知られる天照大神や日本国民の神聖な先祖、このような事件が国民の運命に良い影響を与えたことについてたくさん書かれていた。それには、次のような注目すべき記述があった。

長年にわたり満州で恐怖政治を行い、それを奴隷状態にしていた匪賊、故張作霖将軍の息子で匪賊の張学良将軍指揮下の兵士数人が一九三一年九月十八日夜、数分後に通過することになっていた長春発奉天行の日本の列車を脱線させようとして、奉天近くの日本の鉄道の現場で地雷を爆破させた。幸いにも、現場近くには先祖から万世一系四十八代にわたり武士の家系である河本中尉が六人の兵士とともにたまたま居合わせた。列車が近づきつつあり、線路の数ヤードが破壊されているので、人力では惨事を防ぐことはできないことがわかって、彼は神の力に頼った。日本の方を向い、うやうやしく頭を下げ、彼は天照大神が力を貸してくれるように祈った。彼の謙虚で熱烈な祈りは聴き届けられた。列車は線路が破壊されている現場に達し、空中に浮き上がり、危険な箇所を通過して向こう側の線路に静かに降りて進行し続けた。自分自身の目でこの出来事を目撃した列車の運転手と機関助手、河本中尉と六人の兵士の証言は、この超自然的事実の真実を証明するのに十分である。この事実は日本国民が神の子であることを全世界にあらためて示した。

その後事実を調査した国際連盟調査団に明確に証明されたように、鉄道線路の爆破は列車が通過した後であり、事件の原因についての公式説明を正当化する写真を撮るためにのみ企まれた、というのがことの真相である。

中国側はこの爆破に無関係であったばかりでなく、こうした事件が計画されていたということとを疑ってみたこともなかった。それで守備隊の大多数は兵営で眠っているところを殺された。武器は別の建物に収納されていて、一つの武器を支給する余裕さえなかった。その後、兵営は放火され、この忌まわしい犯罪の跡形も残らないようにされた。

けれども、この事件が計画的だったことの最も確かな証拠は、瀋陽、営口、鳳凰城に駐屯していた日本軍が事件の前日、九月十八日午後三時に奉天へ前進するように命令を受けていたことである。爆発があったとされる七時間前に、彼らは既に目的地に向けて出発していた。爆発があったとされるわずか六時間後の十九日午前四時までに、数千枚のポスターが既に奉天の城壁に貼られ、そこには満州政府は日本の鉄道への攻撃を命令したので信用できないと書かれてあった。人々には平静を保つようにと勧告していた。わずか六時間のうちに、事実を確かめ、多数の告示を起草し、印刷し、配布することは、物理的に不可能であった。

ロシアの元将軍だったグレルジェも十八日に日本軍最高司令部から直接、上述の声明を受け取っており、奉天のロシア人のために彼が編集長をしていたロシア語新聞に公表するように指示されていた。彼は一時、張作霖元帥に雇われていたが、ソ連政府と関係を持っていたことから解雇された。その時、ソ連政府は彼を雇ったが、彼が日本側と関係を持ったため、結局解雇した。日本の命令はきちんと実行され、この声明を載せた九月十九日の新聞は、夜明けの奉天の街に配られた。

この一週間前、日本人の技術者、電気技師、整備士が奉天に到着していた。新しい電気工場を開設するというのが表向きの理由だったが、そのような工場は計画されていなかったし、有用な目的のために役立つはずもなかった。これらの専門家は、十九日に職場で射殺された奉天兵器廠の中国人職員と直ぐに交代させるためのものであった。その日の夕、鉄道地帯の日本軍と朝鮮からの日本軍は満州に進軍した。

奉天でのこれらの事件が起きてから四ヶ月後の一九三二年二月五日、日本軍は北満州の主要都市であるハルビンに入った。

ロシア人に建設されたハルビンは、欧州の都市のようであった。日本が占領した当時、約十万人のロシア人、約二十万人の中国人が暮らしていた。それは満州における最も重要な鉄道の中心地で、ロシア、朝鮮、中国、満州の各線の分岐駅であった。

その日の午前十時ころ、大砲の響きわたる音と機関銃のカタカタする音が次第に大きくなって聞こえて来た。日本の飛行機が中国兵営の上を飛び、安全なところに逃げようとしていた少数の無力化され非武装の中国兵をなぎ倒した。それより二週間の間、すべての仕事は停止し、通りは人気がなくなっていた。誰もが家の中に閉じこもっていた。日本軍に占領された他の地域からの十万人以上の難民がいて、市の人口は膨れ上がり、彼らが受けた苦しみの話は人々に恐怖を引き起こした。

正午までに砲火は突然やんだ。二時半、サイドカーと機関銃を装備した多数のオートバイがさまざまな方向から入って来た。ついで騎兵隊、装甲トラック、歩兵隊、戦車が入って来た。

機関銃部隊が街なかに進入すると、持ち場に残っていた中国人警察官は武装解除され、二人の日本兵が取って代わった。この掃討作戦が進行中に、数千人のロシア人難民が街頭に出て、日本の旗を持ちながら、新参者に「バンザイ」を連呼していた。多くの若いロシア人女性が雇われて、進軍する日本の歩兵を出迎え、士官たちに花束を贈った。時にはキスをもした。その後、一万人以上のロシア人難民の一団が市の通りを行進した。日本人を歓呼して迎え、中国人に対しては呪いの言葉と侮辱する言葉を浴びせた。ひどく殴られた者もいた。世界のほかが門戸を閉ざしているなか、満州がロシア人に与えていた寛大なもてなしに対して、このような返礼を返されたのである。

ロシア革命の勃発以来、数十万人のロシア人が満州に避難して来た。彼らは例外なく友人として迎えられた。一九一七年から一九三二年まで、新たなロシア人難民の群れが満州に到着しない日はなかった。旅券を持っている者も持っていない者も、犯罪者も法律を順守する者も、全員が暖かく迎えられた。全員が生活できるように助けられた。上海には現在、約三万人の白系ロシア人が住んでいるが、彼らのほとんどはハルビンから来ている。彼らはこのような事実が真実であることを証言するであろう。満州の当局者は、ロシアの政治的激変の無数の犠牲者の苦境を和らげるため、できる限りのことをした。数千人が政府の仕事を与えられ、軍隊、警察、鉄道、鉱山、その他の仕事を与えられた。多くの場合、中国人よりも優先して採用された。ロシア人難民がさまざまな団体を組織する場合、中国当局からの許可ばかりでなく、満州政府の補助金さえ得たのである。ロシア人移民は市議会への代表権を与えられ、商工会議所の一員として受け入れられた。

今や彼らは彼らを受け入れている中国人に背向いて、侵入者に「バンザイ」を叫んでいた。これらの卑屈な歓迎の示威行為の背後にある動機は何であったのか？　満州において白系ロシア政府を樹立することにほかならない。これこそ彼らが胸に抱いていた夢だったのだ。日本人は二十五万人の移民の好意を得ようとして、彼らの夢を実現するのを助けると約束していた。気の毒で、愚かで欺かれた人々よ！　彼らの「バンザイ」の連呼は、非常に短い期間しか続かなかった。目覚めは迅速で、突然にやって来た。日本の侵入者がやって来て二、三週間の内に、数千人のロシア人難民は満州から逃げ去りつつあった。他の数千人は投獄され、数百人は射殺さるか別の方法で殺された。文字通りの意味で、数百人の若いロシア人女性が日本兵に暴行された。中国人と取引して得た金と財産は、日本人の手に入ってしまった。

大規模な没収は、ほとんどいつも逮捕、投獄や死をともない、常態となった。日本軍の将校たちは金持ちになっていった。ロシア人移民が勝利者たる侵入者を心から歓迎したことに対する報いは、このようなものであった。野蛮な軍団の上に降り注がれた花束の贈り物は、死と不名誉という形で返された。

今日、満州全体で大物をよそおっている日本人は誰でも、一人か二人のロシア人の愛人を持っている。若いロシア人女性は日本人の家で奉仕して、月に中国ドルで五ドルを受け取るだけで

田中大佐（左から5番目）による晩餐会　著者（左から2番目）、ヴェスパ夫人（右から4番目）

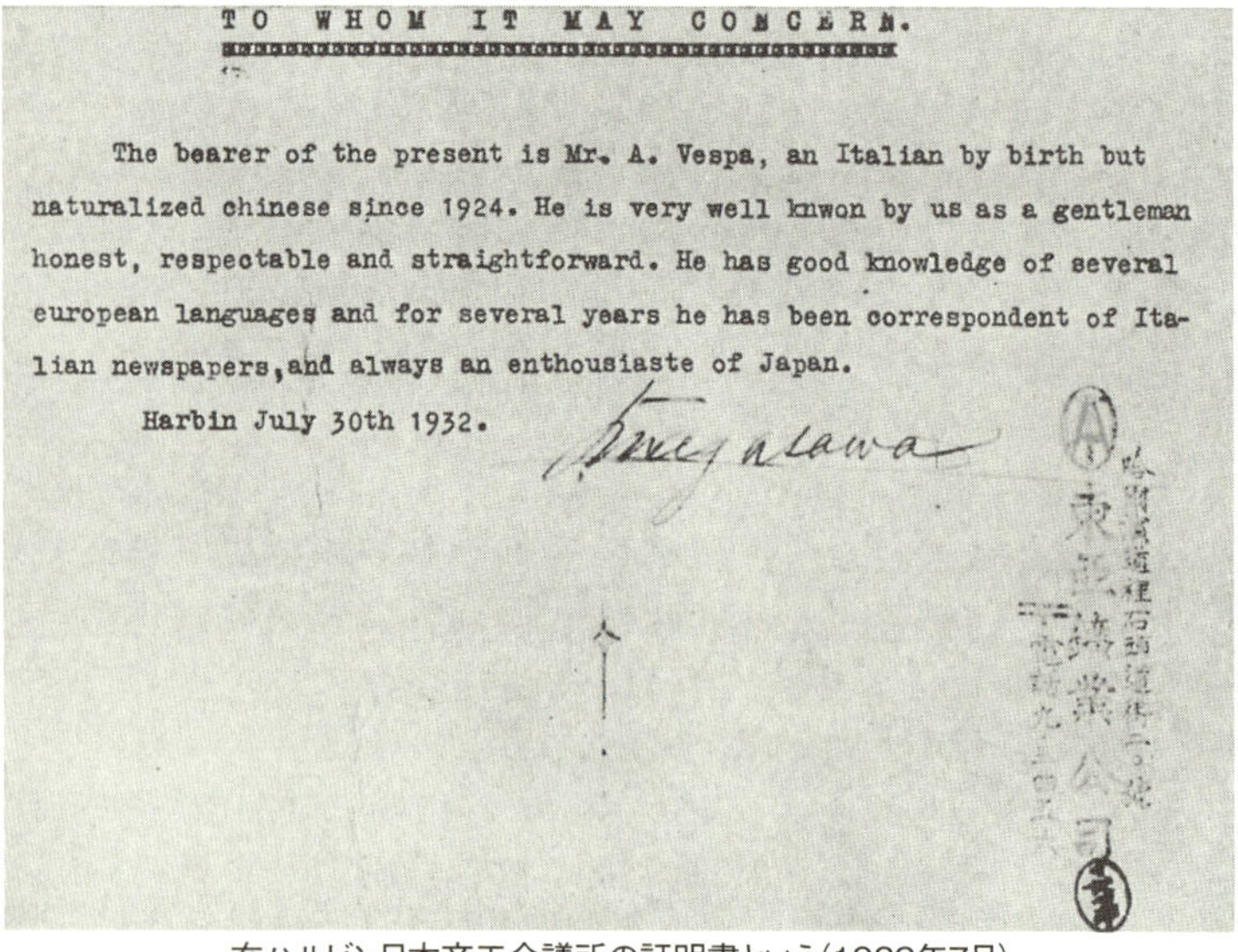

TO WHOM IT MAY CONCERN.

The bearer of the present is Mr. A. Vespa, an Italian by birth but naturalized chinese since 1924. He is very well knwon by us as a gentleman honest, respectable and straightforward. He has good knowledge of several european languages and for several years he has been correspondent of Italian newspapers, and always an enthousiaste of Japan.

Harbin July 30th 1932.

在ハルビン日本商工会議所の証明書という（1932年7月）

ある。そうなのだ……可哀想な、欺かれたロシア人たちよ、今日「バンザイ」と叫べ！　明日はこれらの人間たちを歓呼して迎えたことで、わが身を呪うことであろう。

数日の間、日本軍は次々にやって来た。やがて奇妙な噂が広がり始めた。人々は恐れおののいた。彼らはひそかに、低い声でロシア人と中国人に加えられた数百の処刑、数千の暴行についてささやいた。一九三二年二月十日の朝、日本の騎兵隊の兵営からすぐ近くで、暴行されて首を絞められて殺された二人の若い中国人女性の死体を私は見た。一人の中国人紳士が勇敢にも警察に行き、日本兵が二人の女性を前夜、運んでいるのを見たと報告したが、彼は逮捕され、二度と姿を見せなかった。

田中大佐夫妻とともに　天津（1929年）

その日の夕方、サリメンというロシア人女性は通りで四人の日本兵に襲われ、裸にされてしまった。
毎日、そのような何十という蛮行が主要な話のたねになった。それは恐怖による統制であった。誰もが安全を心配し、満州を去ろうと考えるようになった。
私自身については、恐れることは何

もなかった。中国政府の秘密機関に長年いた間、私がよく接触した日本軍当局は最高の心遣いで私を待遇した。それで私は自問した。なぜ今、恐れることがあろうか？

私は満州の独立守備隊司令官の伯爵寺内寿一将軍に紹介されたではないか？　彼は後に陸軍大臣となり、現在は北支那方面軍司令官である。当時、満州の特務機関長だった鈴木将軍（訳注）にも、その他多くの著名な日本人にも紹介されたことがあるではないか？

訳注：鈴木美通少佐。一九二九年八月から一九三一年八月まで奉天特務機関長。

私は天津の日本の特務機関長田中大佐と非常に親しい友人ではなかったか？　彼は日本の高官へ多くの紹介状を私にくれた。

私はローマ駐在の日本大使からの素晴らしい手紙を持っていた。いま私の個人的な安全を心配する必要があろうか？　日本人はいつも私を十分な敬意で待遇して来たし、今後もそうするであろうと考えた。私に日本人を恐れさせるようなことは、何一つ聞いたことも、見たこともなかった。実際、私はたびたび日本人のために中国人との仲裁をしたことがあった。しかし、私も自分自身を欺いていた。私は間もなく楽しい夢から目覚めることになった。

第三章　土肥原特務機関長

中国人に災いあれ！

満州政府に雇われていたほとんどの中国人は日本の侵入者にその職にとどまり、職務を続けるようにさせられた。これは日本の計画の一部であった。全世界と国際連盟は、満州国の建国は満州の人々の革命の結果であり、日本はそれと無関係で、日本は責任を取らされるものではない、と信じさせねばならなかった。

中国国民党、ボルシェヴィキ、匪賊による攻撃から人々を守るために、十五万人の日本兵、一万八千人の憲兵、四千人の秘密警察の警官が満州国政府に招かれて満州にやって来た。

また、日本人が何事に対しても、何人に対しても完全に権力を掌握し、国の行政全般に統制を確立したのは、多くの敵に対して人々を守るためであった。公式には、彼らは「顧問」として存在していたにすぎなかった。また満州国には彼らが十万人もいる。どんな省でも、どんな局でも、一人の従業員でも一人かそれ以上の日本人「顧問」のいないところはなかった。彼らは好きなように万事を支配し、すべての人に命令を下す。

これらの「顧問」とは誰なのか？　答えは非常に驚くものである。

日本軍が満州の地に足を踏み入れるやいなや、中国語でもロシア語でも少し話せる普通の日本人は誰でも「顧問」にされた。これらの日本人は北満州で何をしていたのか？　彼らのほとんどは犯罪者であった。詐欺師と山師、密輸業者、麻薬の売人、売春宿経営者であった。この裏社会の連中が満州の日本人の九十五パーセントを占めている。自国の旗と治外法権に守られて、彼らは中国の法律が及ばないところにいた。このために。中国当局は日本人との「事件」を避けようとし、警察に対して起こっていることに目をつぶるように指示した。このように抑制されることなく、日本人はとどまるところがなかった。

満州国政府の最初の日本人「顧問」の一団を構成したのは、こうしたごろつき集団であった。誰からも軽蔑され憎悪され、昨日はくずの人間であった連中が突然、全権を持った行政部門のトップになった。中国人とロシア人に対し生殺与奪の権力さえ持つ場合もあった。彼らは中国人やロシア人を執拗にいじめて喜んだ。彼らに敬意を表さなければ、動くこともできなかった。もしできることなら、空気を吸う特権に対しても、だれにでも課税しようとしたであろう。

ハルビンで権力を握って数日もたたないうちに、警察の「顧問」は金持ちの中国人とロシア人を逮捕するよう命令した。釈放のための巨額の身代金を手に入れるためであった。訴訟で決定を下し、是非を確定するのは裁判所の「顧問」であった。必然的に金を一番たくさん払った側がいつも勝訴し、貧乏人はいつも敗訴した。

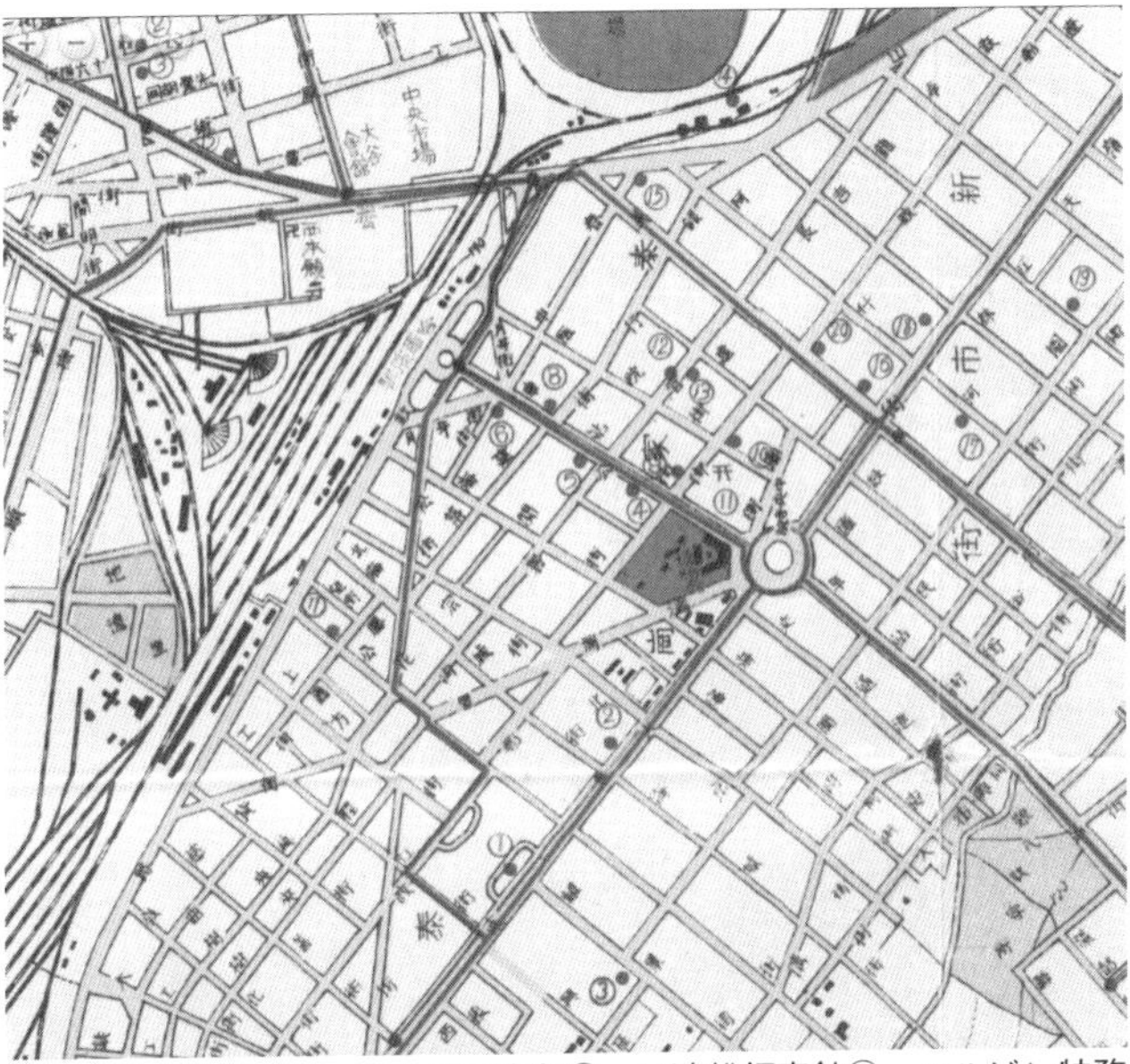

ハルビン鉄路局①　日本軍司令部②　ソ連総領事館③　ハルビン特務機関⑩　哈爾濱神社⑪　ハルビン警察庁⑭　秋林洋行⑯　フランス領事館⑲

　満州における日本人「顧問」体制について、読者がよりよい理解をしてもらうためには、彼らの一人について経歴の概略を簡潔に書く必要があると思う。それは不道徳な一団全体について典型的なものである。

　コンスタンチン・イワノヴィッチ・中村は名前でわかるように、ロシア正教を信仰している日本人であった（訳注）。このことは彼がより日本人であることを妨げなかった。彼は満州と朝鮮に二十年以上住んでいた。理髪業を職業とし、ハルビン郊外のナハロフカに小さな店を持っていた。そこは警察には最も評判の悪い場所であった。しかし中村は、はさみとカミソリを扱うのは好きではなかった。その店は見せかけのものであった。彼の本当の商売は、モルヒネ、ヘロイン、アヘンの取引と理髪店の近くにある売春宿の経営であった。

訳注：コースチャ中村。ハルビン憲兵隊通訳。第十二章にあるカスペ事件に深く関わった。一九一九年に洗礼を受けたとされる。詳しくは解説を参照。

中国当局は、平和のために日本人による麻薬の販売や女性の売買を見過ごしていたにもかかわらず、犯罪者がやりすぎると行動をとらざるをえなかった。中村の名前がハルビンの警察の記録に三回も出て来るのは、このためである。

一九二三年、中村は十一歳の娘を持つロシア人寡婦と内縁関係を結んだ。数ヶ月後、彼はその娘に暴行をくわえた。その母親からの訴えで、警察は彼を逮捕し、日本の領事へ引き渡した。日本の裁判所は彼を有罪にはできなかった。なぜなら日本の法律では、彼が母親を「買った」ときに、その娘も「買った」からであった。少女はしたがって、彼の私有財産になったのであった。それでおしまいであった。

一九二六年、警察はもう一度中村を扱わなければならなかった。今度は彼の理髪店に髭を剃りに行ったロシア人が麻薬をかがされて、五百ドル奪われた。目が覚めて金がなくなっていることに気づいて、彼は警察に行き訴えた。前と同じように、日本の領事が関与し、そのロシア人は麻薬をかがされたのではなく、ただの酔っ払いであったと宣言した。中村は無罪放免になった。

一九二八年、十二歳の少女を評判の悪い彼の家に閉じ込めているとして、中村は再び日本の領事に告発された。またも彼は無罪とされた。

これらは私が個人的に証言できる事実である。

現在、中村は日本の憲兵隊の首席「顧問」、白系露人事務局（訳注：第十三章参照）の首席「顧問」、ロシア人学校の視学官、聖ウラジミール大学の名誉副学長である（訳注）。同大学はロシア人のために日本人が設置した教授陣のいないインチキ大学である。

訳注：富田武氏によると、聖ウラジミール工業専門学校の名誉副理事長（「関東軍に潜入したソ連諜報機関エージェント『アベ』の謎」『歴史読本』二〇一一年九月号）。

しかし満州の人民が飲み干さなければならなかった苦い杯は、まだいっぱいになっていなかった。いたるところにいる「顧問」の鉄のかかとの下で痛みつけられるだけでは、まだ足りなかった。別の災難が彼らに降りかかってきた。何千人もの邪悪な犯罪者たちは、その内の一部はおそらく天皇の恩赦によって釈放された者であったが、血に渇いた吸血鬼の群れのように満州に侵入して来た。このようなジャッカルのような人間が堕ちた堕落の深さを伝えることは不可能である。彼らは神や人間と自然に対する想像し得るあらゆる種類の犯罪に挑んだ。満州の主要都市の通りは、夜間はもちろん昼間でさえ危険になった。真昼間に中国人のビジネスマンたちはいわゆる〝浪人〟に殴られて強盗にあった。日本の警察は何の手出しもしなかった。白人の女性には安全なところはどこにもなかった。彼女たちの多くのが、これらの日本の「神の子」たちによって裸にされ、暴行された。彼らはいたるところに恐怖を撒き散らした。

数千の事件のうちの一つがこれである。

一九三二年二月二十七日、S・K夫人は十六歳の娘とトルゴーワヤ通り（中国名：買売街）を歩いていた。日本人の無法者の一団が彼女らを襲い、小さな日本家屋に連れ込んだ。母親を暴行したあと、娘がそのうちの四人によって同じ運命にあうのを母親に見せつけた。

解放されると二人は近くの日本の憲兵隊に行って、恐ろしい経験を勤務中の下士官に語った。その時、ほかに二人の憲兵と通訳がいた。

「あなたの娘さんが暴行されたという証拠はあるのかね」とその下士官は皮肉な口調で尋ねた。

「その家を教えることができます。医者が診察することができます」

「よろしい。すぐ彼女を診察させよう。二人ともこの部屋に入って下さい」

女性たちは従って隣の部屋に行った。二人の憲兵が母親を押さえている間に、下士官と通訳

（やはり日本人だった）が今は気絶している娘に暴行した。その後、二人の女性は免許状なしに売春したとして逮捕され、中国の監獄に入れられた。

不幸な父親が中国人係官を通じて、妻と娘の運命を知ったのはほとんど一ヶ月後のことであった。彼は釈放してもらうために、五百ドル支払わねばならなかった。日本側はその金を受け取った。五日後の三月二十八日、日本の軍事団は父親に出頭するように命じた。彼は日本人に敵対することをまた言ったら、射殺されると言い渡された。

ハルビンのロシア語新聞がこのような事件のニュースを報道し始めるやいなや、軍当局は犯罪者を特定するのに「日本人」という言葉は使用してはならないとし、違反すれば発行停止にするという厳重な命令を発した。新聞が犯人について述べるときはいつも「外国人」という言葉を使わなければならない。これ以降、日本人による犯罪は、「外国人」によるものとされた。

カフェやレストラン、バーの所有者にとって、日本人の浪人はつねに悪夢であった。昼夜を問わずいつでも、彼らは中国人やロシア人が所有するこれらの店に騒々しく侵入して、従業員全員にすべてを中断させ、大量の食事と酒を持ってこさせて、一銭も支払わずに立ち去るのである。この種の強奪は、日本の憲兵隊の兵士や将校の日常茶飯事であった。彼らは浪人たちより悪かった。彼らはカフェの所有者に無料で飲食させたばかりでなく、ほとんどいつも、帰る時に気に入ったものを何でもつかんでいった。兵営の飾りにするもので、蓄音器、ラジオ、テーブルカバー、酒瓶、安楽椅子などで、特に金銀製品が持ち去られてしまった。彼らは特に時計を好んだ。満州にいる間にできるだけたくさんの略奪品を集めよう、というのが日本人憲兵の野心である。これらの「記念品」は全部、彼らが日本に帰るときに持っていかれる。

私は日本へ帰る途中の日本の兵士の部隊が大連で乗船するのをよく目撃した。彼らはほとんど全員が略奪品を積み込んでいた。その中に私はいつも掛時計とラジオ、蓄音器を見出すことができた。

中国人とロシア人、特に女性たちが耐え忍ばなければならなかった、日本人の浪人、日本人兵士、日本人憲兵、日本人の「顧問」から受けた苦しみは想像を絶している。部族的侵略の歴史で、残酷さと非人間性において、満州の侵略に比べられるものはない。昔の野蛮人は殺害し略奪したが、さっさとやった。これらの日本人はそれをゆっくりと丹念にやった。彼らは犠牲者の血を搾ったが、新たな血液の供給ができるようにし、それを繰り返すことができるようにした。

都市で起こったことは恐ろしく、ひどいものであったが、地方で行われた略奪行為や退廃に比べればたいしたものではない。日本兵が通ったところはどこも、その後に死と遺骨のほかは何も残さなかった。彼らは略奪し、殺害し、破壊した。若い女性は皆暴行された。

世界の国々は、日本人を文明化された国民であるかのように取り扱ったことで、最も恐るべき過ちを犯している。それは重大な誤りであり、結果として大惨事をもたらすであろう誤りである。

野蛮な制度を取り除き、日本を支配する非人間的な軍閥を除去して初めて、日本は文明国の仲間入りをする資格があることになるであろう。近代的な破壊的道具で武装したこれらの野蛮な大群が、平和で無防備な人々の中で暴れ、大惨事をもたらすのを眺めるのは恐ろしいことである。

土肥原大佐に会う

土肥原賢二大佐

一九三二年二月十四日、日本人の中尉と軍曹が私の家へやって来た。中尉は英語で、日本の特務機関長の土肥原賢二大佐（訳注）が私と会いたがっていると言った。中尉が三度お辞儀をするという奇妙な態度をしたので、招待は命令に等しいものであることがわかった。けれども、私は確かめたかった。

訳注：中国通の専門家。一九三一年に奉天特務機関長となり、同年の満洲事変後、奉天市長に就任。同年十一月、天津で中国人による

ハルビン特務機関。1914 年、ユダヤ系のスキデルスキーの邸宅として建設。フランス領事館となり、1918 年からハルビン特務機関の本部となる。

現在は黒竜江省老幹部活動センター

反張学良暴動を起こさせ、その混乱に乗じて日本租界にいた清朝最後の皇帝溥儀を満州に移送した。翌年、ハルビン特務機関長に就任。一九三三年に再び奉天特務機関長に就任し、華北に対する謀略工作を指導した。日中戦争中には謀略組織として土肥原機関を設立。戦後、A級戦犯として絞首刑となった。

「中尉さん、悪いんだが、昼食を食べてからすぐにお訪ねすると土肥原大佐にお伝え下さい」

中尉は再び二、三度お辞儀をして、伝統的な日本の尊敬の印である、歯の間から息を吸い込んでシューという音を出した。

「大佐はあなたに直ぐに来ていただきたいのです。車を待たせており、ご同伴いただきたい」

間違いなかった。それは命令だった。

私は帽子とコートを取り出かけた。

特務機関の本部（訳注）で五分間待つと、土肥原大佐の私室に案内された。

訳注：ユダヤ系のスキデルスキーの元邸宅であった。顧園路三号にあり、現在は黒竜江省老幹部活動センターになっている。スキデルスキーは炭鉱と林業で巨万の富を築いた。極東シベリア随一の林業資本家であった。

私は大佐を何年も前から知っていた。私が彼に初めてモンゴルで会ったとき、私の印象は悪いものではなかった。私は小さな口ひげをつけ、背の低い、丸顔で太り気味の男を覚えていた。

彼はいつもわざわざ私に多くの好意を示した。外国人ジャーナリストは土肥原大佐を日本の「満州のロレンス」と言っていた。けれども、彼の妹が日本の皇子の側室でなかったら、彼の成功のほとんどはまだ夢想ではなかったかと思う。今回も以前と同じように彼は笑顔で迎えた。私はそれが皮肉なのか嘲笑なのかわからなかった。握手すると、彼は私に座るようにいった。ロシア語で彼は言った。

「私はロシア語を使うほうが好きなんです。英語はどうしても使わなければならないときしか話さないのです。イギリス人やアメリカ人をひどく嫌うのと同じように、私はいまいましい言葉がきらいなんです」

彼は二、三分黙っていた。彼の目は私を見据えていた。

「私たちはお互いに知り合いです、ヴェスパさん。そうじゃないですか。最後に会ったのはどこだたったか覚えていますか?」

「間違っていなかったら、天津です」

「その通り。よい記憶力をお持ちだ。あなたは非常に知的で、同じことを二度説明する必要がないと聞いている。端的に言おう。

今まで何度も日本の軍当局はあなたに中国の機関をやめて、日本の機関に入るように提案してきました。あなたはいつも拒絶してきました。だが今日事態は変わったのです。私はあなたを招いているのではない。今からあなたは日本側のために働くのだと言っているのです。やる気があれば、あなたは多くのことができ、うまくやる人だと私は知っている。他方、あなたが大したことをせず、うまくやらないとすれば、それはあなたが喜んで仕事をしていないということを意味する。そして……」。大佐はゆっくり、慎重に言った。「私は、悪意を持っているとわかった者は射殺することにしているんです」。

それから彼は普通の口調に戻って言った。「今は戦時です、ヴェスパさん。宣戦が布告されていなくても、それは違いないです。あなたが逃走しようとすれば、脱走としてみなされます。脱走には死刑で罰します。もしあなたが一人なら、満州やモンゴルに多くの友人がいるので、中国内地に達するのは容易なことでしょう。しかしあなたには家族がある。五人の家族が満州とモンゴルの広大な草原地帯を横断するのは容易なことではない。私の言っていることはわかるでしょう。だから、もっと陽気になり、全力を尽くす決心をするよう忠告します。後悔する理由はないでしょう」。

私は彼の態度に驚いて、次のように抗議した。私は日本の諜報のために働きたいとは特段に思わない。私は小金を貯めているし、二つばかりの劇場の所有権も買えたのだから、もし充分な報酬が提示され、脅迫的な態度で話されないなら、検討してもいい。

彼は顔をしかめた。

「私はあなたに提案をしているのではない、ヴェスパさん。あなたに命令しているのであり、その理由はもう話した。その点をくどくど話す必要はないと思う。

明日、十一時に私の事務所に来なさい。満州における日本の諜報機関の長に紹介する。あなたは一緒にうまくやっていくと確信している。あなたが日本人に慣れて、日本人をよく知れば、中国人よりも数千倍もよく、アメリカ人やその他のあらゆる人種より優秀であると確信するでしょう。どんなヨーロッパ人も日本人のために働くことができることを誇るべきだ。気をつけ給え。足元に気をつけ給え。あなたの友人のスワインハートに何が起きたのか忘れないように。覚えていますよね。彼は溺れ死んだ、そうじゃないですか、ヴェスパさん?」

スワインハートは満州政府のために働いていた米国人だった。彼は日本で日本人に殺されて、海に投げ込まれた。東京の新聞は彼が事故で溺れ死んだと報じた（訳注）。

訳注：一九二八年六月二十六日付の朝日新聞夕刊は、「張作霖の前顧問　鎌倉で溺死」との見出しで次のように報じている。

鎌倉海浜ホテルで二十三日夜十頃投宿したアメリカ人張作霖顧問デー・イー・スワインハート（40）氏は二十四日夕刻から姿が見えなくなったので捜索中二十五日午前四時頃同海浜ホテル下海中に死体となって浮上った。所持品中には安国軍高等顧問施維対。裏面に洋字でデー・イー・スワインハートと印刷された名刺と「日本郵船サイベリア丸で来りアメリカ・サンデー号にて母を尋ねるべくワシントンに赴く」と記された写真入りの神戸クロニクルらしき新聞切抜あり。スワインハート氏は一時帰国来年二月ふたたび支那に渡ることになって居たが友人バロン氏と帝国ホテルに滞在していたが、単身鎌倉に来たったもので横浜よりアメリカ領事出張検視の結果水泳中に心臓まひを起して死亡したものと判明した。

第四章　特務機関第二部

日本の政策の説明

私は土肥原大佐が指定した通り翌日十一時に訪れた。従卒が私の到着を知らせると直ぐに、大佐は事務室から出てきて、後につい来るように言った。外に出て、庭園を横切り、特務機関の建物に隣接する大きな邸宅に入った。

この邸宅はカワルスキーという名前の裕福なポーランド人のものであった（訳注）。日本人がそれを取得して、二つの建物を隔てていた塀を壊して、その間に中庭を設けた。

訳注：ウラジスラヴ・カワルスキー。ロシア生まれでハルビンに入る。製粉工場などで成功を収め、一九一一年に森林経営を始める。満州国成立後に事業が衰退、一九四〇年死去。顧園路一号にある建物

は現在、革命領袖視察黒竜江記念館になっている。

われわれは左のドアを通って中に入った。それは大きな部屋に通じていて、五人の日本人が書物用のテーブルの後の席に座っていた。大佐はそのうちの一人に日本語で何か言った。言葉を交わしたのち、その男はお辞儀をして、重いカーテンが掛けられた入り口の中に入って行った。彼はすぐに戻ってきて、二人に中に入るようにと言った。

そこは広い事務室であった。隅に一人の日本人が大きな机を前に座っていた。四十五歳くらいの陽気な顔つきの男で、平服を着ており、目は並外れた知性を示していた。

この際立った人物の下で働いている間、彼の名前やその身元はまったくわからなかった。彼とはどのような会合でも、パーティーでも、他の人の家でも会うことはなかった。彼はいつも自由に使える飛行機を持っており、秘密の旅行に出かけるときは、自家用車で乗り付けた。事務所の内外を問わず、質問をしようとすることは、命と引き換えることであった。私自身が監視されていないとか、何か不審な動きをしても報告されないだろうと考えるほど私は馬鹿ではなかった。その結果は、即座に処刑されるか、もっと悪いことになっていたであろう。

ある時、私が彼にユダヤ人全員が悪いわけではないと言ったところ、彼は私をその場で射殺しそうになった。私が最初に会ったときは、温厚な完全な紳士として振る舞い、完璧な英語を話し、触れ合う人たちに対しては心遣いを示した。

林業経営で財を成したポーランド人カワルスキーの邸宅。1923年竣工。ハルビンを代表する豪邸で、ハルビン特務機関の隣にあった。カワルスキーの森林や事業所は1932年に日本の近藤林業会社が買収。この建物はソ連と中東鉄道問題で交渉にあたった満鉄理事の公館になった。

現在は革命領袖視察黒竜江記念館

土肥原大佐は彼に日本語で話した。それから私に向かって英語で言った。

「ヴェスパさん、この紳士があなたの新しい上官です。以後、あなたは私の顔を忘れ、あなたが私と会ったことも忘れなければなりません。もし私たちがまた会うようなことがあったら、どこであろうと、あなたは私を全然知らないようなふりをしなければなりません。幸運を祈ります」。大佐はそれから彼に二、三度お辞儀をして、部屋を去った。

今や私は私の新しい上官と二人だけになった。彼は注意深く私を見つめていた。

「お掛けなさい」と彼は言った。

彼の英語は日本人には珍しく、ほとんど完璧で、彼は外国、おそらく米国に長く住んだに違いないと私は思った。彼との最初の出会いは、私に強烈な印象を与えた。私は彼が言った言葉をほとんど覚えている。

「ヴェスパ君、君が何者であるか聞く必要はない。ここに君が一九一二年に中国の土を踏んでから現在にいたるまでの君のすべての活動に関するファイルがある。日本の諜報機関は中国、満州、モンゴル、シベリア、ロシアで君のあとをつけていた。多くの日本人将校、田中大佐や寺内将軍も君を非常に高く評価している。これがわれわれ軍当局が君は反日的だと考えない理由だ。君は親日的だと考える者さえいる。いずれにしても、われわれが互いに理解し、われわれと働いたことを後悔しないように望む。土肥原大佐が何か不愉快なことを言ったとしても、気にしないで欲しい。外国で彼のことを日本のロレンスと呼んでいるもんだから、彼は威張り散らして自分の偉さを見せて喜んでいるんだ。彼は私の下で何年も働いてきた。けれども、はばからずに言うが、彼は自分が思っているようなロレンスではない。

もちろん、彼が多くの仕事でよくやったということは否定できない。しかし、不名誉な多くの失敗を犯したという事実は残る。それで、人々はそれらは日本の諜報機関の大佐というより馬鹿な伍長の失敗だと思う。例えば、張作霖元帥の死は絶妙な処置だったと思うかね？」

私は何と答えたらいいからなかった。激しい敵意と途方もない嫉妬が存在していると聞いていたが、そのような噂は軍隊に対する宣伝の結果ではないかといつも思っていた。知らないうちに、この最初の会見で、その噂は本当であることを認めざるを得なくなった。張作霖が日本の参謀の命令で殺されたことを上官が大っぴらに認め、土肥原大佐が命令を執行したと示唆という事実をどう説明できるのか？

私は驚き、沈黙した。

「わかります」と上官は続けた。「こんなことを君に話すのはなぜだろうと不思議に思っているのだろう。日本人は、世界と国際連盟に対して満州の独立は旧政権に対する人民の革命であり、日本人は満州に新政権の顧問としているにすぎない、と信じさせようとしている。それは認める。しかし、事実はまったくそうではない。君をだまそうとしても、君は知りすぎている。君と私は一緒に仕事をするのだから、君にはわれわれの計画を率直に知らせなければならない。君の能力と経験は十分知っている。満州で二十年間すごし、満州の人々をよく知っている。彼らの最も私的な習慣、風俗、慣行、あこがれについてである。もし私が日本の代表が国際連盟で語っていることを君に言ったら、君は私の面前で笑うだろう」

彼は時計を見た。

「もうすぐ十二時だ。食事に行って、二時に戻ってきなさい。その時、これからやる仕事のあらましを説明する。大きな仕事が待っている。では」

私が二時に戻ると、私の新しい日本人の上官は、歴史と外国人の倫理について講義を始めた。彼が語ったことは大体次のようなことであった。

「イギリス人を見給え」と彼は言った。「どのように世界の半分近くを彼らの帝国に加え、どのようにいつも征服した国に征服した費用を支払わせることができたか、考えて見給え。インドはいつも侵略者の費用を支払った。南アフリカもそうだ。アメリカもそうだ。イギリスの植民地である限り、自身を支配するイギリス軍隊の維持費を払わなければならなかった。同じことはフランスやアメリカについても言える。キューバやフィリピンはスペインから解放された代価をいまだに支払っている。われわれ日本人は非常に貧しい国民である。満州占領に伴う費用を支払うなどという贅沢はできない。だから、満州の中国人は何とかして費用の全部を支払わなくてはならない。それがわれわれの主要な任務である。

けれども、重大な困難が存在する。どうしたら、他の国民や国際連盟の機嫌を損なわずに支払わせることができるのか。もしわれわれが満州を正式に占領したと公に宣言したとしたら、ことはもっと容易で、そのことについて誰も何も言わないであろう。だがわれわれはわれわれの正当な理由で、新しい満州国は人民自身の革命の結果として建設され、日本人はここに顧問として存在するだけだ、と正式に宣言した。従って、満州の人間がわれわれに支払うようにしなければならないが、彼らに支払わせているとか金を受け取っているとか誰もわれわれを非難できないようにしなければならない。

戦争では目的を達成するためのすべての手段は適切なのである。われわれが占領した奉天やその他の都市で使用した方法が、ハルビンや北満のその他の地域で実施しようとしているものだ。

われわれのシステムは第一に、信用のおける個人に秘かに独占権を与えることにある。第二に、金持ちの中国人とロシア人、特に金持ちのユダヤ人を間接的に彼らのかなりの部分の財産を放棄させることにある……これは強制させて利益を得ているのは日本人だということがわからないように、巧妙にやらなければならない。

主な独占は、日本の軍需物資と見せかけて中東鉄道で物資を無料で輸送することだ。その他に、アヘン窟の独占、麻薬の販売、ケシの栽培、日本人売春婦の移入、賭博場などだ。

独占権を与えられた者は非常に高額な金を支払わなくてはならない。彼らは全員、われわれの保護を受けられる。満州にくる日本の将校は皆二、三年後に五万ドルから十万ドルを懐に入れて帰国したいと思っていることは知っているはずだ。われわれは彼らを監視しなければならない。特に憲兵隊は。満州の人間から絞ることができた金は全部、日本政府のもので、日本の将校の手に渡ってはならない。

これらの将校はあらゆる手段を使って、金をできるだけ作ろうとする。彼らを阻止するのは容易ではない。特に憲兵隊の将校は。日本の憲兵隊は評判が悪い。その将校は軽蔑されていて、誰も彼らと関係を持ちたがらない。軍の将校でさえ彼らを避け、近づかない。朝鮮と南満州において、これらの憲兵隊は事実上、司法権全体を支配し、民衆の生殺与奪の権力を持っている。憲兵隊の将校が退職しようとするとき、通常銀行に十万円から二十万円を預けている。ところが一般の陸軍の将校はかろうじて食べていくだけの金しかない。これらの憲兵隊の将校に対して、われわれができることはほとんどない。彼らは全員、軍民のすべての権力を天皇に返すことを目指す青年将校団のメンバーなのだ。それは最も強力な団体だ。彼らはためらうものはない。何があってもやめたりしない。彼らに反対しようとした多くの大臣や将軍は命で代価を払った。彼らと対応するさいは細心の注意をしなければならない。彼らを直接たたくのではなく、彼らと一緒に働く共謀者たちに打撃を与え、彼らは孤立させなければならない」。

私はこうした率直な表明に驚いた。上官は大きな窓から空を見ながら、たばこに火をつけ、二、三回タバコをふかした。彼はタバコを投げ捨て、続けた。

「数日のうちに、われわれの知っている中国人の匪賊が五十人ほど奉天から着く。彼らは地元のヤクザの協力を求め、われわれが与えるどんな命令を執行する千人から千五百人の一隊を北満に作る。どのような『仕事』もやってのける二十人ほどの強いロシア人をハルビンで見つけなければならない。彼らはナイフと拳銃をうまく使えなくてはならない。また口の固い人間でなくてはならない。最後に、十人ほどの腕のいいスリが要る。頭がよく、着こなしがよく、立派な人に会う方法を知っている連中でなくてはいけない。

匪賊はいろいろな役に立つ。大規模な作戦では彼らはなくてはならない。例えば、組織ができたら直ぐ、最初にやらなければならない仕事は、ハルビン・ウラジオストク鉄道の運行を妨害し、完全に停止させてしまうことだ。ソ連はあらゆる商品と大量の大豆をウラジオストク港へ輸送する。これは大連の港にとって都合が悪い。そのロシアの鉄道は、ロシア国境に近いところでわれわれの匪賊に攻撃される。破壊は何度も繰り返され、ロシアはわれわれの線路で品物を大連へ輸送しなければならなくなる。ソ連が支配するその他の鉄道の線路もたびたび破壊される……時にはまた……体裁のために日本の線路も破壊されるであろう。さらに、われわれの匪賊はロシア国境で事件を起こして貴重な仕事をするであろう。満州のその他の地方で事件を起こす。金持ちを誘拐して、安全に帰してもらうために身内が高い身代金を支払う。中国人の村を攻撃し、日本軍の到着とともに逃げ、中国人の感謝を得る。日本兵へ偽の攻撃を仕掛けて、討伐する口実をわれわれに与え、日本人入植者に与えたいと思っているそうした地域の住民を撤退させる……その他のあらゆる種類の有益な目的のために役立つ。

われわれが雇ったスリについては、彼らは満州に住む外国人、特に観光客としてくる外国人を狙う。彼らはポケットから文書や手紙を盗む。外国人を捜索するのは容易ではない。もしそうすると、彼らは際限なく抗議して、われわれに大変な負担を強いる。ところが、ロシア人が財布や手荷物を盗んでも、日本人に文句を言えない。そうじゃないか。

ハルビン、チチハル、ハイラル、その他の北満の地方には多くのロシア亡命者協会がある。これらの組織はその性格はたいてい反ソである。少なくとも、私はそう聞いている。ヴェスパ君、君は何年も満州の秘密警察の高官であった。満州に住んでいるさまざまな人々の言葉と習慣を知っている。ロシア移民の多くの状況、その組織はどのようなものなのかよく知っているはずだ。そこで、ありとあらゆる組織の性質、活動範囲、計画と活動、それに主な組織者の略歴について、詳細を私に報告してもらいたい。

日本に心から友好的でない組織や協会は全部なくしたい。他にも厄介な問題がある。いわゆる文化人だ。彼らが邪魔になっている。彼らはわれわれの計画に干渉する。旧ロシアの将軍、大佐、教授、貴族をどうするべきか?彼らは邪魔者なんだ。われわれが欲しいのは、かなりの知性のある若者で、何らかの地位を受けるのを誇りにし、われわれが欲することをやりたいと思う者たちだ。われわれの活動を隠蔽するロシア人が必要だ。物事を考える人間である必要はない。賢すぎない人間、野心のある人間、組織の長であることで虚栄心が満たされる人間が欲しい。ロシアの難民組織からそのような個人を選び出すことが君の仕事だ。君は強欲と愛国心の欠如から彼らを選ばなければならない。リストができたら、私のところに持ってきてくれ」

上官の指示

満州における諜報機関の長が私に日本の政策の概略を話している間、私は任務についてメモした。

「これらのロシアの組織が、われわれの選んだ人物をそれぞれの組織のトップにして改革されたら、北満の全土に支部を設ける。どの部門もロシア語を話す日本人が監督長になり、顧問長として、彼の許可なく仕事をすることは不可能になる。改革された組織はソ連人に対して非常に有効で、特に鉄道帯近くに住むソ連人に対して有効になるであろう。

毎日、ソ連市民やその他に対して事件を挑発しなければならない。日本特務機関第二部は、ソ連市民、共産主義者、非共産主義者を問わず、挑発し逮捕するためわれわれが欲しい材料を提供するだろう。その目的のために、あらゆる種類の文書が必要である。罪の意識を持たない仕事人間が必要なのだ。ボルシェヴィキは野獣のようなもので、そのように扱わなくてはならないということを忘れてはいけない。

私は現場には姿を現さない。完全にまた密接に日本に関する事柄を除いて、私は姿を見せない。君の役割は、私の仲介人として行動することだ。君への命令は常に私から直接行く。他の人から行くことはない。他への命令は、君自身が問題の関係者に中継するのだ。ロシア人もヨーロッパ人も私の事務室へ入ったり、直接通信することは許されない。この規則から、私が長年知り、信頼できる三人を除外する。私の事務所へ許可なく、案内もなくまっすぐ入れるのは君だけだ。この特権を与えるのは、君を信頼しているからではなく、君が帰化した中国人であり、その意味でいつでも射殺できるからだ。それに君が任務を忠実に遂行するよう、われわれは君の家族を担保として押さえているからである」。

その間私は注意して聞き、時々メモをとった。満州における日本の諜報機関の長が何を言い、どのように言おうと、そのような男の助手にふさわしい無表情な外見を維持した。けれども、私の任務の性格と実行しなければならない嫌悪すべき仕事をより知るにつれて、彼の息の根を止めたい強い気持ちが私の中で湧き上がって来るのを感じた。彼がそのように率直に話しているので、私はいまから彼の支配から逃れることはできないと彼は確信しているとわかった。彼は無邪気な罪のない数千人の人々を苦しめ、惨めにすることを冷酷かつ意図的に計画していた。しかし、たとえ私自身と私の家族を犠牲にしたとしても、抵抗しても無駄であることをよくわかっていた。。日本の強圧者は同じように先に進んでいくであろう。私は落ち着いていた。最後まで平静に聞いていていた。

上官は続けた。

「最後の指示だ。ここハルビンには多くの外国人が住んでいる。アメリカ人、イギリス人、フランス人、イタリア人、その他がいまだ治外法権を享受している。彼らに目を光らせなくてはならない。多くはソ連のスパイだ。その他の連中はアメリカかイギリスのスパイだ。これらのアメリカ人とイギリス人は絶えず監視しなければならない。彼らは自分の国が極東で特殊な権利を持っていると信じている。日本が一歩動こうとするときはいつも、彼らは干渉するためのばかげた理由を見つけようとする。われわれ日本人は、そのような権利を認めない。アメリカはモンロー主義を持っている。われわれもまた、われわれの主義を持っている。東洋全体はわれわれの勢力範囲で、われわれの支配の中に入らなければならない。朝鮮、満州、モンゴル、それに間もなく中国、イルクーツクまでのシベリアはひとつの帝国、われわれの偉大な天皇によって支配される日本帝国をなすであろう。天皇だけがまさしく天と呼び得るのである。彼は太陽の神の子孫であるから、すべての日本人は神の子なのだ。日本人は地上で唯一の神聖な国民なのだ。他の国民と混じろうとしないのはこのためだ。われわれの文化は神聖であり、日本のものは皆同じように神聖なのである。われわれの文明を、われわれが征服し、または征服する人々に与えるつもりはない。彼らは消え去るのみである。朝鮮人は悪徳によって飲み込まれてしまうだろう。中国人はアヘンやその他の麻薬の犠牲者となるであろう。ロシア人はウオッカによってだめになるだろう。彼らは皆絶滅してしまうだろう。天照大神、太陽の女神の子孫だけがわれわれの帝国の国民となるのだ。しかし、これは神がわれわれ国民に与えた仕事の最初の部分にすぎない。第二段では、インドと太平洋の島々、ウラル地域までのシベリアを制服する。このように宣言するのを笑ってはならない。神は嘘をつかない。日本の運命は神によって定められている。日本が地上で最も偉大な帝国になることを阻止できるものはないのだ！　われわれの内部の抗争、政治的暗殺、経済的問題に世界は騙されてはいけない。そうしたことは腐敗のしるしではない。反対に愛国心のしるしなのである。私は君に、早く金持ちになろうとする日本人将校に目を光らせるよう時には頼むことがあっても、自分自身が騙されてはならない。彼らはどのような犯罪にも有罪であることはない。なぜなら消えていく運命にある劣った人種から金を得ているからである。その金は結局日本に行き、国家に行くからである。われわれの関心は、金が国家により短く、より直接的な手段で届くようにすることだ。外国人はなぜ日本人裁判官が日本人に借金や家賃、その他の債務を払わせさせないのか不思議に思う。これは彼らが日本人の哲学の根本を理解できないからだ。自分が神の子であることを知っている日本人裁判官が他の神の子に、野蛮な人種、消えていく運命の人種の一員に金を支払わせるだろうか？　そんなことは日本人には想像も及ばない！」

「ソーデスカ」と私は日本語で言った。

「だめだ、だめだ！　君が日本語を知っていても、話してはだめだ。それは私には侮辱されたような感じを与える。われわれ日本人は外国人がわれわれの言葉を話すのを聞きたくないのだ。それは冒涜のように聞こえる。日本語は神の子のものである。それは天皇の言葉、天照大神、太陽の女神の言葉なのである。外国人が日本語を話すのを聞かなければならないときはいつもその人の首を絞めたくなる。英語で話そう。誰も気にしない。誰もが話す。不愉快なことを話すには適切な言葉だ。誰かを罵らなければならないときは、私はいつも英語でする。

忘れそうになっていたことがまだある。満州には四万人以上のソ連市民が住んでいる。そのうちの約二万二千人は中東鉄道の従業員だ。残りは小商人やさまざまな工場での労働者だ。彼らのほとんどは共産主義者でプロパガンダに従事している。当然これは日本の政策に反するから、可能なあらゆる方法で彼らに嫌がらせをすることはわれわれの義務である。一人の宣伝活動家を野放しにしておくより、千人の無実の人びとを罰する方がいいという原則で働かなくてはいけない。もしソ連政府がその鉄道の権利をわれわれに売ることを拒否するなら、日本側はそれを取り上げ、いまいましい野蛮人たちを追放する！　居残ったり、追放できない者たちには、彼らの生活を惨めなものにし、喜んで立ち退くようにして出国させる。彼らには一分でも平安を与えてはならぬ。

白系ロシア人は赤色ロシア人をどのように扱っても構わないと理解されたい。赤色ロシア人の家は毎日捜索されるだろう。生活必需品は投げ捨てられ、余りにしつこく虐待され、屈辱を与えられるので、絶望して満州を出ていくであろう。

こうした赤色ロシア人のほかに、北満には約七千人のユダヤ人（訳注）がいる。彼らを取り扱う仕事はより困難であろう。彼らは皆ロシア生まれであるという事実にかかわらず、彼らの多くは多少とも合法的に他の国の帰化することができた。イギリス人、アメリカ人、フランス人もいれば、トルコ人、イタリア人、ドイツ人、ポーランド人などもいる。満州における外国企業のほとんどは、彼らが代表になっている。だから、建物の前に外国旗があるところはどこでも、一人以上のユダヤ人がひそんでいることは確実である。もちろん、われわれはそれを直接的にも公然的にも攻撃することはできない。特に治外法権を有する国籍の者に対してはできない。しかし、間接的に彼らに厳しくしなければならない。治外法権を理由に手を出すことができないなら、彼らと取引をしようとするすべての人々には手を出すことができる。外国企業と取引しているところを見つかったロシア人や中国人は、それをやめるまで何らかの口実で逮捕される。これは長くはかからない。なぜなら、ロシア人と中国人は外国企業と取引するのは危険だと間もなくわかるであろうからだ。

訳注：ロシア帝国の満州進出とハルビンの建設にともない、ロシア西方に住むユダヤ人が移住してきた。ハルビンには一九二〇年代初頭に一万数千人のユダヤ人が住んできたが、一九三二年の満州国建国後、多くがハルビンを去り、上海や天津に移り住んだ。一九三八年末にはハルビンに残るユダヤ人の数は二千二百五十一人に減少した（高尾千津子『戦前日本のユダヤ人認識とハルビン・ユダヤ人社会』「一神教学際研究」第１０号）。

君に与えているこれらの指示は、北満の他のすべての日本の諜報機関の長にも与えている。君に命令を与えることができるのは私だけだ。報告をするのは私にだけだ。君の部下は、君が私のために働き、私が君の上官であると知ってはならないし、疑ってもならない。私が誰から命令を受けているか、君は知ることはないだろう。同じことが君の主な助手に適用される。彼らは誰が彼らの上官で、命令は誰からくるのかを彼らの部下に話してはならない。われわれの諜報機関はチエーンのようなものであってはならない。ひとつの輪は他の輪につながってはならない。むしろ、それは点と点の連続で、調和して働くが、直接的な接触はないものでなければならない。そのようであれば、敵が一人を捕らえても、他の者が見つかることはない。

君はメモをとっていたが、それはよくないやり方だ。手帳はなくしたり、盗まれやすい。自分の記憶を頼ったほうがいい。君は記憶力がいいと聞いている。それは長所だ。もう行ってよろしい。明日から仕事だ」

「失礼ですが」と私は言った。「私の部下とか主な助手について話されましたが、彼らは誰で、どこにいるんですか?」

「それについては心配しないでいい。そのうちわかるだろう。いつどこでかはまだ言えない。さしあたり、白系ロシア人組織についての報告を準備してくれ」。そう言って彼は手を伸ばし、私と握手して出ていった。

家へ帰る途中、私は夢の中にいるようであった。私はいま聞いたことにぼう然とし、あぜんとした。すべてまったく信じられないようだった。最も信じられないことは、彼がたくさん話したことであった。私はこれまで聞いていた朝鮮における日本の虐殺行為の話について、私は信じていなかったが、いまや本当に違いないと知った。この四ヶ月間に満州で確立された恐怖支配の話もそうである。私は日本人は礼儀正しく親切で、上品で寛容な人々だと考えていたが、いまやそれは幻想で、消えてなくなった。私は恐ろしい現実と直面していた。

狼は羊の皮を脱ぎ捨てた。仮面は取れ、ありのままの日本人を見せた。残酷で感情を持たない、野蛮な人々。道徳がまったく欠如し、他の人々の苦しみに恐ろしく無関心な人々。良心の呵責がまったくないまま、数百万の人類の絶滅を企てた人々。世界が武装を助けた野蛮人の群れ。自分自身を「神の息子」と呼ぶ信じられない傲慢。私は数千の中国人と同じように、彼らのために働き、彼らの非行を助けるように強制された。

訳注：以上の一節は Little, Brown 版では削除されている。

私の中で叛乱の嵐が吹き荒れた。日本側に服従するのではなく、装備した武器は貧弱であったが勇敢に反撃し、彼らが言うところの「猿狩り」に行く決意の不幸な中国人の一団に入りたくなった。しかし、私の妻と子どもたちのことを考えると、私の煮えたぎる気持ちは静まり、理性を取り戻した。もし私が衝動のまま動いたら、私の家族はどうなってしまうのだろう？ 私の勇敢な妻、娘や息子、年老いた義理の母は。これらの無慈悲な破壊者の手の中に入ったら、彼らの運命はどうなってしまうのか？　いや、私は否応なしに自分の役割を演じなければならない。いつの日にかやってくる好機を待って、辛抱強くしていなければならない。いつの日か……間もなく……と私は望んだ。その夜、私の解放の日がずっと遠くであると聞かされていたら、思い切った手段をとっていたかもしれないが、私と私の家族に起ころうとする運命について何も知らなかった。五年近く私は満州を去る機会を待っていた。自由への希望を持つことで、目撃しなければならなかった恐ろしいことに耐え、無知で狂信的で傲慢な日本当局が無防備な人々や完全に彼らの意のままになっている人々を服従させて喜んでいる屈辱を耐えることができた。

最初の任務

翌日私は新しい日本人の主人に仕える仕事を始めた。思い出されるだろうが、私は北満州における白系ロシア人組織に関する報告を準備しなければならなかった。さまざまな協会があり、皆ハルビンに本部があり、満州の各地に支部があった。主なものは次の通り。

1　亡命者委員会　委員長　コロコルニオコフ
2　ロシア社会委員会　委員長　コロボフ
3　元軍人連合　会長　ヴェルツビツキイ
4　正統派　会長　キスリーツイン

5　ファシスト　会長　コスミン将軍
6　不動産所有者協会　会長　ガンダティ
7　株式取引所委員会　委員長　カバルキン
訳注：Little, Brown社版ではコロボフはX、キスリーツインはYとなっている。以下同。

コサックや余り重要でないものやまったく重要でない組織があった。

これらのさまざまな会長の中で、日本側がその地位に留まらせたいと思ったのは二人だけである、ということは容易に理解できた。彼らはロシア社会委員会のコロボフ氏と正統派の会長キスリーツイン氏であった。

コロボフ氏は有利な長所を持っていた。彼は五十四歳になるまで一日も仕事をしたことがなかった。彼の職業はあるロシア人協会などの会長か会計として活動することと借金をすることであった。彼は胃袋と関係のあるもの以外、何の理想もなかった。彼の唯一の幸福は、ザクースカ（ロシアの前菜）が出されたテーブルに座ることであった。このことで非常に有名であったので、ロシア人が彼の政治的傾向を議論するときは、彼のことを「ザクースキスト」と呼んで問題を決着したものであった。彼はどんな宴会も欠席することはなかった。ファシストであれアナキスト、君主制主義者、どんなグループによるものでも出席した。彼の際限のない融通性を持ったイデオロギーは幅の広い美食と相まって、彼を日本人にとって理想的な人物にした。

キリル大公（訳注）をロシアの皇帝の座につけようとしている君主制主義者の協会である正統派の会長であるキスリーツイン氏は、頭が空っぽで虚栄心の強いたかりであった。大公で王位詐称者はパリからさまざまな勲章や褒章を満州にいる信奉者に贈った。あれやこれやの騎士勲章、あれやこれやの在郷軍人会大将校、これこれへの昇進など。キスリーツイン氏自身の胸には十四個の派手な勲章がかけられていた。世界大戦の終わりに大尉で退役になっていたが、大公によって騎兵の中将に昇進させられた。この点については、この君主制主義者の協会のほとんどのメンバーは将軍にされ、さまざまな勲章で飾られていた。

訳注：キリル・ヴラジーミロヴィチ。皇帝アレクサンドル二世の三男ウラジミール・アレクサンドロヴィッチ大公の二男。ロマノフ王朝最後の皇帝ニコラス二世の従兄弟。

キスリーツイン氏のモットーはジョージ一世のと同じであった。パンチと太った女性である。彼はウオッカだけを飲んだ。日本人は常にそれを豊富に提供した。彼はちょうど日本人向けの人間であった。大公に負けず、日本人は彼を満州における白系ロシア軍司令官にした。

キスリーツインは日本人に喜んで雇われたロシア軍の数少ない元将校の一人であったというのは、真実であり公正なものである。大多数は道具として使われる不名誉より、迫害、飢え、投獄さえも選んだのである。

侵入者をそのように温かく歓迎したロシア人が、彼らの正体を見破るのに数日もかからなかった。解放者として迎えられた日本人はすぐにその本性を現した。

メディ将軍の息子で、私と同じように四年間ハルビンで日本軍のために働かされたニコライ・メディは、ある日私に言った。「ソ連の大義のための宣伝家として、満州にいる日本人よりうまかった共産主義者はいなかった」。この言葉は次のような事実で裏付けられている。本国での迫害を逃れて平和と安全を見出すために満州にやって来た数千人のロシア人難民が、日本人による迫害が耐え切られなくなって満州に残るよりソ連に戻る旅券を求めて毎月、ソ連領事を訪れた。彼らは白系ロシアの信念を放棄して、ボルシェヴィキになることを選んだのである。二つの形の抑圧のうちのどちらかを選ぶのかに直面して、彼らは黄よりも赤を選んだ。中国本土に避難した者と満州に残った者とを問わず、今日日本人を呪わないロシア人難民はいない。これの唯一の例外は、日本が侵入後に監獄から解放したロシア人犯罪者である。彼らは「バンザイ」を言い続けるか、監獄に戻らなければならなかった。

自尊心のあるロシア人は誰ひとりとして、日本人と関係を持ちたいとは思わなかった。それで、日本がキスリーツイン氏を白系ロシア難民軍の司令官に任命したとき、参謀長の地位を受けようとするロシア人の元将軍はキスリーツインも見出すことはできなかった。彼らはダミーを仮装しなければならなかった。長年、ハルビンの秋林百貨店（訳注：第十三章参照）の前で物乞いをしていた哀れな病人が選ばれた。彼は以前、シベリアでセミョーノフ将軍（訳注）のコサック軍の将軍であった。この哀れなやつれ果てた人物は結核と梅毒にかかっていて、入浴させられ新しい服を着せられた。数日後、官報はサルニコフ少将が参謀長になったと発表した。

訳注：グリゴリー・セミョーノフ。ザバイカル（バイカル湖東岸地域）出身。ロシア革命後、シベリアに出兵した日本軍の支援で、一九一八年五月ザバイカルに反革命政権を樹立。一九二〇年政権崩壊後、満州に亡命。一九四五年ソ連軍によって逮捕され、翌年処刑された。

日本人から辞任を歓迎すると通知されていたロシア人組織の他の会長たちは、こぞってこれを拒否した。その結果、日本人が「反乱者」と呼んだ彼らに対する激しい戦いが生じた。数ヶ月の厳しい迫害のすえに、屈服した者もいたし、ガンダティとカバルキンのように脅しや逮捕、果てしない嫌がらせにもかかわらず。四年間もその地位に留まった者もいる。いや応なしの日本の圧力によって、彼らがその地位を放棄しなければならなくなったのは漸く一九三六年初めになってからである。

前知事のガンダティは八十四歳になっているにもかかわらず、不屈の男だった。日本の憲兵隊の将校が逮捕状を持って彼の家に来たとき、老紳士は日本の天皇が外国人に授けることができる最高の勲章を胸につけて現れた。その勲章は彼がアムール州の知事をしていたときに授与されたものであった。そのような高い位の日本の勲章を着用した人物は逮捕を免れることができた。その将校はお辞儀をし、うろたえて退散した。その日以来、日本人に雇われて白系ロシア人の裏切り者が彼を相手取って起こした馬鹿げた告発にこたえるために「満州国」の法廷に呼び出されたときはいつも、帝国勲章を必ず着用し、護衛を必ず付けてきた。

そうした時のあるとき、二人のロシア人のごろつきが、ガンダティが二十年間、所有者で校長であった私立学校の基金を着服したと訴えた。中国人裁判官が下品な言葉を使わないように最初は要請し、次は命令したのにかかわらず、二人のやくざは、日本人の後ろ盾があることを知っていて、ガンダティに対して最も薄汚い言葉で最も卑劣な侮辱を浴びせた。二人の裏切り者による偽証の陳述が終わると、裁判長は前知事に弁護のために言うことはないかとたずねた。ガンダティは立ち上がり、極めて静かに言った。

「この二人の価値のないろくでなしの告発に答えることを拒否します。わずか月三十五ドルのため、二人のロシア人が自分の名誉を日本人に売ってしまうほど堕落しうるのを見るのは苦痛です。私が言わなければならないのは以上です」

ガンダティが法廷を出たとき、判事が出口まで付き添ってきて、召喚したことについて言い訳した。そして、よく言われる文句を繰り返した。

「こうした侮辱に責任があるのはわれわれ中国人ではないのです」

第五章　匪賊が部下となる

匪賊　影

一九三二年二月二十五日、私は上官から新市街の目抜き通りであるボリショイプロスペクト通り（中国名：大直街）にある日本軍司令部を訪れるように命じられた。誰かが私を待っているという。

私が到着すると、非常にうまいロシア語を話す中国人に出迎えられて驚いた。彼は自分の自宅かのように、その場のホスト役をつとめた。

われわれは座った。給仕が茶とたばこを運んできて、それぞれの家族の健康状態などについて丁寧な質問を交換し始めた。核心に入る前の中国の礼儀作法にしたがっての型通りの前置きであった。形式が終わると、彼は単刀直入に言った。

「ヴェスパさん、あなたは昔の知り合いに会いますよ」

「上官が会えという人には誰にでも会いますよ」

「よろしい。しかしあなたが会うのは上官とは関係がありません。彼は上官を知りませんし、知ってはならないのです。彼はあなたから命令を受けて働くのです。あなたは命令を実行するために必要な金を彼に払うのです。その他のことは彼には関係ありません」

「よろしい。いつその紳士に会うのですか？」

「今会いに行くのです。行きましょう」

「忘れないで下さい！　上官や日本人について一言も言ってはいけません！」。それが最後の警告であった。

われわれは外に出た。日本軍が通常使う大型のセダンが玄関で待っていた。

われわれが乗り込むと直ぐ、車は動き始め、ボリショイプロスペクト通りを通り、左に曲がった。

運転手が隣に座っている男と少し話した。

二人ともロシア人であることに気がついた。

十分ほど走ると、車は大きな平屋建ての家の前で止まった。

われわれが来ることは明らかにわかっていた。なぜならわれわれが近づくと、ドアが開いたからだ。

日本軍司令部

応接室に入ると、モーゼル式拳銃で武装した四人の中国人に気がついた。彼らを観察できる前に、ドアが開いて頑丈な中国人が微笑みながら私を迎えた。

私は彼を見て、驚いた。

私の前に立っていたのは、有名な王建基とか林賓基とか馬祖基とか別名を二十も持っていた、満州をうろつく多くの匪賊の頭目であった。

私の案内人は正しかった。王建基は私の昔の知り合いだった。われわれが最後に会ったのは朝鮮と満州の国境地帯にある王堂台という村の近くの小興安嶺山脈の中であった。私の三人の部下と九人の匪賊の墓がわれわれの愉快な遭遇場所を印すものとしてまだ残っている。王建基自身は胸に一発、右足に一発弾を受けた。

私は彼を逮捕して、病院に運んだ。少なくとも彼を診た中国人医師によると、彼は死にかけていた。しかし自然な死も暴力的な死も彼は免れていた。中国の大物の匪賊はいつも多くの金と影響力を持っている。

四ヶ月後、王建基はより元気になって脱獄し、彼の好きな仕事に戻った。

そしていま彼は私に微笑んでいる。

彼は手を出して握手した。

王は勇敢で率直だった。彼は自分がどのような人間で、生活のために何をしたか公然と言うことを恐れなかった。もし日本人が率直で開けっぴろげなら、どんなに素晴らしかったであろう！　彼らは世界中の道徳的非難と軽蔑を受ける代わりに、少なくとも一定の尊敬を集めていただろう。

「再会できて嬉しいです。ヴェスパさん」と彼は言った。「本当に嬉しい。特にわれわれが一緒に働こうとしていると考えると、私は過去を忘れたと言いたいです。われわれは敵であったことを忘れなければなりません。今日から新しい生活がはじまるのです」

それまで距離をとっていた四人の武装した中国人に向くと、

「オイ、おまえたち、前へ出ろ！　この紳士が私が話していたヴェスパさんだ。今から彼が私の親友だ。私の友人として、お前たちは尊敬し服従しなければならない。彼の前で無礼な言葉を口にしたら承知しないぞ！　このことをお前たちの部下に言っておけ。私の言っていることを忘れるな。これは私の命令だ。ヴェスパさんへの敬意を欠く奴は、私への敬意を欠く奴だ。行儀作法を忘れるような馬鹿者は命がないということだ」

「ヴェスパさん、これが私の四人の副官です。強い心と鉄の神経を持っています」

四人の男たちはお辞儀をし、われわれは握手した。

この二十日間、私は軍の将校、憲兵、諜報員と自称する日本の匪賊たちと握手をしてきた。自分たちが匪賊だと認めることを恐れない男たちを握手することに、私は一種の喜びと安心を感じた。

私と一緒に来た中国人はそれまで沈黙を守っていた。私は彼が何者なのかと思った。匪賊ではないことは確かであった。かれの皮膚はほとんど白で、肌は滑らかで繊細な質感であった。指の爪はよく手入れされ、非常に長かった。肉体労働はまったくしない人間であることを示していた。都会の住人であることは確かだった。自己紹介するとき、自分の名前を言う代わり、彼は「私は上官の信任を得ています」とだけ言った。

王建基の合図でドアが開くと、中国の珍味、ロシアのザクースカが盛っている大きなテーブルが目に入った。

「再会をささやかな食事で祝うのは最もふさわしいことだと思います。粗末な食事と飲み物ですが、召し上がっていただけませんか？」と匪賊の頭目は言った。

われわれはテーブルについた。私が最初に気づいたことは、給仕たちがみな中国服を着ていたが、日本人であったということだ。東洋に長年住んできた者は、二つの民族をいつも区別することができる。

会話は活発になった。匪賊の頭目は、法律を守る側と法律を破る側に分かれてわれわれが幾度も出会った出来事を話して楽しんだ。彼は張作霖元帥のことや、他の有名な中国人について話した。そのうちの何人かは彼の犠牲者だった。日本や中国、欧州の政治についても話した。聞いているうちに、私は次第に彼を尊敬し称賛するようになった。この匪賊の頭目は非常に情報に通じていた。いまや彼を違った見方で見ることができた。

一人の給仕が、私に同伴し会話に加わってこなかった男に近づいて、日本語で何かささやいた。男は私に向いてロシア語で、私に電話がかかっていると言った。

「もしもし」

「もしもし、ヴェスパ君かね？　諜報機関長だ。食事が済んだら、すぐこっちへ来てくれ。待っているから」

「わかりました。ただ今参ります」

私は食堂に戻った。私に同伴してきた中国人が急用ができたと言って、席を立った。私は彼をドアまで見送った。別れ際、私は「また会いたいですね」と言った。

「残念ながら、できないです。今夜、南の方に出発します」

上官から他の工作員や機関に関係した者には質問をするなという指示があったので、私は何も言わなかった。

テーブルに戻ると、王建基はボーイにシャンペンを持ってこいと命じた。ウオッカとワインで皆はこのときまでにおおいに気持ちよくなり、王は上機嫌であった。

彼は私と再会していかに嬉しいか、一緒に仕事をすることがどんなに素晴らしいことかと繰り返し言った。

「この仕事を五年間続けるんだ。それから金を十分儲けて引退する。中国本土にある外国租界に行って住みたい。そこにはたくさん友人や昔の仲間がいるんですよ。多分、外国に旅行するでしょう。今は働いて金を儲けなくてはならない。あなたから命令を受けるのは楽しいでしょう。今日は新しい生活のはじまりです。私は新しい名前を付けなくてはならない。これから私は影《イン》という名前にする。ヴェスパさん、あなたも自分で新しい名前を付けなさい」

「いや、いらない。私はいまの名前でいく」

「よろしい、ヴェスパはイタリア語で針で刺す小さな生き物の名前だそうですね。われわれはそれを中国語で蜂と言います。だからあなたを蜂《フェン》と呼びましょう。オイ、ボーイ。グラスを満たせ。蜂と影の健康を祝して飲むんだ」

われわれは健康を祝して飲んだ。それから私は行かねばならない、と言った。直ぐにボーイが車が玄関で待っていると告げた。

影は通りまで見送ると言い、どんな仕事を一緒にやるのか、出来るだけ早く教えてくれと言った。

われわれは別れを告げた。

車に乗ると、同じ二人のロシア人が前の席にいることに気づいた。

上官がキレる

数分後私は上官といた。彼は微笑みながら言った。

「王の家では楽しんだかね?」

「失礼ですが、王は死にました。彼はいまでは影です」

「そう、知っている。それで君は蜂だ」

「日本人のボーイがわれわれの会話をもうあなたに電話したわけですね」

彼はまたほほ笑んだ。彼は次のような趣旨のことを言った。

「ところで、よく聞き給え。影は、これから彼をこう呼ぶが、われわれのために二十年間働いている。しかし、彼が日本人から命令や指示やお金を受け取っているとは決して口に出来ない。彼がわれわれのために働いていることを知っているかどうかは、われわれには関係がない。彼が日本軍将校に話しかけられたことはないというのは事実だ。では、本題に入る。影は三十六人の部下を連れてきた。全員を試してみて、信用できることが証明済みだ。地元の匪賊の中から、われわれの計画を実行するのに必要な千五百人を選び出すのに五、六週間かかる。彼らは君から指示を受ける。君だけが彼らと連絡をとる。そのことを忘れないように。私や日本人について話してはいけない。彼の部下はソ連政府のために働いていると信じているという ことを覚えておきたまえ。一部はアメリカのために働いていると信じている。とにかく、うまくほのめかして、ヨーロッパ人に雇われていると彼らに疑わせることができるかどうかは君次第だ。それが私の仲介者としての君の仕事だ。影は十日ほどの間に仕事を始められるだけの人間を集めてくるだろう。

私は憲兵隊長に、何ものも恐れない一定の数のロシア人を集めるよう指示しておいた。公正な振る舞いができる人間、神経が太い人間、口が固くて良心の呵責を何とも思わない人間たちだ。私は彼らを直接私の指揮下に置こうとした。しかし、それは不可能だとわかって、彼らを憲兵隊に回した。

その理由は、私はヨーロッパ人との直接の接触を避けたいからだ。確かに君はヨーロッパ人だが、中国市民でもある。私が君を射殺させても、私は誰にも説明する必要はない。私がそのようなことをしようというのではない。反対に、われわれはうまくやっていけると信じている。またやがて君に全幅の信頼を置けると信じている。

ここに憲兵隊が選んだロシア人のリストがある。これを全部調べて報告してくれ。それを憲兵隊の報告と比較したいんだ。私は誰も信用しない。ヴェスパ君、私のところにくる報告は全部、いつもチェックし、ダブルチェックされる。私が要るのは真実なのだ。

これらのロシア人無法者は、われわれの嫌いな金持ちのユダヤ人とロシア人を脅迫するのを手助けするだろう。彼らの財産を取り上げ、満州から追い出したいのだ。彼らが出ていくときは、一文無しになっているだろう」

「すべてのユダヤ人が悪いのではありません」と私はあえて言った。「満州には完璧な紳士で、正直に商売を営み、満州に日本人が来ることを喜んでいる多くのユダヤ人を知っています」

上官は飛び上がって、喉をつかもうとするかのように私に飛びかかってきた。

「私に向かって何ということを言うのか？　ユダヤ人を擁護しようというのか？　もう一度そんなことを言うと、息の根を止めるぞ！　ユダヤ人は皆豚だ！　ヨーロッパ人は皆犬だ。だからわれわれは彼らを中国と太平洋から追い出すのだ。だが、ユダヤ人は一層悪い。彼らは悪くないと言うのだな？　彼らの中に紳士がいると言うのだな？『紳士』という言葉の意味を知っているのか？　それはイギリス人が発明した。イギリス人がある人から奪えば『紳士』になる。たくさんの人たちから奪えば『卿』になる。その意味でユダヤ人は皆『紳士』で『卿』だ。彼らは商売をする相手から奪うことしかしないからだ。日本人はユダヤ人が奪うことができない民族だ。だが私はここ満州で、それ以上のことをやりたい。ユダヤ人の皮を剥ごうとしているのは、われわれ日本人なのだ。私が君に与えた名前のリストに載っているロシア人は、私たちの代わりに汚い仕事をしようとする連中なのだ。われわれ日本人は自分たちの手を汚したくない。そのリストを見たらどうだ？」

私はそのリストを見た。十人の名前があった。

「知っている者はいるか？」

「ほとんどの者を知っています。彼らは何度も有罪なった札付きの犯罪者です」と私は答えた。

「彼らはユダヤ人を圧迫するために私が必要とするそんな連中なのだ。そうした仕事をするのに学校の教師やプロテスタントの牧師を雇わなければならないと思うかね？」

彼は目を細めて私の方を見て、皮肉っぽくほほ笑みながら続けた。

「ところで……私は君には驚いた。君は普通の悪人だと聞かされていたけど、そうではなく、罪の意識と道徳的潔白さに溢れている。張作霖と彼の参謀長の楊宇霆のお気に入りで、彼らのために働いていたとき、何をしていたのかね？　張作霖元帥は匪賊だった。君は彼のために十年以上働いた……君は第一級の匪賊だ。答え給え」

私は答えた。

「張作霖元帥の生まれや過去についてはいろいろな話や伝説があり、実際、沢山ありすぎて意見をまとめるのは難しいほどです。私が元帥を知ったときは、彼は満州を構成する三省の独裁的な総督でした。満州が今日ある状態、中国で最も進歩し発達した地域の一つになったのは、彼の施政下のことです。そのことは、過去二十年間に何百万人の中国人が他の省から満州に移住し、ここに永住したという事実で証明されます。私が張作霖に仕えていた間、彼が個人的に中国人やロシア人、ユダヤ人を搾取したということは知りません。それだけでなく、官吏が搾取していることがわかったときはいつも、その者の頭が肩に長く乗っかっていることはなかったのです。張作霖も楊宇霆も、私が恥ずべき何かをしろと命じたことはありません。さらに、もしあなたが私はこの仕事に向かないと考えるのなら、慎重すぎるとみなすのなら、なぜ私にやらせるのですか？　家族と一緒に中国に戻るほうがずっと嬉しい」

「君と家族はここにいるのだ」と彼は断固として言った。「重要な地位にいる中国人は中国本土に行くことは許されない。彼らは三つの選択肢がある。われわれのために働くか、仏門に入るか、銃殺隊に面するか。君の場合は、ヨーロッパ人だから僧侶にはなれない。君は二つの選択肢が残されている。満州国の良き市民になるか、銃殺されるかだ。君は満州、モンゴル、シベリアに二十九年間住んでいる。君はあらゆる地方を熟知している。君は人々、彼らの言葉

国際運輸ハルビン支社

と習慣を知っている。誰が善人で、誰が悪人であるか知っている。君は張作霖のために有益な仕事をした。君はわれわれのために、同じことをするのだ。本当のことを言えば、もし君が独身だったら、私は君を銃殺にさせていただろう。私は君を信用することができない。もし君が独身なら、匪賊団の頭目になっていて、われわれを絶え間なく悩ませていたと思う。しかし君には守るべき家族がある。君の家族を監視している限り、君は行儀よく振る舞い、われわれに忠実に仕えるだろうと私は確信している。もし反抗すれば、君の妻、娘、息子、義母がどうなるか、君はわかっている。中国に行くことなど二度と口にするな。これから君がすることは唯一つ、われわれの命令を実行し、良心にはかまうなということだ。罪の意識の問題はわれわれにまかせておけ。われわれが責任を持つ。道徳的責任は負わなくていい。君の宗教は何かね？」

「カトリックです」

「カトリック？　君がユダヤ人をほめたから、そうだろうと思った。では、その問題はやめにして、仕事に戻ろう。日本の運輸会社の国際運輸（訳注）は、『日本軍の軍需物資』と分類されている品物は何んでも中東鉄道を使って無料で輸送する独占権を獲得した。国際運輸はその独占権のために多額の金を支払った。その金を受け取った日本軍司令部は、必要な保護を与えることになる。値引きした料金で品物を輸送したい会社は、国際運輸に申込なくてはならない。

訳注：一九二三年、日本運送と満州の東亜運送が合併し国際運輸が設立。一九二六年に朝鮮、台湾、満州、中国、ロシア沿海州における業務を内地より切離して国際運輸が設立。

ところで、憲兵隊や軍の将校でさえ、貨物を値引きした料金で輸送しようとする会社とよく取引をし、私服を肥やしている。それはやめさせなければならない。ソ連の鉄道へ運賃を払わないで生み出している金は、将校のポケットではなく日本軍の金庫へ行かなければならない。もちろん、われわれはそうした将校に手を付けることはできない。違法なことを発見したときは、日本の将校ではなく貨物の所有者を罰するやり方や手段を考案しなければならない。君の部下は、貨物を独占以外の方法で輸送しているのは誰なのか見出すためにいつも見張っていなければならない。当然、国際運輸は持っている情報は何でも君に提供して仕事を助けるだろう」

私は思い切って言った。

「しかしソ連当局は大量の品物が貨物料金を支払わずに輸送されているのを発見したら何というでしょうか?」

「彼らは何も言わない。彼らは何を言えるのか? その鉄道はわれわれの手中にある。日本陸軍の手中にある。もし日本側がソ連政府に支払ったら恥である。その上、間もなく中東鉄道はわれわれのものになるだろう。われわれはそれをこちらが設定した価格で買うか、武力で取るかだ。とにかく、ソ連政府って何だ? ……はったり屋の集まりだ。ソ連陸軍はこけおどしだ。海軍はこけおどしだ。われわれは今日、満州を取る。明日は華北、次にモンゴル。そのあとわれわれは、世界にソ連の支配者がどんなに大きなはったり屋であるか見せてやる。シベリア横断鉄道を一セントも支払わずに……シベリアもつけて、手に入れる気なら、われわれはこの満州鉄道のために数百万払うことも構わない。中国とシベリアを手に入れたら、強力な海軍を動員させて南方に進ませる。フィリピン、インドシナ、ボルネオ、スマトラ、ニューギニア、オーストラリア、インド……」

満州における日本の諜報機関の長は日本の征服計画を説明しているうち興奮してきて、卒中を起こしそうなほど顔が紅潮した。

一分ほど中断し、より冷静になって彼は続けた。

「明日午後六時にボリショイプロスペクト通りにある軍司令部に行って、蔡沈吉を訪ねなさい。彼は直接君の指揮下で働く五人の工作員を紹介する。彼らは彼の指揮下にある工作員をそれぞれ十二人ほど持っている。彼らは君のために働いていると知ってはならないし、この五人の工作員は君が私のために働いていることは知らない。この男たちと知り合ったら、ここに戻ってくるように。君に他の指示を与える」

助手たちと会う

翌日の午後六時、私は軍司令部に行って、蔡沈吉に面会を求めた。日本人の軍曹が庭を横切って家具のほとんどない大きな部屋へ案内し、そこで私を一人で待たせた。数分後、四十歳ぐらいの洋服を着た中国人がやって来て、「ヴェスパさんですか」と尋ねた。

「そうです」

「お会いできて嬉しいです」

われわれは握手した。

「お掛け下さい。数分お待ち下さい」

日本人の軍曹が茶とたばこを持ってきた。

われわれは座り、社交辞令的な会話をかわしているところに、車が玄関で停まる音が聞こえた。

すると同じ日本人の軍曹がやって来て、ロシア人たちが到着したと告げた。

「連れてこい」と蔡沈吉が言った。

彼らが入ってくると、私はそのうちの三人がロシア陸軍の元将校であることがわかった。

短い紹介が終わると、蔡は五人の工作員に言った。「この方があなた方の上官で、絶対服従しなければならない。どのような命令であれ、忠実に遂行しなければならない。指示と給料はこの方が出す。他の者から命令や通信を受けることはない」。

次に私に言った。

「これらの男たちがあなたの部下の頭目たちです。彼らは一番から五番の番号がついています。本名は誰も知らないのです。では私はこれで」

蔡沈吉は立ち去った。

五人の新しい部下とともに残された私は彼らに言った。「いまのところ君たちへの指示は、中東鉄道に軍需品として無料で積み込まれる貨物は全部国際運輸を通して輸送され、他を通じて行われないように監視することだ」

ついで私は彼らに日本側が私に割り当てた部屋で午前一時に報告するよう命じた。その部屋は日本特務機関第二部と同じ建物にあり、私はそこに住まなければならなかった。

われわれは別れて、私はまっすぐに上官のところに行った。

「君の部下の工作員のことをどう思う?」と私が入るとすぐに言った。

「三人は私が知っている元将校で、その他の二人は知りません。軍人のようですね」

「目が利くね。彼らは皆ロシア陸軍の将校だった。知的な男たちで犯罪者ではない。頭脳労働だけで、強引なやり方はしない。あの連中なら気にいると思うよ。

麻薬販売の独占権はある日本人と朝鮮人によるシンジケートに与えられた。その代理はここハルビンにいる竹内という弁護士だ。このシンジケートが満州全土でアヘン、ヘロイン、モルヒネ、コカインの店を開き、経営する権利を独占している。それはアヘン窟の経営を中国人に許可する権利を独占している。シンジケートはこの独占権のために軍司令部に数百万円払ったと聞いている。彼らの利益を守り、彼らが金で求めた保護を与えることがわれわれの責任なのだ。

ここでまた、日本の憲兵隊が介入しようとするだろう。彼らは麻薬取引業者やアヘン窟経営者と別の取引をして、彼らの保護を約束するだろう。陸軍将校に保護されているとわかったときは、市警察はそれらの店を閉鎖させることはしないだろう。ここでわれわれの仕事が複雑になる。独占からくる金が日本陸軍参謀にくるようにし、憲兵隊将校が私腹を肥やさないようにしなければならない。君は部下の工作員にそう指示しなければならない。次は賭博だ。

中東鉄道沿いのすべての市や町の賭博の独占権は、ハルビンを除いて、キム・アンバリアン会社という朝鮮人とアルメニア人によるシンジケートに売られた。

その会社は鉄道沿線のどこでも最大二十軒の賭博場を経営する権利を持っている。ハルビンではわれわれの統制下の賭博場が一軒できるであろう。そこからの利益は、われわれと友好的な二、三のロシア人組織とで分ける。ここハルビンでさえ独占シンジケートの利益を守らなければならない。

中東鉄道沿いの売春婦、芸者、ダンサーの独占権は日本人のシンジケートに売った。そのハルビンの代理は平田という名の公証人だ。彼らは日本娘を東京、大阪などの中心地から運び入れる権利を独占している。ここでも憲兵隊の将校が独占のそとで彼ら自身の商売をしようとするだろう。店が独占シンジケートを通した契約をしないで日本娘を運び込ませないよう検査体制を作らなければならない。

次は日本軍の保護下で無税で安全に商品を中国に輸出する独占権である。日本軍は独占権を南満州鉄道に売り、ここでは国際運輸が代理をしている。関税や輸送料を支払わずに中国に商品を送ることができるのは彼らだけだ。これを完全に統制することは一層難しい。国境地帯の数百人の官吏や将校は密輸業者を助け、保護して財産をつくっている。十分に警戒して、将校とこうした取引をして見つかった者は逮捕しなければならない。

次はソ連市民だ。満州には彼らは数千人いる。彼らをそっとしておいてはならない。彼らは不愉快なペストであり、捜索、逮捕、迫害といった無慈悲なやり方で壊滅させるか立ち退かせなければならない」

「理由なく彼らを逮捕すれば、ごたごたが続くでしょう」と私は言った。

「理由なしに……？ 諜報機関の主任工作員はいつもどのように理由を見つけるか知っていなければならない。例えば……ソ連人の家を捜索するときはいつも、理由がなくてはならない。もしなければ、同じように一つ見つけるのだ。既に言ったように、君が住んでいる家にある日本特務機関第二部は、必要なあらゆる材料を君に提供するよう命じられている。たとえば、共産主義者の宣伝パンフレット、ロシア、アメリカやその他の国からのあらゆる種類の手紙、それらがどこから来たのか証明するために、それらの国の切手やシールをつける。ニセの文書の完全なコレクション、それがあればいつでも君はどんな逮捕でもできる。あらゆる種類の中国語で書かれた罪になる共産主義宣伝文学も提供される。中国人を放置しておいてはならない。特に金を持っている者たちは。日本は貧しい。満州の日本軍は毎日何百万円もかかっている。その負担を軽くするためにわれわれの力ですべてやることがわれわれの義務である。匪賊、将軍として、あるいは他の方法で財産を蓄えた数千もの金持ちの中国人がいる。彼らから不正手段で得た富を取り上げなければならない。考えられるあらゆる方法で他人を騙して金持ちになったユダヤ人についても同じだ。汗をかき、搾取されるのは彼らの番なのだ。

君の工作員に指示して、一番金持ちのユダヤ人は誰なのか調べて、報告させろ。彼らの銀行口座や、すぐに現金に変えられる財産を所有しているかどうかについて調べろ。すべての報告が正確か確認しろ。そうでなく、嘘の情報を提出した者はただでは済まない。君のような工作員が他に三人いる。彼らを使って他の報告を点検する。不正確なことが見つかったら、過ちを犯した方は酷い目にあう。

私が望むようなやり方で仕事が組織されたら、作戦に取り掛かる。万事がうまく行けば、誰にとっても結構だが、そうでないと、面倒なことになる。失敗、中途半端は許さない。覚えておけ！」

「忘れません」

「君はどこで助手たちと会うことにしているのか？」

「日本特務機関第二部によって私に与えられた部屋で午前一時に会う約束をしました」

「大変結構！　独占権を持った者の保護に関してと、ソ連市民とユダヤ人をどう取り扱うのが一番いいのか正確な指示を与えなければならない。

注意して聴くように。明日午後九時にクルーペニンとザビエロという名前の二人のロシア人が列車に乗るために大馬溝駅へ行く。君の工作員の一人に二人を殺すよう命令しろ。彼らは日本人を裏切った。それは死を意味する。では、行ってよろしい」

私は五人の助手に会いに行き、独占権を持っている者に対する保護に関する命令を与え、クルーペニンかザビエロを知っているかと聞いた。

第二号の男――パスツーキンという名前だった（もっとも、彼は私が彼を知っていることに気づいていなかったが）――が二人を知っていると答えた。まだザビエロはポーランド人でロシア人ではないと言った。

「それは気にしなくていい。この二人の裏切り者が明日の晩に列車に乗るために大馬溝駅に行ったときに殺して欲しい。君が彼らを知っているなら、私が言ったことをやれ。その仕事を完全にできる男を選べ」

クルーペニンは計画通り殺されたが、ザビエロは無傷で逃げおせた。

第六章　独占シンジケート

公娼独占権

日本における女性の生活は揺りかごから墓場まで奴隷の状態である。彼女は男性に奉仕するために生まれたにすぎない。つまり、父親、夫、息子、あるいは工場や売春宿の所有者であったりする。日本女性が最初に教えられることの一つは、次のようなものである。

「男は天のように高く、女は地のように低い」

日本の男性が女性を召使いや機械のように扱うのは、男は天のように高いというこの傲慢な確信によるものだ。これは貧富、上流下流、平民貴族を問わずすべての階級に当てはまる。ごくまれに例外として、西洋の教養のみせかけを身につけた日本人で、（真の尊敬からではなく、自分のメンツを保持するために）外国人の前では幾分かの思いやりでもって妻を扱う。日本の高貴な男の妻は男の使用人の前でいつも最初にお辞儀をする。これは彼女の地位が高く、男の地位は低いが、彼女が「地のように低く、彼が天のように高い」ことを知っているからである。

日本人の夫は、どのような階級でも、妻が知性と教養において自分より十倍も優っていたとしても、平等な人間、仲間、親しい友人として扱わない。ハルビンで私のアパートの隣に若い日本人の夫婦、タナウエ・キノエと夫人のタナウエ・チスコ（訳注）が住んでいた。タナウエは満州国の財政部の「顧問」（満州では「被雇用者」と呼ばれる日本人はいない。彼らは全員何らかの組織の「顧問」である）で、背が低く心身とも弱く、英語を少し知っていた。チスコは海軍大将の娘で、東京の大学を卒業し、英語、フランス語、ドイツ語を完全に操ることができたうえ、ピアノを上手に弾けた。絵を描き、ゴルフやテニスで立派に振る舞った。簡単に言えば、洗練され教養のある女性で、非常に美人であった。

訳注：Little, Brown 版では二人は Mr. E, Mrs. E となっている。

それでもタナウエは彼女に無関心であるばかりでなく、彼女が何者でもないように扱った。彼は彼女に言葉をかけなかった。優しい口調で話すことはなかった。使用人がいないため夫を喜ばせるために、朝から晩まで料理、洗濯、掃除の家事のすべてを彼女がやった。彼が仕事から帰ってくると、靴を脱がせ、足を洗い、スリッパをはかせる。次に食卓を整え、彼が座って、一人で食べている間、彼女は台所を行き来し、給仕をする。

彼が腹いっぱい食べると、彼女は食卓の隅に座って、残り物をつつましく食べる。

夕食のあと、ほとんど毎晩、タナウエは茶屋などに行って芸者と過ごす。午前二時か三時、彼が帰ってくる。疲れて眠くなっていても、チスコは起きていて、彼を出迎えなくてはならない。なぜなら、日本女性は家の主人の前に寝てはいけないのである。

彼の美しい若い妻がどの点でも彼より十倍優れていたとしても、タナウエにとってそれが何なのか？ 彼は「天のように高い」、彼女は「地のように低い」のではないのか？

T・オコンロイ教授（訳注）は生涯の大部分を日本で過ごし、東京の陸軍大学校やその他の大学で教えた。日本の貴族的な女性と結婚し、日本語と日本の習慣について完全な知識を持っていた。

訳注：日本アジア協会でのピーター・オコーノ氏の二〇〇七年四月十七日の講演によると、ティモシー・オコンロイ（一八八三年―一九三五年）はアイルランドのコークに生まれ。一九一六年に来日。一九一九年―一九二〇年に慶応大学で英語を教える。一九二〇年、テラオ・キクコと結婚。一九三三年、The Menace of Japan『日本の脅威』を出版。

彼の著名な著作『日本の脅威』で、彼は日本の女性について次のように書いている。

貞節についての法律は妻にとって、断固たるものであって、罪に陥った女性に対して少しの許容もないが、このことに関して男性は自由にでき、心に従うことができる。実際、妻は夫が不倫をしていると予想するようになる。

日本女性が単に幼稚なものであるなら、不道徳の状態も問題でないであろう。しかし、私が既に述べているように、女性は基本的に平均的な男性よりずっと知的である。女性は西洋からの女性の嫉妬と屈辱にさらされやすい。女性は洗練かつ繊細で、劣等感から抗議をしないのである。彼女の悲劇はすべての日本の男性が持って生まれた粗暴さである。

日本の男性の自尊心には、論理的にも理性的にも、限りがない。彼は芸者や女郎（売春婦）を妻が夫の慰安のためにあくせく働いている家にまで連れてくることがある。彼は妻に客の相手をするよう要求する。彼は自分自身と一時の恋人のために床を用意するよう命じ、叫んだり、手をたたいたりして呼ぶからそばで待っているよう命じることもある。彼女は、燗をした徳利の酒を寝床の傍まで持ってくるよう命じられる。その目的は夫の性欲を回復させるためである。

服従しなければ離婚になるかもしれない。夫は出て行けということだけ離婚する力を持っている。もっとも、通常は適切な三行の文章を縦書きにしたものを与える。女性にとって、これ以上不名誉なものはない。

結婚したばかりの娘が、夫が手をたたくのを寝室のドアの外で待っている光景を初めて見たときのことを忘れることができない。彼女はちょうど十六歳であった。夫が売春婦を家に連れてきたのは結婚してわずか一週間後のことだった。彼は若い妻に床を用意し、外で待っているように命じた。私が彼女を見たとき、彼女は畳にひざまずき、前後にふらついていた。彼女の手はぐっと締まり、前にふらつくごとに床に三度頭を打ちつけていた。それは頭の中から考えを追い払おうとしているように見えた。突然、彼女の目から沸き立つように涙がでてきて頬を下った。彼女はこらえるために唇をかむと、口のはじから血が流れ下った。彼女は着物の端をつかんで、激しく絡ませた。それから苦悩の叫びを抑えるために、それを震える口の中に入れた……私の存在で夫が気分を悪くさせたようだった、私は半年以上、あえて訪問しなかった。私が訪れると、運命のいたずらで同じことが起こっていた。今度は彼女は静かに新聞を読んでいた。私を見てお辞儀をしたあと、立ち上がって、前に走ってきて、笑いながら私を出迎えた……彼女は自分の義務は服従することだと学んだ。

早稲田大学の北沢教授は、一九三四年六月のジャパン・タイムスに次のように書いている。「日本の女性や子供は事実上、男性の権力の前では無力であるが、その人種でない数百万人の人々の場合は、結果はもっとひどいものであることは容易に想像できる。朝鮮や台湾の若い娘たちはまったく無力である」。

台湾では反乱の主な原因は日本人警察官による、台湾の若い女性の拉致と彼らの賃金の横領であった。もし女性が警官に言い寄られて拒絶すると、でっち上げられた罪で監獄に閉じ込められるか、重い罰金を支払わせられるかして罰せられて言うことをきかされた。

朝鮮には女性の人身売買を専門に扱う日本人女性の株式会社がある。ここでも売春婦の訓練に残酷さがその背後にある。新しい客がないと、罰として女性たちは打たれるか一晩中寝ることも許されない。女性たちは売春宿への借金で縛り付けられる。着物は四百パーセントから千パーセントの利益で女性たちに売られ、別の女性に何度でも売りつけられる。朝鮮に公娼制度を導入したのは日本人である。朝鮮の娘たちを奴隷状態にしたのも日本人にほかならない。

予想されていた通り、一九三二年四月の最初の週に多数の日本人女性が到着しだした。売春宿や茶屋、キャバレー、ダンスホール、日本料理店に供給するために独占シンジケートによって日本から満州に運び込まれた。女性の人身売買は日本人の目からみて、不名誉なことでもみっともないことでもない。それを満州に導入することも彼らの目から見て恥ずべきことではない。

この取引は他の商売と同じように一つの商売と考えられている。日本の大商社や銀行はこのようにみなして、このいかがわしい商売に巨額の金を投資した。

ハルビンでは日本女性の運び込みを支配している独占シンジケートは、トルゴーワヤ通りに十一も部屋がある事務所を複数開設した。所長、副所長、書記、二十人の従業員がいた。

これらの事務所は人種や国籍に関係なく自由に使えた。百人の女性でも一人でも注文できた。

高級売春施設である待合への女性や普通の人たちのための女郎屋、カフェやキャバレーの芸者などのための女性を注文できた。

事務所の入口は日本人の憲兵が守っている。見込みのある客が入ると、きちんとした服装をした事務員が出迎え、上品な準欧風の調度品がある部屋の一つに案内する。ここで顧客は何人の女性が要るのか、どのような種類の店に要るのかという自分の希望を表明する。それから広い部屋に案内され、女性たちの写真と説明が載っている大きなアルバムを見せられる。説明には、処女であるかないか、背が高いか低いか、痩せているか太っているか、教育、芸事、歌、演奏、踊りなどについて書かれている。選択が済むと、交渉がはじまり、値段と契約期間について合意するまで続く。合意すると、顧客は内金として二十五パーセントを支払う。

十五日か二十日後、顧客は銀行から、女性たちが到着し、残りの七十五パーセントが支払われ次第引き渡される、と通知を受ける。

その後すぐに、その斡旋業者は銀行へ行って残金を支払い、受け取りをもらう。それを独占シンジケートの事務所に持って行く。事務員は彼を女性たちが引き渡しのために留まっている日本旅館に連れて行く。

そのときから女性たちは契約主の絶対的で明白な財産になる。契約主は彼女たちを好きなようにでき好きなように搾取できる。

ほとんどの契約の期間は五年になっている。年季が明けると、女性たちは帰国して結婚し、ミカドのために子供を育てようとする。

彼女たちが次のような話をするのをよく聞く。「今から一年半で契約は終わります。そしたら私は村に戻って、家が選んだ婚約者と結婚します」

こうした不幸な女性たちを保護する法律はない。彼女たちは売春宿や茶屋の所有者のなすがままにされている。後者の施設は前者の別の名前である。

よくあることだが、女性が逃げ出すと警察は彼女が脱獄犯であるかのように、業務として捜索する。捕まると、所有者のもとに戻される。所有者は彼女が二度と逃げ出そうと思わないように、罰のようなものを施す。

ハルビンでは売春宿が新しい女性たちを受け入れると、彼女たちをきらびやかな絹の着物を着せて飾り立てた車に乗せ、新しく着いた女性たちの取り柄を宣伝し、もちろん売春宿の住所を書いたプラカードをたてて通りをパレードするのが普通のやり方である。

日本人の女衒の野蛮な性格は極東中でよく知られている。彼らにつかまえられている女性たちは奴隷のように扱われ、ただ肉の塊として屈辱や暴力をうけるのにふさわしいものとして扱われ、殴られたり、しばしば殺されたりする。

ジャパン・ウィークリー・クロニクルはかつて日本人売春婦の満州への運び込みについて、次のように述べた。

「この種のことは、中国人が日本に抱く尊敬の念を増やすことはないということからも、できるだけ避けると考えられるかもしれない。しかし、当局は少しも当惑していないようで、また新しい征服を利用しようと急いでいる企業家は、男を荒野に送るよりも女を送るほうがもっと金儲けができると知っている」

日本の憲兵隊は売春の搾取から利益を得る機会を逃さなかった。憲兵隊は間もなく売春、アヘン窟、賭博場の分野でも極めて活発になった。多くの売春宿、クラブや茶屋が独占シンジケートの許可を得ずにいろいろなところに生まれ始めた。シンジケートのトップたちは軍当局に抗議した。訴えはハルビンの当局に回された。

私の工作員はこうした仕事に手を出していた憲兵隊の将校に関する報告を提出し始めていた。上官はわれわれが問題を抱えていたことを認めた。彼はどうしたらいいのかわからなかった。独占外の店を閉鎖すると、憲兵隊の将校は自分たちに反対しようとするどのような権威に対しても反撃に出るだろう。彼は全権を有する憲兵隊との公然たる対立はしたくなかった。

その件を数日検討したすえようやく、彼は私に影に対して独占外のクラブ、茶屋、アヘン窟を匪賊に襲撃させ、価値のあるものすべて持ち去り、所有者が抵抗した場合は殺すよう命じるよう指示した。

私はこの件を影と話し合い、最初の襲撃をハルビンから路面電車で五分の郊外にある馬家溝に最近オープンしたクラブ式の茶屋にすることにした。このクラブ式の茶屋は憲兵隊が管理していたもので、日本人女性が四十人、賭博室、アヘン吸飲室、麻薬の調剤室があった。

影は部下の二十人にそこを襲撃し、欲しいものを何でも持ち去り、クラブに放火するよう命じた。

けれども、用心のためめか、警告があったための結果か、憲兵隊はクラブの周囲に数人の警備を配置していた。匪賊は知らないで、近づくと機関銃で射撃され、二人が殺され、七人が負傷した。他の者たちは逃げるしかなかった。

影は激怒し復讐すると誓った。二日後の夜、匪賊団は憲兵隊が管理する二軒のアヘン窟と一軒の賭博場を襲撃した。三人の朝鮮人を殺害し、居合わせた吸飲者と賭博者をさんざん殴り、すべての貴重品を持ち去った。同夜、カザーチナヤ通り（現・高誼街）にあったもう一軒を襲撃し、二人の朝鮮人所有者と抵抗しようとした二人の吸飲者が殺された。

この宣戦布告にひどく憤激した憲兵隊は時を移さず応戦した。三日後、シンジケートに属する売春宿、賭博場、アヘン窟のいくつかが憲兵隊によって捜索され、約五十人の客が共産主義者であるとかこつけて逮捕された。シンジケートは事態の深刻さに危機感を感じた。このままでは困った。解決策が見出され、妥協が図らねばならなかった。

シンジケートのメンバーと憲兵隊の将校の間で会合が開かれ、和平が成立した。憲兵隊は五軒の売春宿、五軒のアヘン窟、一軒の賭博場、一軒の麻薬店を持つことで合意した。一九三六年にハルビンには百七十二軒の売春宿、五十六軒のアヘン窟、百九十四軒の麻薬店があったことを考えると、これは少ない数である。黒竜江省と吉林省には認可を受けた三百五十軒の売春宿と七万人の日本人売春婦がいた。

麻薬と堕落

日本の独占シンジケートによって満州全土での売春の組織的拡大を計画することは恐ろしいことであるが、日本の麻薬独占シンジケートの仕事ははるかに極悪なものである。日本が侵略した数ヶ月後、満州全土、特に大都市ではこの憎むべき悪がはびこった。奉天、ハルビン、吉林その他の場所で、アヘン窟や麻薬店がない街はない。多くの街に日本人と朝鮮人の取引業者は非常に簡単で効果的な組織を築いた。モルヒネ、コカイン、ヘロインの中毒者は、貧乏人なら店に入らなくてすむ。ドアをノックすると、小さなのぞき穴が開く。二十セントを持って裸の腕を突っ込む。店の所有者は金を取り、腕に注射を打つ。

麻薬に関する国際連盟の報告は日本の満州占領の前と後の広がりの状態を比較して、満州が今日、日本の計画的な政策の結果、全人類への麻薬の供給源となってしまっている憂慮すべき実態を描いている。

ラッセル・パーシャ（訳注）は最近、次のように述べている。

訳注：ラッセル・パーシャ（一八七九―一九五四）。英国人。エジプトに勤務し、警察官を務める。麻薬取締に従事し、麻薬に関する国際連盟の会議に出席。

「麻薬の取引が小商人だけでなく、日本の多くの大商社の副業として、大きな利益をあげて行われていることは秘密ではない。邪悪な活動が日本から『満州国』へ移動することは当然、日本の麻薬組織が一層公然と活動することに道をひらくことになるであろう。『満州国』政府は、日本の犯罪行為に対する非難をいつでも喜んで引き受ける用意がある」

数万人のロシア人がいるハルビンでは、麻薬被害者の数は日本人がやって来てから飛躍的に増えた。数千人の少年少女が常用者になった。毎日、彼らのうちの何人かの死体が街なかで発見された。領事団や外国人、ロシア人、中国人の協会が抗議しても無視された。日本人の麻薬売人はロシア人小学校や体育館に入り込んだ。麻薬店の日本人所有者は、若い常用者が新しい常用者を連れてきた場合は、賞品を与えた。

数千人の農民は、日本人工作員によって大豆を植えるのをやめてケシを栽培するよう勧められた。満州の鉄道で旅行すると、ケシ畑を見ることは多くないが、旅行者の目につかないところでケシが植えられた数千エーカーの畑がある。ケシの生産がそれほどの割合になり、日本は今では毎年数百万ドルも中国に輸出している。それは新しい被征服者をできるだけ早く中毒させるという日本の征服の手法の一部なのである。なぜなら、麻薬常用者はすぐに「抵抗」という考えを失ってしまうからだ。

ハルビンのウチャストコーワヤ通り（現・地段街）には中国へアヘンを専門に輸出する日本

の会社の事務所がある。「日本軍需品」とラベルがついたアヘンは日本の船で天津、北京、漢口その他の港に運ばれる。この事務所の所長や主な従業員は日本陸軍の将校で、普通の商人のように見えるように全員平服を着ている。

アヘンの中国への輸送は毎日、日本軍需品に見せかけて行われ、天津、北京、漢口など軍司令部があるところには軍司令部あてとされ、軍司令部がないところへは、アヘンは日本領事館あてとされる。日本の軍艦はアヘンを中国沿岸に沿って運び、日本の小砲艦は中国のすべての大河で同じことをする。

大連、奉天、ハルビン、吉林、天津、その他の都市で日本人はモルヒネ、ヘロイン、コカイン、その他の麻薬を製造する工場を持っている。生産額は年数億ドルに達する。ジュネーブやその他の世界は麻薬の害悪を抑制しようと苦闘しているが、日本の団体が破壊されない限り、目に見える効果がでる希望はほとんどない。全世界に毒を盛るのが疑いない日本の政策の一部なのである。日本が他の国をこうした心身を破壊する麻薬を通じて弱体化することができればできるほど、日本は他の国を征服することがより容易になる。その計画の論理は反論できないものである。

エドガー・スノー氏（訳注）は一九三四年二月二十四日付のサタデー・イブニング・ポストに満州における麻薬取引の現状を次のように書いている。

訳注：米国人ジャーナリスト。『中国の赤い星』の著者。

「『満州国』に抗議するためにルーズベルト大統領によって国際連盟アヘン委員会に送られたステュアート・フラーの最近の声明は、ここでの麻薬の危険を控えめに描いたものである。ハルビンだけで免許を受けてアヘン、ヘロイン、モルヒネを売る店が二百軒以上ある。『ほとんどは朝鮮人と日本人が免許を受けた店である。だが、誰でも買える。免許は要らない』とある外国領事館員は私に言った。彼の言ったことを調べようと、私は中国人に頼んで近くの麻薬店に連れて行ってもらった。そこでヘロイン一服銅貨二十枚で売られていた……

独占は理論上は完全な根絶するためにつくられたが、実際は生産と消費を大きく刺激した。『満州国の日本人と朝鮮人の二割以上は直接的に麻薬取引に関与している』とある当局者は私に言った」

銃弾や爆弾、砲弾で人々を殺すには金がかかる。しかし、麻薬で殺し、大きな利益を得ることはいい商売であるばかりでなく、素晴らしい軍事戦略なのである。

日本はそう論理的に考える。

実際、日本は麻薬取引を中国に限っていない。膨大な量が南北アメリカ大陸、フィリピン、マラヤ半島全体、ジャワ、スマトラ、ボルネオ、オーストラリア、ニュージーランドへ送られる。

この理由だけでも、たとえこれだけの理由であっても、あらゆる害毒の中でも最も破壊的で、驚くほどに広がっている害毒をやめるためには、日本を全世界的にボイコットする必要がある。どんな国の警察でも麻薬売人を捕らえたときはどうするだろうか？　売人は逮捕され、法律は禁固刑を要求する。

世界の麻薬取引で日本を食い止めるにはどうすればいいのか？

国際連盟は会議や委員会によって何かを成し遂げたか？　何もない。日本が嘘と偽善の弾幕で逃げ失せる限り、何もない。

日本は世界中をまひさせ、他の国民の間に賭博とその他の悪習を助長することを事業と政策にしながら、自国民に対しては習慣性の麻薬の使用と賭博場の得意客になることを禁止していることは、はっきり明記しなければならない。満州では、賭博場で見つかった日本人は間違いなく日本に送還される。アヘンの吸飲や習慣性の麻薬の常用で有罪となった日本人は五年の刑が言い渡される。

日本の軍司令部が満州に駐留しているすべての日本兵に配布した小冊子に、次のような規則がある。

第十五条　麻薬の使用は日本人のような優秀な民族には恥ずべきことである。劣った民族、中国人やヨーロッパ人、東インド人のような退廃的な民族だけが麻薬使用の依存症になる。これこそが彼らがわれわれの下僕となり、遂には消えていく運命の所以である。

麻薬の使用で有罪となった日本兵は、帝国陸軍の制服を着用し、われわれの神聖な天皇を崇拝するに値しないものとなる。

けれども、この点でも、すべてのことと同じように、例外が見出される。こうした命令にもかかわらず、満州にいる多くの日本軍将兵が麻薬の習慣のとりこになっており、いわば自らの罠にかかっているのである。

事態がそこまで深刻であったので、満州での日本軍の司令官で日本の初代「満州国駐在全権大使」であった武藤信義将軍は非常に憂慮し、一九三三年五月三日付の秘密の回状を発した。その中で将軍は次の事実について私の上官の注意を喚起した。「多くの日本人将校が賭博場、更に悪質なことにアヘン吸飲所にも入り浸っていることが軍司令部の知ることになった。彼らは麻薬使用の依存症になった。本司令部はこの件につき注意を喚起し、将校特に青年将校の私生活を統制することは諜報機関の義務の一部であることに注意し、帝国陸軍に不名誉をもたらす彼らの行為に関するどのような事実も本司令部に直ちに報告することを望む。有罪になった者は直ちに送還されるべきである」

武藤将軍はほとんど孤立していた。彼は根っからの紳士であった。彼の高尚な性格から、略奪や住民を放蕩させる政策に反対することになった。彼は軍国主義のがんを阻止し、残忍な方法を緩めようとした。堂々とした勇気を持って、彼は東京へ抗議し、日本軍による抑圧されている中国人に対する破廉恥な行為を述べ、日本人犯罪者を満州へ移住させることをやめ、憲兵隊による無制限な権力を抑制するよう懇願した。彼は満州の人々の苦しみを軽くしようと全力を尽くし、彼らに対する不正をやめさせるために全力を尽くした。立派な性格に忠実で、彼は単独で粛清運動を続けたが、誰も注意を払ってくれず、東京から何の反響も得られないと確信するにいたった。落胆し、打ちのめされた彼は天皇に手紙を書いた。その中で彼は、満州に対する日本の政策が変更され、軍の権力が抑制され、征服されたということだけが過失である満州の中国人に対する慈悲を求めた。それから彼は一九三三年七月二十七日、自決した（訳注）。日本は、武藤将軍は「心臓麻痺」で死んだと発表した。この説明は世界の大部分を欺いた。

訳注：七月二十七日付朝日新聞は新京二十六日発で、武藤は二十三日に黄疸が現れ、二十五日に発熱、と報じ、二十八日付で二十七日午前七時五十分に死去と報じている。武藤がこのような見解を持ったこと、また自決したとする根拠はない。

第七章　軍用列車の爆破

日本軍自縛に陥る

一九三二年四月九日、上官は私を呼んだ。彼は、ソ連の会社が大量の大豆をウラジオストクに輸出しているという情報を得ていた。

「われわれはこのソ連の業務を止めなければならない。貨物列車が穆稜《もくりょう》（訳注：黒竜江省牡丹江市）近くに到着したときに爆破するように匪賊に指示せよ」

私はこの命令を匪賊の頭目である影に伝えた。彼は穆稜地区にいる彼の手下に指示すると言い、五十ポンドのダイナマイトをそこの手下に渡して欲しいと言った。私はこの仕事を第二号の男に託した。

四月十一日午後五時、影がすぐに私に会いたいと電話してきたので、早速出かけた。「これをどう思うか」と彼は私に尋ねた。「ダイナマイト五十ポンドを持ってくるというあなたの助手が乗っているはずの列車は穆稜に着いたが、彼は乗っていなかったという電報が届いた」。

私は急いで上官に伝えると、上官は憲兵隊に連絡した。何十通もの電報がすべての鉄道の駅に打たれた。第二号を見た者はなかったという何十通もの返電がきた。

十二日の朝五時、私は憲兵隊の武藤大尉、憲兵隊の工作員と飛行機で飛び、途中阿城と葦沙河で降りて調査した。午後二時に穆稜に到着した。第二号もダイナマイトの痕跡もどこにもなかった。消えてしまったのだ。私はこれを上官に電報で伝えた。彼は穆稜で待つようにと返電してきた。

午後六時頃、どうすればいいか議論していると、憲兵隊の下士官が、駅長が電報を受け取ったと知らせてきた。穆稜の西百マイルにある横道河子《おうどうかし》（訳注）近くで日本の軍用列車が五時半に爆破され、数百人の犠牲者がでたという。

訳注：ハルビンと東の国境駅綏芬河の中間に位置する。駅前にはロシア時代の街並みやロシア正教会が残る。三方を山に囲まれ、東にひらけた平野には横道河が流れ、牡丹江に注ぐ。山紫水明で、日本人の間では「満州の軽井沢」と呼ばれていた。

われわれは飛行機のところに急ぎ、パイロットに急いで横道河子に飛ぶよう言った。そこには午後七時に着いた。車でわれわれは現場へ行った。恐ろしい光景が出迎えた。機関車が通過しているときに、深い川にかかる小さな橋が爆破されたのだ。機関車は日本兵が乗っていた七両の客車を川底まで引きずり、十一両の他の客車は脱線し、堤の下へ転がり落ちた。そこで全列車が火を発して燃えてしまった。

横道河子駅　1903 年に開設された横道河子駅。駅舎は 1967 年に火災で焼失。

現場には横道河子の日本軍司令官の少佐と鉄道警察隊員約二十人、列車の残骸から犠牲者の焼死体を忙しく引き出しているたくさんの中国人労働者がいた。

われわれが話しかけた少佐は、救助作業が第一で、調査はその後だと素っ気なく答えた。

数分後、十両の病院客車を連結した救援列車が着いた。ひどく焼けただれた最後の犠牲者が焼けた残骸から引き出されたのは朝の二時頃になっていた。川の堤防に沿って、百九十二の遺体が並べられた。三百七十四人の負傷者の中には、二人の車掌、一人はロシア人でもう一人はポーランド人、うち六十人は重傷であった。

負傷者を乗せた列車はハルビンへ向かった。日本人の死者は日本の習慣に従って、火葬され、遺骨は小さな骨壷に入れて日本の家族へ送られた。身元が判明したものは別に火葬された。身元がわからないものは、まとめて火葬され、遺骨はたくさんに分割されて、多くの骨壷に納められた。

朝が近くなると、別の列車が着いた。それには鉄道当局者、兵士、日本人、中国人、ロシア人の調査官、検査官、捜査員が乗っていた。

爆発個所を見つけることは難しくはなかった。川にかかり、枕木とレールを支えている鉄骨の一つの下で、大きな基礎の石が外されて、その穴にダイナマイトが仕掛けられていた。橋から遠くないところで発見された細いワイヤーは、二百ヤード離れた堤防の端の茂みまで伸び、そこで電池につながっていた。

こうしたすべての細部を観察していると、私の心は無意識に別のダイナマイトを思い出した。それは日本人が一九二八年六月四日、奉天近くの橋の下に仕掛けたものであった。それは満州総督の張作霖元帥の経歴を終わらせ、彼の盟友呉俊陞を殺した。

これらの日本人犠牲者の光景を見て、憐れみと自責の念さえが私の魂に入り込んできたとしたなら、元帥の死の思いは私の心に平静を回復させた。満州の中国人は二十年にわたって私の人々であった。私は彼らを愛し、彼らの不屈の資質を高く評価するようになった。今日、彼らは抑圧され、殺され、拷問にかけられている。

私は日本人の幼稚な狡猾さに対して、私の頭脳を対抗させることができた。迫害者や殺人者を相手にするときには、慈悲心を与えてはならない、哀れみや同情、とりわけ弱みを示してはならない。

どのように列車が爆破されたかわかったので、犯人を探さなくてはならなかった。警察官、日本の憲兵、鉄道調査官、捜査員が横道と鉄道の両側の全土で各戸への聞き込み捜査を始めた。

四月十三日午後一時までに、四百人以上の中国人とロシア人難民、ソ連市民が逮捕された。けれども、彼らからは何も得られなかった。

午後二時、日本の憲兵隊の中佐が捜査を担当するためにチチハルから飛行機で着いた。彼を野獣、畜生と呼ぶのは動物界を侮辱することになるだろう。二本足で立つこの黄色い悪のかたまりには人間的なものはなかった。彼は中国人の名前を持つジャップであった。満州国とモンゴルでは何百人という日本人将校が中国名とモンゴル名を持ち、満州国の軍隊かモンゴルの軍隊の制服を着ているということは、知っていなければならない。他のすべてのことと同じように、欺瞞が動機であった。モンゴルや満州国の高官が日本当局と協議したとか、日本人への共感を表明したとかの記事を読むとき、これらのまったく同じ高官は、中国名をまとって彼らの身元を隠した日本人であることが再三あるのだ。

新しく到着した男の体格は、いじけ、ねじれた精神に似合っていた。立派な理由で、私は直ぐに宗教裁判所長からとって「トルケマダ二世大佐」（訳注）というあだ名を彼につけた。滑稽なほど小さく、がに股で、見るのもぞっとした。彼の歯は四十五度の角度で厚い唇から突き出ており、その唇を舐めることをやめなかった。

訳注：一五世紀、全スペイン異端審問中央本部の初代長官トマス・デ・トルケマダは，約八千を焚刑に処したと伝えられる。元満州日報支配人の太原要は、『人物往来』（一九五七年六月号）では宮崎憲兵中佐、『日本週報』（一九五六年二月五日号）では浜田憲兵大尉としている。

彼はロシア語を数語知っており、ひどい英語を話した。彼が最初に言ったことは爆発現場の周辺の全住民を拷問し虐殺しなければならないとしても、犯人は見つけ出さなければならないということであった。

私と飛行機できた憲兵隊の武藤大尉は私に、「大佐」は下品なクズ野郎だと言い、ハルビンに帰りたいと言った。私も同じ意見だったので、上官に電報を打つことにした。われわれはそこにとどまるように指示された。

逮捕された四百人の容疑者は大きな倉庫の中に一緒に閉じ込められた。中国人やロシア人の物乞い、立派な市民も、金持ちも貧乏人も、男も女も羊の群れのように集められた。

少なくとも百人の日本人兵士が小銃と機関銃を持って建物を警備していた。

午後三時半頃、「トルケマダ二世」が直ぐ駅へ来るようにと私を呼び出した。彼はそこの二部屋を接収し、事務室と居住用として使っていた。

「大佐」は大きなテーブルに二人の将校と座っていた。私が入ると、彼は次のように言った。

「あなたはハルビンの参謀部の通訳（原注）だと聞いている。そしてイタリア人だと。それはますます結構……私はロシア人が好きではない……私は彼らが嫌いだ……私はロシア人は白でも、赤でも、黒でも、どんな色でも皆嫌いだ。彼らは価値のない国民だ……中国人と同じように……彼らは暗闇の中だけで人殺しができる。……彼らは姿を現さず、明るみで戦おうとしない。豚だ……皆豚だ……四億五千万人の中国人……一億六千万人のロシア人……全部で何人になるかわかるか？」

原注：武藤大尉は私の公的な地位を言えなかったので、私を「通訳」として紹介していた。

私は黙っていた。

「答えないのか？　……では、言ってやろう……六億一千の豚……豚だ！　……豚だ！！！

さあ尋問にとりかかろう」

われわれ四人は四百人の容疑者が入れられている倉庫へ赴いた。二十人の憲兵隊員がわれわれに付き添って、大きなドアを開けた。釈放されるのだと勘違いして、走って出ようとする恐怖にさらされている人々を憲兵隊は銃床で何度も強打した。

場所が空けられ、テーブルと椅子が持ち込まれた。「大佐」と二人の助手が座った。日本の審問裁判所がはじまった。「トルケマダ二世」が裁判長だった。小銃と機関銃で武装した憲兵が壁となって捕らえられた人たちに向き合った。憲兵の一人がロシア語と日本語で書かれたひと束の書類をテーブルの上に置いた。「トルケマダ二世」は書類を取り、一瞥してから私に渡した。

「この男を呼べ」と彼は言った。

私は名前を読み、呼び出した。「フェオドール・ワシーリヴィッチ・アスターキン」

四十五歳くらいの典型的なロシア人労働者が前へ出た。憲兵が列をあけて彼を通してやった。

「大佐」は私に向かって言った。

「この男はあの橋のあるところの線路の区間を担当している番人だ。彼はソ連市民だ。だから共産主義者だ。彼は番人なのだから、橋の下に爆薬をしかけた者を知っているはずだ。本当のことを言えと伝えろ……でないと彼を撃つ」

私は「大佐」の言葉をアスターキンに通訳した。

「私は何も知りません。私が答えることができるのはそれだけです。もし私を殺したいのなら、どうぞ」

私が返事を「トルケマダ二世」に通訳すると、彼は野蛮なゴリラのように跳び上がった。

「あー！　そっ……そうか？　……答えないのか……死ぬのが怖くないのか？　……われわれが殺せないと思っているのだろう……見せてやろう……」

このように言いながら、むしろ喚きながら、彼は拳銃を取り出し、銃口の先をアスターキンの額に突きつけた。次に私の方にむいて、

「もう一度同じことを訊け。答えないと殺すと警告しろ」

私は命令を実行したが、番人はびくともせず、恐れもせず、冷静に私の目を真っ直ぐに見て言った。

「何も知りません」

審問官は私を見て喚いた。

「彼は何と言ったのだ?」

私は躊躇したが通訳しなければならなかった。

「彼は何も知らないと言っています」

最後の言葉が口から出るか出ないうちに、銃声が響き群衆に恐怖の声が起きた。可哀そうな番人は音も立てずに倒れ、その顔は血でおおわれていた。男たちは罵り、女たちは泣いていた。その場は狂乱状態の人間たちで大混乱になった。背の高い、頑丈な体格の中国人は激しい憤りを抑えかねて、兵士たちの警戒線を突破して「トルケマダ二世」に突進した。トルケマダ二世は彼に三発射ち込んだ。

「彼らに言え」と彼は喚いた。「静かにしないと、機関銃をぶっ放すと」

私はテーブルの上に上って、大声で叫んだり、気が狂ったように身振り手振りをしたあげく、やっと静かにさせて「トルケマダ二世」の脅迫する命令を通訳した。

彼らはもう一度静かになった。

二人の日本兵が死体の足をつかんで外へ引きずり出した。

「トルケマダ二世」は審問を再開した。数百人の武装した兵士が無防備で無実の人々を無差別に殺す用意があるので、彼は大いに本領を発揮できて、この上もなく楽しい経験をしているに違いなかった。

五十人以上の男女、中国人とロシア人であったが、尋問され、拷問にかけられた。軍用列車を破壊させた爆破についても、犯人についても誰も何も知らなかった。中国人の少年からわずかに曖昧な情報が得られた。事件当日の朝、二人の中国人と一人のロシア人が破壊された橋から遠くないところで寝転んでいたのを見た、というものであった。

尋問が終わると、容疑者たちはわれわれと彼らの間に開かれた空間に右か左に立つように命じられた。

夜の十時頃になって、「トルケマダ二世」は今夜はこれで終わりだと宣言した。彼は尋問が済んでいない囚人たちは閉じ込めておくように命令し、右側にいるグループは解放し、左側のグループは連れ出して射殺するように命令した。射殺された中には、四人の女性、三人のロシア人、一人の中国人がいた。

この時までに、二百人以上の日本兵や憲兵が田舎に放たれ、すさまじい残虐性が全地域に戦慄と恐怖を広げていた。一軒の家も見逃されなかった。想像し得る限りの形の暴行が行われた。数百人の中国人とロシア人が虐殺された。家は荒らしまわされ、放火された。多数の少女が性的に暴行され、その中には十歳にならない者もいた。五人は死亡した。酒店が襲われ、店主たちは殺された。酔っ払った日本兵は田舎を疾走した。彼らはしらふの時より、より残虐であった。「トルケマダ二世」が仮住まいにしている駅の角のあたりに来たとき、泥酔した日本兵の集団と出会った。彼らは多数のロシア人と中国人の少女を引きずっていた。何人かは真っ裸であった。「大佐」はその光景を見て笑って言った。「この辺では列車事件はもう起きないだろう。これらのロシア人と中国人に教えてやるにはテロに限る」

彼の仮住まいのドアの前に来ると、「大佐」は一緒に夕食をしようと誘った。疑いを招きたくなかったので、私は受け入れた。われわれは中に入った。

テーブルには五人がついた。「トルケマダ二世」、同行してきた二人の憲兵将校、武藤大尉と私だった。

おびただしい量の食物が、あらゆる種類のワインと蒸留酒とともに、略奪してきた店から持ち込まれた。「大佐」は食ったり、飲んだりしたが、食べるより飲んだ。

一旦酔っ払ってしまうと、彼とその仲間は外国式の作法を全部忘れてしまい、元の状態になった。テーブルと椅子から離れて、床に座り込み、服をほとんど脱ぎ捨てて、本格的に飲み始めた。たいてい彼らは日本語ばかり話した。時々、お互いに見合って、騒がしく笑い立てた。

突然、「大佐」は何かひらめいたように、給仕をしていた兵士に何か言うと、その兵士は直ぐに部屋を出ていった。

すると皆は私の方を見て、より一層大きな声で笑った。

「飲め！」と「大佐」は叫んだ。「飲め！　イタリア人は水は嫌いで、ワインしか飲まないそうじゃないか……ワイン風呂に入る……そうなのか？」

私は何も言わなかった。

「なぜ話さない？　光栄にも四人の日本人将校と同席しているのだ……誇らしく、楽しいはずだ……なのに悲しそうな顔をしている……どうしたのだ？」

それから彼は同僚に日本語でさらに何か言った。彼らは笑い始め、私を見て笑い転げた。

一人の将校は横にはって行き、眠ってしまった。口を開け、汚い歯を見せて、肥えた豚のように間もなくいびきをかいていた。

「トルケマダ二世」はまだ飲んでいた。

「日本軍の将校になるために何をささげるつもりなのか？直ぐ答えろ！」と彼はだみ声で叫んだ。それはより不快に見えた。私は答えないことにした。彼は喋り続けた。

「自分の命をささげても……しかし、それでも日本軍の将校にはなれない。数年のうちに、アメリカ軍の将校、あるいはイギリス軍、フランス軍、ロシア軍の将校になれるかもしれない……だが日本軍将校になる栄誉を得ることは決してできない。日本陸軍の将校になることは、最大の栄誉なのだ」

「ワシントンの通りを散歩したとき……制服を着て……誰もが羨ましそうに私を見たものだ。……なぜなら、彼らの財産、大邸宅、五十階建てのビル、すべての威光をもってしても、日本軍将校であることの高みに達する栄誉に値することはできない、ということを知っているからだ。

日本陸軍は世界で最も完全で、最も輝かしく、最も偉大な組織である。戦いで破れたことはなく、世界で一番大きな帝国、中国とロシアを破った。

われわれはそれをまたやろうとしている。数年のうちに、日本陸軍は中国、ロシア、アメリカ、イギリス、フランスを征服する。太平洋は全部、北極から南極まで日本のものとならなければならない。輝かしい陸軍は地上で勝利し、無敵の海軍は海を支配する。世界はわれわれがいかに強いかまだ知らない。われわれが動き始めたとき、彼らはわかるだろう。彼らはすべてを知るであろう。アメリカはわれわれに対し門戸を閉ざしていたために大きな損害を被るであろう。だが、われわれは入る、そのときは征服者と主人として。われわれの靴をみがくことは彼らにとって、嬉しいであろう。まずわれわれは中国とロシアを制服しなければならない。それから勝利の行進を始め、太平洋のあらゆる海岸にわれわれの旗を立てる。世界は、日本陸軍は何ができ何をしようとしているのか知らない」

そして彼は笑い、さらに飲み、さらに喚いた。野心的な教師に授業中に教えられたことを暴露してしまったことを気づかず、日本人のサムライ魂――それは非常識で傲慢で、それどころか、ばかげたものに聞こえたが――の秘密の思考をさらけだしていることに気づかなかった。

「一九一四年にドイツ陸軍を打ち負かすために日本陸軍はどれだけの部隊が必要だったたか

知っているか？」

「知りません」。こう返事すると、彼は長く喚いた。それは次のようなものだったと記憶する。

「わからない？　では……教えてやろう。われわれは計算した。われわれはドイツ陸軍を日本の十五部隊で打ち負かすことができる。それは東京の陸軍大学校の校長が言ったことだ。日本の参謀部が言ったことだ。日本の一部隊はロシア軍の十五部隊に等しい。米軍の十五部隊、イギリス軍の十二部隊、フランス軍の十部隊、ドイツ軍の六部隊。

日本海軍は世界の全部の海軍を合わせたものを打ち負かすことができる……笑うか？　結構……ちょっと待て……五年もしたら、私が今言っていることを理解するだろう……われわれが重大な手段を取ると張作霖元帥を脅したとき、彼は彼の背後には中国国民党、国際連盟、ロシア陸軍、米英の海軍がいるとわれわれを理解させようとした……それはわれわれを怯えさせたか？　……われわれを止めさせたか？　……まったくない……われわれは満州に六ヶ月いる……われわれはここにとどまっている……何が起きたか？　……国民党、つまり南京政府は戦おうとしない……国際連盟は老婦人たちの調査団を送ってきたが、その主な仕事はできるだけたくさんの宴会にでることだ……リットン調査団を歓迎してハルビンで多くの大宴会があるだろう……米英の海軍は見当たらない……ソ連陸軍……大いに宣伝されたソ連陸軍……どこにいる？どこかで見たか？　……いや、見ていない……ソ連陸軍を少しも恐れていないことを示すため、われわれは彼らの鉄道を手に入れ、できるだけたくさんのソ連市民を好きなだけ撃ち殺そうとしている……彼らは抗議する勇気さえないだろう……おい……酒……酒だ！」

この長広舌が終わる前に、「大佐」が送り出した日本兵が再びやって来て、不動の姿勢をとった。「大佐」が演説を終えると、兵士は前へでて、彼に少し話した。

「そーですか」と「大佐」は答えて、寝ていた将校を蹴って起こした。

ドアが開くと、数人の日本人兵士に前に押されて、五人のロシア人少女が入ってきた。少女たちは泣いており、兵士は彼女たちを脅して連れてきたに違いなかった。三人は田舎の少女のような身なりをしており、他の二人はより上の階級に属しているように見えた。

「トルケマダ二世」は笑いながら、日本語で何か叫びながら、立ち上がろうとしたが、まだ寝ている将校の上に後ろ向きに倒れた。その将校は目を覚まし、ひじで起き上がって、眠そうな目でロシア人少女を見た。

その夜ずっと、武藤大尉ともう一人の将校は非常に控えめに飲んでおり、黙っていた……聞いているだけで、時々頭でイエスかノーの合図をしていた。

若い女性たちは「大佐」と将校のそばの床に座らせられた。「トルケマダ二世」は親切にしようとした。少女たちにビールをすすめたが、彼女たちは拒否した。このことで彼は機嫌を悪くした。私の方を向いて、言った。

「彼女たちに言え。私は大佐であり、この国全土の誰に対しても殺生与奪の権力を持っているのだ……もし彼女たちが私と将校にいい子であれば、彼女たちにとってすべてはよいことになるであろう……そうでなければとても悪いことに、とても悪い……どの娘がいちばんいい？……選べ……私の客として、最初に選ぶのだ……われわれ日本人はいつも客を敬意を持って扱うのだ」

私が動かず、答えないのを見て、彼は続けた。

「君はロシア娘は好かんのだろう……中国娘が欲しいのか？　一人連れて来させよう……」

私はひどく不愉快になって、彼の顔をこれ以上見たくなかった。私は立ち上がって、夜がだいぶ更けてきたし、数時間寝なければならないこと、「それに、女性たちは私に関心がないし、私には妻子がいます」という理由で暇乞いを告げた。

「大佐」は私をじっと見た。彼は反対されるのが嫌いであった。「許可のないうちはここをでてはならん」

「許可があろうとなかろうと、私は失礼します」と私は冷静に言った。「私の任務は軍事について通訳として行動することです……情事のことなら他の誰かを探して下さい」。

そう言って、私は向きを変え、歩き去った。背後で彼が武藤大尉に何か尋ねているのが聞こえた。大尉は彼を懸命になだめていた。

駅長は待避線にあった二等車の客車で寝る許可をくれた。

私は八時に起きた。客車を出ようとすると、ボロ服を着た「物乞い」がやって来て、数セント恵んでくれと言った。

「妻と三人の子供がいるんです。男二人と女一人です」

ポケットを探りながら、私は彼に低い声で尋ねた。

「ここからお前の分隊までどれくらいか?」

「歩いて三日です」

「よし、二日で行け。お前の上官に直ぐ来いと言え……数百人の中国人とロシア人がここで虐殺されている……私の第二号はどうなった?」

「われわれが埋めました」

「金は要るか?」

「いいえ」

「幸運を祈る」

私は五セントの硬貨を彼の手に置いてから、進んでいった。

トルケマダ二世途方に暮れる

「トルケマダ二世」は午後二時まで姿を現さなかった。武藤大尉によると、娘たちのうち二人だけは彼ともう一人の将校に陵辱を受けたが、他の三人は家に帰されたという。

審問は数日続いた。多くの人たちが射殺され、暴行を受けた。倉庫に監禁されていた人々の百人以上が拷問を受けたが、当局は橋を爆破して日本人兵士を満載していた列車を破壊した犯人を見つけることはできなかった。

憲兵隊のために「働いていた」約二十人のロシア人がハルビンに到着した。彼らは憲兵隊が募集するさいの方針であるいろいろなタイプの犯罪者を代表していた。

新人たちは直ぐに日本人たちが既に始めていたことを完了しだした。彼らは金を持っていそうな者はだれでも逮捕し、身代金が支払われるまで解放しなかった。こうして集められた金の大部分は憲兵隊の将校に行き、残りはロシア人が取った。

日本人憲兵隊の隊長は私に率直に言った。五日間のうちに、彼は六千五百ドル受け取り、他の将校は階級に応じて分配した。「トルケマダ二世」は二万ドル以上受け取った。

日本の憲兵隊では、征服された民族のものを着服することは不正なことだとはみなされていない。同じ横暴な原則は、規模は小さいが、陸軍将校の間でも適用される。満州に駐屯した日本人将校で、任期がきて日本に帰るとき、所持金が四万ドルから五万ドル以下というのは比較的少数である。朝鮮、台湾、満州での日本の暴政の無数の犠牲者は、日本人将校がどのように財産を作り上げるかについて、膨大な量の証拠を提供できる。日本陸軍将校団が日本の国会に支配されるのを拒否するのは不思議ではない。現在の日本陸軍将校の闇商売には、たくさんの金がありすぎて、日本の首相が暗殺されなければならないとしても、政府をその中に入れてはならないのである。

満州の日本人「ジャンヌ・ダルク」と呼ばれる川島芳子女史は一九三四年初めにラジオで次のように述べた。

「満州における日本人の傲慢さ、特に日本陸軍の将校のそれは、すべての階級の住民の間ではかりしれない憎悪を募らせている。これは最悪の文民と軍人の集団が満州に送られているという事実によって引き起こされている。彼らの動機はできるだけ短期間に財産を蓄積ことであり、彼らの目的を達成するためにはいかなる抑圧の手段でも取ろうとする。彼らは人々を脅して金を取り、農民に大豆の代わりにケシを無理やり植えさせる」

私はまたも上官に電報で、ハルビンに戻ることを許可してくれるよう頼んだ。そしてまたも、彼は「今いるところに留まって、何が起きているか監視せよ」と返電してきた。明らかに上官は憲兵隊を信頼していなかった。彼はよく知りすぎていた。

十九日夕、影と彼の二人の副官は横道に着いた。列車から降りるやいなや、三人は不審人物として逮捕された。影の匪賊の一人がその知らせを私にもたらした。私は「大佐」に会いに行き、影は日本人の友人であり、彼に何らかの処置を取る前にハルビンに電報を打つべきであると言った。

「ハルビンの誰に電報を打つのだ？　……土肥原大佐か？　……土肥原は私よりえらいと思うのか？　……私は憲兵中佐《ママ》だぞ、憲兵中佐は陸軍の将官より上なのだ。逮捕されたこれら三人の中国人を自分自身で尋問する。もし彼らここ横道にいることについて満足な説明をしなければ、射殺させる。ここで指揮をしているのは私で、土肥原ではない」

私は武藤大尉を探した。

「影と二人の副官を救い出すために何か手を打たないといけません……そうでないと大変重大な結果が起こります。数百人の影の匪賊はここの近くの穆稜と横道の間に駐屯している……影の匪賊はここの状態がどのようなのかよく知っているはずです……もしそうなら……彼らは頭目を救出するため日本軍の駐屯地を攻撃するのを躊躇しないでしょう」

私は影の匪賊が日本の駐屯軍を攻撃させたくなかった。私は別の案を持っていた。

武藤大尉は、軍用暗号で参謀部へ電報を打ち、影が憲兵隊に逮捕されたので彼を解放する手段を講じて欲しいと要請したらどうかと提案した。

午前二時、満州軍の参謀部から電報がきて、それは「トルケマダ二世」に対して影と二人の仲間を即時解放するよう命じていた……この命令は直ちに実行された。

六時間後、「大佐」は私を呼んだ。彼は仮の事務所に一人でいた。

頭の先から足の先まで私を見ながら、醜悪なしかめ面をして彼は言った。「なぜ電報を参謀部に打った？ ……影とは何者だ？ ……奴は誰のために仕事をしているのだ？ ……お前は何者だ？ ……ボスは誰だ？ 質問に答えろ！ ……答えないなら……お前とは永遠におしまいだ……お前の頭に銃弾を撃ってやる」

「私は日本の上級当局に対して、私が誰のために働き、何をしているか決して言わないと約束しました。ですからあなたの質問に答えることはできません。私を雇っているのが誰で、何をしているのか知りたければ、参謀部に聞いて下さい」

「今言いたいことは、お前が私の仕事をスパイするために派遣されたということだ」

「それは誤解です。私は橋が爆破される前に穆稜に来たのです」

「ではなぜ立ち去らない？」

「留まっているのは上司の命令でそうしているのです。立ち去れという命令を受け次第、あなたの姿を見なくて済むという理由だけでも、喜んで立ち去ります」

私はお辞儀もせずに部屋を出た。

実際、そのいやなちびを見るだけで気分が悪くなり、頭にくるのであった。そのような無知な馬鹿、そのような耐えられないほどの傲慢な男、我慢できないほどの無遠慮な男を見たことがなった。まともな陸軍ならそうした男には制服を着るのを許さないであろう。しかし、彼は日本陸軍で重要な人物であり、彼が手に届く範囲内にくる不幸な人々の生殺与奪の権力を持っていた。

私が一人で悪態をついていると、村の家の近くであの老いた物乞いに出会った。彼に硬貨を握らせると、彼は言った。

「明日の夕方に、C大佐（訳注）が部下二千人を連れてやって来ます。ここから数里のところに宿営します。Sと私はここにいます。今夜十一時、彼はあなたの客車へ会いに来るでしょう」

訳注：太原要によると、張作舟である（『人物往来』（一九五七年六月号）。

Sは他の多くのロシア人と同じように、非正規軍に入った。非正規軍の公言している任務は、捕らえた日本人は誰でも殺すことであり、日本人の物は何でも破壊することであった。満州全土で、将校や兵士だった大小の集団が憎むべき敵を悩ませ、一分たりとも平安を与えなかった。

これらの非正規軍の集団は、私が満州を去る日までは、鉄道線路から離れた地域の真の支配者であった。満州を占領して六年、日本は鉄道に隣接している地域の支配者だとある程度主張しえようが、鉄道線路から数キロメートル離れると非正規軍が支配している。日本の飛行機は時々爆撃するが、歩兵は鉄道からあまり離れようとはしない。

日本人が「匪賊」と呼んでいるこれらの散在している元兵士の英雄的行為や愛国心についてや、彼らが共通の敵に加えた無数の奇襲について知っている人はほとんどいない。次のようなことを聞いたことがある人はほとんどいない。一九三五年五月、チチハルから百マイルのところにある黒竜江省のメイトカトと呼ばれる小さな村で、三百二十三人の非正規軍兵士が二千人以上の日本軍兵士に包囲された。三日間にわたって防戦したが、その間、絶え間ない攻撃の中、事実上食料は全然なかった。日本の飛行機は村に百発以上の爆弾を落とし、住民のほとんどを殺した。これらの中国人元兵士が最後の弾薬筒を撃ったとき、生き残っていた六十人はほとんどが負傷していたが、真夜中に剣付き鉄砲やサーベル、手榴弾を持って日本軍の野営地に忍び寄った。日本軍は敵を全滅させたと思っていたので、哨兵も置かずに眠っていた。

夜中に恐ろしい戦闘が起きた。中国人の非正規軍は日本人の中に紛れ込み、彼らを右に左に殺した。一方、日本軍は狂ったように発砲し、しばしば同士討ちした。中国人が全員殺されると戦闘は終わった。しかし、百五十七人の日本人が死亡し、二百人以上が負傷した。

最も野蛮な部族の間でさえ、勇敢で頑強に戦う敵はお互いに尊敬し合う。しかし日本人はそうではない。敵が一層、より良く戦えば戦うほど、日本人は一層腹を立てる。彼らに反対する誰に対しても、防御と攻撃においてどれほど勇敢で英雄的であろうと、日本人は憎悪と軽蔑しか感情を抱かない。日本人の英雄以外に英雄はいないのであり、日本人の勇敢さ以外に勇敢さはないのである。

この日本人の特性通りに、攻撃が三日間にわたって撃退された部隊の指揮をとっていた日本人の大佐は、中国人の指揮官の死体の前に立ったとき、サムライの本能をさらけ出さずにはいられなかった。彼は死んだ英雄を呪い、侮辱を浴びせ、その顔を足蹴にした。

そうした残虐な行為は信じがたいようにみえる。それでも、満州で起きたことを世界はこれまで、私のような証人がいなかったため無視してきたが、今や新聞やラジオを通じて日本軍が華北や上海、南京、漢口で行ってきたことを知るようになった。

こうした非道を目撃して、世界は今や満州の奥地で起こったに違いないことを想像できるし、私の証言さえ非道な行為のほんの一部しか明らかにし得ないということを想像し得る。その非道な行為は文明諸国が誤ってその一員であると受け入れた国民の回し者によって行われた。

第八章　非正規軍の攻撃

復讐

Sは午後十一時、私が横道で寝泊まりに使っていた客車にやって来た。われわれは再会を喜んだ。ロシア陸軍の元将校だったSは世界大戦後に満州の諜報機関に入り、数年間私の指揮下にあった。彼はC大佐の指揮する非正規軍の分隊いたときの冒険、日本軍との多くの遭遇戦、将来の見通しについて語った。私の方では、横道周辺での全体情勢についての詳細な情報、日本兵の数、彼らの宿営場所、憲兵隊、ロシア人、日本人の参謀、司令官の居場所についての情報をSに与えた。

Sが客車を離れ、闇夜の中に消えたのは午前二時であった。

四月二十二日、武藤大尉にハルビンに戻るよう命じる電報が届いた。私あてに上官から届いた電報は、私に現場に留まり、横道で何が起きているかについて完全な報告を用意し、憲兵隊とロシア人の助手を特に監視せよと命じていた。

その夜九時、住民が非常に騒いでいた。一人の日本人中尉が売春宿で言うことを聞かなかった一人を射殺したのである。それから外に出て、泥酔した兵士は見境なく発砲し、朝鮮人一人を殺し、ロシア人女性一人と中国人二人を負傷させた。言うまでもなく、彼は日本軍の軍服を着ている日本軍将校であったので、誰も彼を捕らえようとしなかった。勇敢な行為という栄光につつまれて、殺人者は帰宅した。彼が処罰されたか勲章を授けられたか、わからなかった。

翌日、一九三二年四月二十三日、私は影を午後九時に夕食に招待した。午後四時頃、中国人の物乞いが、C大佐の非正規軍の分隊が町を包囲したと知らせに来た。彼は暗くなったら客車の中にいるよう警告した。

影は二人の副官と匪賊四人を伴って午後九時にやって来た（訳注）。四人の部下は客車の外で見張りをしていた。

訳注：満州日報支配人だった太原要は、影とともに太原もウェスパに招待されたとしている（『人物往来』一九五七年六月号）。

たくさんの上等のワインとウォッカとで豪華な夕食を準備したのにかかわらず、影は寂しげであった。彼は彼の待遇に不満をこぼした。

「私は今何なのか？　……何年もの間、私は一万五千人以上の部下を持っていた……今は？……千人そこそこだ……彼らは少なくとも五千人を約束したのだ！　汚い仕事だけを寄こして、なけなしの金しか寄こさない……われわれが略奪した村が数日後に日本人と朝鮮人の入植者が占領していることを私が知らないとでも思っているのか？　彼らは私を馬鹿にしているのか？　……彼らは気をつけたほうがいい！　……彼らは私に、ソ連人と朝鮮人だけに反対するために雇うと言った。代わりに、中国人は共産主義者だと称して、中国人に反対するために私を使っている……中国人農民が共産主義者だなんて聞いたことがあるか？　……彼らの汚い仕事は飽きた。いつか、くたばれと言ってやる……好きなようにする」

私は何も言わずに聞いていた。影は続けた。

「あなたに不満があると思わないで下さい。あなたが働かなければならない状態は知っています。日本人が無理やりあなたを拘束し、この憎むべき仕事をしなければならないことは自身の意思に反していることを知っています……私は何でも知っています。あなたの心のうちに隠していることさえも……私を一番傷つけることは、あなたが私に十分信頼を置いていないことです……あなたと私は一緒に財産をつくることができます……いつかあなたと私は、いまいましい日本民族とかかわりなく、好きなように自由に行動できることを願っています。……とにかく日本人とは何ですか？　……身体的に彼らは小人だ……精神的にはオランウータンだ……大佐を見たことがありますか？　……彼を見るといつも気分が悪くなります。

恐ろしいネズミ……立ち去る前に、彼の耳がそがれればいい。そうすれば彼は私のことを忘れないでしょう。ここにいる私の部下の李同は、大佐がすぐに横道を出ないなら、彼は……」

その時、一発の銃声が聞こえ、直ぐ続いて小銃と機関銃の音が続き、われわれの会話は終わった。影が外で見張りに立たせておいた部下の一人が飛び込んできて、銃撃が町のいたるところで行われていると言った。午後十一時十分のことであった。私は影をじっと見た。彼は全く気にしていないようであった。

「行くべきか？」と私は尋ねた。

「何のために？　何ができます？　われわれは拳銃だけしか持っていません……小銃や機関銃に向かって何もできるものじゃない……全部終わってから出ましょう。それに、この車の中にいるわれわれの邪魔をすることはないでしょう……」

影は部下に見張りの全員を中に入れるよう命じた。彼は四人いると言っていたが、数えると十一人いた。

銃声は止んだかと思うと、また始まった。一時になると散発的な銃声だけが聞こえるようになった。この状態が二時半まで続いた。四時にわれわれは外に出た。

寝込みを襲われた日本軍は、小銃を取る時間もなかった。多くの者は宿営内で殺され、残りは捕虜になった。

ほとんどの将校はそのとき芸者屋にいて、着物を着ていて、武装はしていなかった。抵抗した者は殺された。残りは捕虜となり、非正規軍についてくるように命じられた。

襲撃の後、非正規軍は捕虜とともに山の中に消えた。


われわれがそこに立って情勢を調査していると、襲撃をのがれていた日本軍将校や兵士が少しずつ隠れていたところから出てきた。午前七時までに、大尉一人を含む将校十一人と兵士百三十七人が外に出てきた。彼らの武器は全部、非正規軍に持ち去られた。憲兵隊の補助をしていた二十三人のロシア人のうち、十四人が死亡し、九人は逃げた。全部で百四十三人が死亡し、百二十七人が捕虜になった。電信が回復すると直ぐに、横道への襲撃があったときと同じころ、ハルビンから百キロのところにある一面坡を非正規軍の一群が攻撃したことを知った。日本軍は死者百三十四人、捕虜八十六人を出して、退却しなければならなかった。


午前十一時、日本軍一個大隊を乗せた特別列車が横道に到着し、十数機の飛行機がハルビンから飛来し、襲撃者を探していた。

翌日の四月二十四日、上官から電報でハルビンへ戻れと命令された。数時間後に列車に乗った。影は私を見送りに来た。あいにく彼は穆棱にいる部下と合流しなければならなかったので、同行できなかった。列車が動き出すと、彼は感極まったように言った。「もし夕食に招待されていなかったら、私と部下は死んでいたでしょう。決して忘れません」。

ハルビンでは私が報告するとき、上官はやや温かく迎えた。列車の破壊や横道での襲撃事件以上に、彼は横道に着いたときから捕虜になったときまでの「トルケマダ二世」の行動に関心を示した。日本人や中国人、ロシア人の犠牲者については、彼は一言も言わず、哀れみや同情の念はほとんど示さなかった。

ハルビンから帰った翌日の五月二日、日本軍は横道で起きた出来事について、次のような「公式声明」を出した。

今月十二日午後五時半、横道付近に於いてソヴィエトの工作員は穆稜行きの列車を脱線せしめ、死者三名、負傷者十名を出せり。犯人は捕縛され、事件は共産主義者の仕業と判明せり。

二十三日午後十一時、四千人以上の匪賊は横道の日本軍の分遣隊を攻撃せるも、我軍は匪賊を撃退せり。匪賊は死者三百六十七名、捕虜二百十一名、多量の武器弾薬を遺棄せり。我軍の損害は戦死兵士四名、負傷兵士十一名なり。

特務機関長
土肥原大佐

以上の「公式」発表は、この民族の典型的なものである。彼らは優秀な民族であり、神々の民族であり、自民族と比べれば他のあらゆる民族は取るに足りないものであるという不変の確信により、彼らは対戦で二位になったり、敗北を認めることは許されないのである。敗北は日本人には許せない。自己が崇高で神聖な民族であるという確信により、彼らは事実の証拠に盲目となる。彼らは、ダーウィンの理論を裏付ける自己の肉体的劣等を見ようとしない。

日本の陸軍と海軍について何と言ったらいいであろうか？　これは日本人が絶対に議論することを許さない主題である。日本の陸軍と海軍は、世界全体の陸軍と海軍を合わせたものを破ることができる……それで議論はおしまいになる。この確信は日本では天皇から石炭運搬作業者まで誰もが抱いている。

他にどのようにして？

天照大神、つまり太陽女神の直系の子孫である天皇の軍隊は、無敵でなければならない。無敵ならばそれは論理的に陸軍のどの隊員も無敵でなければならないということになる。

それで日本の兵士の哨戒隊が殴られたということを書くのは、まさに陸軍全体、ミカド、女神への侮辱なのである。中国が日本の軍用列車を爆撃して、数百人の日本の兵士を殺したと書くことは、全く不可能なことを述べるにすぎない。従って、中国を「ソ連政府」に変えよう、大惨事の重要性を小さくしよう、死傷者の数を減らそう、彼らが兵士であったということを省略すれば、日本陸軍の名誉とミカドと「老婦人」天照大神の名誉が守られるだろう。

日本の「公式報告」は実際の事実や実際の行動とは関係がない。報告や声明を作成するにあたっての日本の軍部の主要で最も重要な任務は、日本陸軍と日本軍の軍服を着たすべての人の軍事的な豪胆さ、無敵さを強調し、賞賛することである。その目的を達成するために、崇高すぎるもの、ばかばかしいほどに信じられないものはないのである。崇高であればあるほど、信じられなければ信じられないほど、軍当局はますます承認し、喜ぶであろう。

二千人の敵を殺したサムライについての日本の神話は、いくらかは程度を減じた形で、敵との交戦に関するすべての日本の公式の報告に現れなければならない。木製の人形も笑うであろう誇張を歪曲のたぐいは、日本人には大真面目に受け入れられている。日本人は、このような粗野な途方も無いような言行の中にのみ日本の真の精神を見出すのである。

満州で日本軍と一緒に働かなければならなかった四年半の間、ほとんど毎日のようにあった匪賊あるいは非正規軍との衝突について、正確な報告は一つも読んだことがなかった。日本人は敗北あるいは大損害を被ったことを決して認めなかった。彼らが本当に勝利したとき、それは等しく誇張された。日本軍司令部によって新聞に渡された公式発表を集めてみたら、信じられない冗談の最も笑うべきコレクションとなるだろう。

例えば、孫北での戦闘について、ハルビンの師団長だった多門二郎中将が新聞に発表した公式報告は典型的なものである。

「一九三二年五月十八日、千二百名の兵士からなる日本の分遣隊は孫北（ハルビンから数キロメートルにある村）付近に於いてソヴィエトの小銃と機関銃を以て武装した八千人以上からなる強力な匪賊と遭遇せり。銃剣突撃が繰り返され、六時間以上続いた激戦のすえ、我が兵士の打ち負かされることのない勇敢さのために、匪賊は死者千二百十四名、負傷者七百六十三名を出して退散せり。我が方の損害は死者十四名、負傷者三十一名なり。

師団長　多門中将」

私が知っている実際に事実の観点から言うと、上記のおとぎ話は次のように修正されなければならない。

「孫北での戦闘では、三千五百人以上の日本軍が強力な非正規軍に攻撃された。決死の抵抗のすえ、日本軍は松花江岸に退却を余儀なくされた。その堤の上の漁村で立て籠もり、夜になるのを待った。夜陰に紛れて、非正規軍からの激しい銃撃のもと漁船で川を渡った。三千五百人以上のうち、千六百七十六人だけが反対側の対岸にたどり着くことができた。その多くが負傷していた。六日後、強力な日本の増援部隊が孫北を占領したとき、村と松花江との間で九百七体の日本兵の死体が発見された。全員が裸で、軍服は『匪賊』に剥ぎ取られていた。その後十五日間にさらに五百三十一体の死体が川の中で見つかり、その中には隊長の大佐の死体もあった。

五月二十七日、ハルビンの日本の特務機関長は非正規軍の司令官から手紙を受け取った。そこには日本兵三百八十二人と将校十一人が捕虜になっていると記され、捕虜交換の提案がされていた」


日本の軍人精神のこの基本的な特徴は重大な軍事問題だけでなく、彼らの生活の最も単純なことにおいても自然に現れる。

例えば、日本人憲兵がロシア人をハルビンの街頭で呼び止め、検査しようとする。ウォッカをがぶ飲みしていたロシア人が憲兵の襟首をつかんで拳銃を奪い、殴ったので、憲兵は腕を折り、頭の骨にひびが入って横たわっている。刑事部のフェオドロフ警部補は泥酔したロシア人を逮捕し、警察署に連行する。事件をありのままに記述して報告を書く。

翌朝、大混乱になる。日本の憲兵隊長はフェオドロフ警部補を呼び出して、撃ち殺すと脅すほど叱りつける。

「よくも酔っ払ったロシア人が日本人憲兵から武器を奪い、たたきのめしたと勝手に書けるものだ？　……お前は日本陸軍……神聖な日本の天皇陛下を侮辱したのだ。別の報告を書け、そして書くことに注意しろ」

哀れなフェオドロフは、どうしていいかわからずに、日本人の弁護士である石橋に相談する。弁護士は報告を書く。それはハルビンの警察界に、その後一ヶ月以上も面白い冗談を提供することになる。それは次の通り。

「一九三三年六月五日の午後十時、日本の憲兵カケイ・シンタロウは、二十人以上の若い共産主義者が大声で叫びながら平和な市民を憤慨させ、治安を乱しているのに出会った。カケイ憲兵は勇敢にも共産主義者の集団に立ち向かい、解散して不祥事を起こさないように命令した。酔った共産主義者たちは要請を聞き入れずに、彼に向かって行き、杖で殴った。カケイ憲兵は真のサムライのように見事な勇気で自身を守り、重傷を受けたのにかかわらず共産主義者たちを撃退し、指導者を逮捕して、下に署名した者に引き取られた……任務をこのように完遂すると、彼は意識を失った。

満州国警察の警部補として、光栄ある日本陸軍の立派な代表であるカケイ憲兵の英雄的態度に高位の日本当局の注意を向けさせることは私の義務である。彼は真のサムライであり、その英雄主義はわれわれにとって称賛すべきもの、驚嘆すべきものである」

書き直された報告は日本の軍当局に高く推奨され、フェオドロフは称賛された。三ヶ月後、カケイ憲兵はその勇気により勲章を授かった。

第九章　リットン調査団の訪問

リットン調査団

私がハルビンに戻ったのは五月一日で、リットン調査団（訳注）がハルビンに着く十日前であった。一週間前にさまざまな警察部門は、国際連盟調査団へ何らかの不平を提出「しようとする疑いのある」すべての人物を逮捕、投獄するよう命令を受けた。

訳注：満洲事変の後、中国の提訴を受けた国際連盟が実地調査のために、日本、中国、満州に派遣した調査委員会。英国のビクター・ブルワー・リットン卿を団長とした五人のメンバー。調査団が東京に着いた翌日の一九三二年三月一日、日本は清朝最後の皇帝溥儀を執政に「満州国」建国を宣言させた。報告書は柳条湖事件を正当な軍事行動とは認めず、中国の宗主権のもとに満州に自治制度を設けるべきだ

とした。

日本の警察制度は信じることも理解することの範囲も越えているものである。満州では次のような司法機関があった。

- 日本の諜報機関。その長は東京によって任命され、東京だけに責任を負う。
- 日本の憲兵隊。これは日本の軍当局に従属している。
- 満州国の憲兵隊。満州国軍当局に従属している。
- 満州国の国家警察（警務司）。満州国の民生部の指揮下にある。
- 市警察。市当局により管理される。
- 日本の領事警察。日本の領事館に責任を負う。
- 刑事警察。市当局に従属するが、市警察とは独立している。
- 国家諜報機関。満州国軍政部に属する。
- 鉄道警察。鉄道総局に属する。

これらの警察隊のそれぞれは、お互いに独立して行動した。互いに協力し、助け合うのではなく、しばしば対立して行動した。彼らの間に存在した憎悪、嫉妬、恨みの総量は信じられないほどであった。実際、ある警察部門に属している者の主要な任務は、他の警察部門の者をスパイし、あらゆる機会に攻撃することであった。ある警察組織に不審人物ないし危険人物として逮捕された者が、他の警察組織によって模範的市民で紳士であるとされることはよく起きた。例えば、元大富豪のカワルスキー（訳注：第四章参照）に対する事件があった。日本の軍当局は彼が持っていたものをすべて奪い、債務を支払えなくなって、彼は自ら破産を宣言した。国家警察と市警察は彼の側に立ち、疑いをはさむ余地のない尊敬すべき人物だと主張したのに対し、憲兵隊は彼はどんな犯罪も犯すことができるごろつきだと主張した。この矛盾した証言が法廷で示されると、皆から笑いが起きた。

リットン調査団に真実を知らせようと「する恐れがある」と「疑われる」すべての人物を逮捕せよとの命令は、ハルビンのさまざまな警察隊にとって思わぬ喜びであった。

服務規程に従えば、逮捕はすべて夜行われることになっていた。そこで、暗くなると直ぐ、さまざまな警察部門が出動し、一番の金持ちたちを逮捕した。その富に比例して金を支払えば釈放するという意図があった。これは相当ひどかったが、その悲劇は例えば、憲兵隊に金を支払い、自由になったと思った途端、別の警察機関にまた逮捕され、さらに身代金を支払わなくてはならなかったことである。金持ちの中国人の中には、このように五、六回逮捕され、金をすっかり巻き上げられ、挙げ句の果てに、監獄に入れられたままになった者もいる。

日本当局からの命令によると、逮捕された「容疑者」は全員、国際連盟の調査団が出発するまで投獄されていた。彼らは盗人、匪賊、麻薬常習者などと一緒に地下の留置場に投じられた。多数の者が調査団が立ち去って三、四十日たつまで釈放されなかった。

リットン調査団が着く一ヶ月前、日本は多数の著名な中国人とロシア人に対し、国際連盟の代表に対して「陳情書」を提出するための委員会を組織するようにと命令した。

そうした「陳情書」のすべては、日本人によって書かれ立案された。中国人とロシア人がすべきことは、署名することとであった。言うまでもなく、これらの「陳情書」は満州国の輝かしい現在と将来に対する限りない称賛と情熱を表明していた。

接待委員会が細心の注意で作られた。この委員会の全メンバーに対して、礼儀とどのように振る舞うかについて教えられた。彼らは何をどのように言うのか暗記しなければならなかった。もし教えられたことより一言でも多く、一言でも少なく喋ったら、またもし言っていることが嘘であることを示すわずかな仕草をしたら、そのような追加、省略、矛盾に対しては命で支払わなければならなくなると警告された。

リットン調査団は事態の真相を調査、発見するために満州に来ようとしていた……日本人はあらゆる人々からできるだけ隠し、ことごとく欺こうとした。彼らはやりすぎて、愚劣さの世界記録になり、どこへ行っても笑いものになっている。

調査団の主要メンバーが宿泊することになっていたハルビンのホテル・モデルンは非常事態に置かれた。そのようなメンバーが泊まる部屋近くの部屋には、一見して普通のホテルの客にみえる、国家政治警察の日本人とロシア人の職員が割り当てられた。警察の三人の職員は事務所に事務員として配置され、他の者は中国人のポーター、ウェイター、部屋係などになった。三人の日本人の少女が警察に雇われ、女性の客室係になった。数十人の職員が食堂、読書室、大広間などホテル中に役割が与えられた。調査団の他のメンバーが泊まりそうなグランド・ホテル、ノヴィ・ミール（新世界）などの他のホテルでも同じ警戒策が講じられた。

調査団のメンバーが立ち寄りそうだと日本人が考えた主要な店、レストラン、一流の劇場にはすべて、警察のスパイを従業員、事務員、ウェイター、案内係として配置した。

正確な数字をあげると、千三百六十一人の中国人、ロシア人、朝鮮人、それに九人の日本人が、リットン調査団の面前で満州国に対する敵対的示威行為を「する恐れがある」と「疑われる」として逮捕され、ハルビンから六キロの松花江の対岸にある孫北の収容所に入れられた。同様に、調査団が刑務所を訪問したいと希望を出す可能性があるため、すべての政治犯、すべてのソ連市民、英語ないしフランス語を話せる者はすべて刑務所から出されて、孫北の収容所に送られた。

すべての病院にも同じ警戒策が講じられた。すべての疑わしい患者は、調査団が行きそうにない日本の病院へ移された。

次のお膳立ての動きは、民衆が全員満州国を支持していると調査団に印象づけようと、民衆の情熱を捏造することであった。

数十万の満州国の小さな国旗と溥儀（当時は執政）の安物の肖像が、旗は約三セント、肖像は二セントで印刷された。ハルビンの全員だけでなく、鉄道線路沿いに住むすべての中国人、ロシア人、朝鮮人は旗と溥儀の肖像の両方をそれぞれ一ドルで買わされた。旗と肖像の売込隊は、それぞれ中国人一人、ロシア人一人、憲兵隊二人の護衛、日本人会計一人からなっていた。数十のそのような隊が戸別訪問し、強制的に「セット」を買わせて、もし調査団の滞在中に「旗と溥儀」がドアと窓に適切に飾っていないと、一家もろとも逮捕すると脅した。二ドルを払えないような者は、十五日以内に警察署に金を持ってくるようにクギをさされた。

私の上官は気が動転したようにみえた。命令を出すと思うと、その反対の命令を出した。ある人々を逮捕させたかと思うと、数時間後には釈放させた。彼が責任を負わされるような明白な犯罪が起きないようにとピリピリと神経過敏になっていた。

リットン調査団は一九三二年五月十日に到着することになっていた。

四日、上官が私を呼んだ。大至急ということだった。事務所に入ると、直ぐに彼が不機嫌なことがわかった。彼は激して言った。

「お前は何も知らない。一体全体、張作霖元帥は何でお前を見込んだのか、わけがわからない。なぜ昇進させたのだ、なぜ高給を払って……なぜ雇っていたのか謎だ。もし私だったら、最初の日にお前を追い出していただろう……一分でも置いていたくない。役立たずだ……まったく役立たずだ！」

「もしそのようにあなたが感じられるなら、なぜ私を追い出さないのですか？　働かせてと頼んだわけではありません。もし行かせていただけるなら、不満は言いません」と私は答えた。

「黙れ！　諜報機関長に向かって話しているということを忘れるな。私は何でも好きなことが言えるが、お前は口答えする権利はない……ではよく聞け！　……張風亭と莫文鴻を知っているな？　……」

私は知っていた。最初の男は大富豪でハルビン為替委員会の会長で約二十の金融機関の所有者や社長であった。二番目の男も非常な金持ちで同発隆百貨店の所有者であった。

上官は私に言った。

「この二人の紳士は他の金持ちの商人たちが署名した陳情書を準備している。彼らはそれを秘かに国際連盟の調査団に提出しようとしている。その陳情書は満州国に有利でないものとみられる。私の日本人工作員の一人が数時間前にこの情報を持ってきた。そこで君への命令だが、どんな手段をとってでも、富豪たちが署名したこの陳情書を手に入れるのだ。この陳情書を手に入れることができれば、このような匪賊を一人残らず軍法会議にかけて、反逆罪で罪に問うことができる……これはもちろん、彼らの財産を没収することになる。それは一億ドル以上になる……日本陸軍が非常にうまく使える金額だ。この陳情書を手にいれられるかどうかは君にかかっている。彼らを監視させろ……彼らの家を監視させろ……彼らを訪問する外国人を皆監視させろ……私の勘では、彼らは外国人を使って陳情書を渡そうとするだろう」

「わかりました！！　彼らを監視しましょう。しかし、私の部下は一日二十四時間働いていて、こうした仕事に使える人物がいないのです」

「私もそのことを考えていた。警察部門は皆大変忙しいから、影の匪賊を金持ちの中国人の監視に使うことにした。憲兵隊は彼らを短期間、特別工作員として任命する名刺を与えるだろう。同じように、彼らは影の下で働き続けるだろう。君は彼らがどんな仕事をするかについて影に指示をするのだ」と彼は答えた。

「彼らを信用できると考えますか？」と私は尋ねた。「彼らは匪賊です……一旦権限を与えられたら、それを悪用するようなことにふける機会と見なすかもしれません。その上、彼らはどんなぼろ服を着ているか知っているでしょう。彼らは特別工作員として格好よく見えません」。

「その準備は既にできている。満洲国軍の制服五百着を影の使用に供することになっている。それで問題は解決する。匪賊が何をするかだが、私は全然心配していない。私にとって大事なことは、調査団のメンバーにわれわれが認めない人物が一人でも近づいてはならないということだけだ」と彼は答えた。

万事が最も小さな点に至るまで実行された。三日後、軍服を着た四、五人の「特別工作員」が金持ちの中国人の家々に特別な「儀仗兵」として配置された。その他の「特別工作員」はその付近をパトロールし、護衛付きの家を訪問した者を尾行した。

私は影の匪賊が与えられた権限を悪用することがなかったことについて満足している。彼らは厳格に任務に精を出し、立派な工作員であることを証明し、信用されたことを誇りにした。彼らは非難されるべき行動しないようにしただけでなく、リットン調査団が去ったのち、匪賊に戻るのを嫌がり、警察隊にいつまでも留まりたいと申し出た。

国際連盟の調査団がハルビンに到着したのは一九三二年五月九日午後四時であった。その日の正午までに、調査団が通過する予定になっていた駅と通りは「満州国」の中国人とロシア人の警察官であふれていた。ふだんはハルビンの通りに目立っていた数千人の日本人警察官と兵士は完全に姿を消した。日本軍参謀部は日本人の制服姿は通りで見せてはならないとする命令を出していた。なぜならリットン調査団は、「満州国」という新国家の形成は満州の民衆の自発的な意思の結果であり、日本は関係がないと信じるようにならなければならなかったからである。

数千の日本の憲兵隊と日本の兵士は全員、満州国陸軍の軍服を着ていた。日本軍司令部の命令に従って、満州国の軍事当局、省と市の当局は接待委員会とともに駅にいた。

列車が到着した。リットン卿、調査団のメンバーが続いて降り立った。公式の紹介の後、一行は主要な出口へ歩み出した。このとき、日本の憲兵隊の一員で、満州国警察の制服を着てプラットフォームに並んでいた遮断線の一部を形成していた朝鮮人の一人が前に出て調査団のメンバーの一人に手紙を渡そうとした。彼が三歩しか前に出ていないとき、満州国警察の制服を着た日本人の一団が彼をつかんで遮断線の後ろに押した。

哀れな愛国者の朝鮮人は逮捕され、私の上官は彼を連れてくるように命じた。

キム・クオクというのが彼の名前であった。彼は七年間、日本の憲兵隊の職員として勤務していた。しかし彼の人民を抑圧する民族に対する憎しみは年とともに大きくなった。彼は単純に国際連盟の調査団は何か非常に偉大なものだと信じ、非常に抑圧され苦しめられている彼の愛する朝鮮に自由を与える力を持っていると信じた。

朝鮮語で書いた手紙の中で彼は、国際連盟が日本に支配されてわずか数ケ月の満州を解放することになぜそれほど関心を持っているのか尋ねた。彼は何年も苦しんでいる朝鮮を解放することに関心を持つべきであるとした。

その夜、九時近く、国際連盟の調査団がハルビンで最初の晩餐会を楽しんでいるころ、哀れなキムは過酷な尋問を受けていた。

私の上官は自分で尋問したかった。なぜならキムには共犯がいると確信したからだ。

しかしキムは真の英雄であった。共犯がいたとしても、彼はそれを決して認めなかった。上官は最初は彼に好きなように話させた。そう、哀れな仲間は自国を助ける機会を得たと考えた。自分自身で手紙を書いた。それを調査団のメンバーの一人に渡そうとした。それだけだった。他の誰も関与していなかった。

欲しいような供述が得られないことがわかって、上官は野獣になった。彼は可哀そうな犠牲

リットン調査団

者に身の毛もよだつような拷問を加えた。彼らは彼の足指の爪と手の指の爪を剥がし、腕の関節をねじって外し、アルコールランプで足の裏を焼いた。最後には上官自身が手にしていたペンで彼の左目をえぐり出すという悪魔のような所業までやった。キムは「共犯はいません。手紙は自分で書きました。国際連盟に日本人を朝鮮から追い出してほしいと思ったのです」とずっと繰り返した。

二時間後に彼らは死にかかっていたキムを墓地の近くに運び、頭に一発射ち込んで殺した。

調査団のメンバー一人ひとりに、日本側は四人の職員をつけた。職員は交代でメンバーのすべての行動を監視し、行ったすべてを記録し、メンバーが話しかけた相手やメンバーに話しかけた人物、何とかして近付こうとした人物の名前を記録した。

そのような異例な心遣いを示す口実として、日本側は調査団に対して、こうした警戒の方策は、共産主義者と満州の独立を目指す中国人パルチザンに対して取られなければならないと説明した。彼らは調査団のメンバーを攻撃しようとするばかりでなく、その中国代表を暗殺しようとしていると日本側は説明した。

こうした主張は事実に基づかず、調査団を説得することには惨めに失敗した。

調査団が実情を視察に来ることは共産主義者にとって喜ばしいことであることは誰の目にも明らかであった。満州が独立することを願っている中国人ついては、問題を起こすことはあり得なかった。そもそもそのような中国人は存在しなかったし、存在しないのである。調査団に対するこうした監視とスパイはただ一つの目的があった。調査団をあらゆる人々から孤立させることであった。それはメンバーを暗殺から救ったが、日本人工作員による暗殺から救ったのである。

それでもそれは全く無駄であった。スパイの任務についた満州国人、ロシア人、中国人、朝鮮人の警察職員の多くは、「満州国」計画に反対していて、調査団が真実を発見するのを助けるためにできるだけのことをした。日本人憲兵の面前で、私的な会合や聞き取りを手配し、数百通の文書の引き渡しに便宜を図った。

「満州の住民の意見」と題する章で、リットン卿は聯盟への報告の中で次のように記している。

満州住民の新しい「国家」に対する態度を確認することは委員会の目的の一つであった。しかしながら、証拠を集めることは若干の困難をともなった。匪賊や共産主義者、新政府の支持者からの委員会への実際の危険あるいは予想される危険があるというのが、異例の保護措置の理由だった。新政府の支持者は、新政権を非難した中国人補佐官（訳注）がいることで怒っているかもしれなかった。確かに、その国の不安定な状態の中に時たま危険があった。しかし警察の措置の効果は証人を近づけないことであったし、多くの中国人は委員会メンバーに会うことさえあからさまに恐れていた。誰も公式の許可なくして委員会に会うことは許されない、とわれわれはあるところで聞かされた。従って、聞き取りは通常、著しい困難と秘密のうちに手配され、多くの人がこのような形でわれわれに会うことすら非常に危険であると語った。

こうした困難にかかわらず、われわれは「満州国」当局者、日本の領事と軍当局者との公的な聞き取りにくわえ、実業家、銀行家、教師、医師、警察官、商人らと私的な聞き取りを行うことができた。われわれはまた、千五百通以上の手紙を受け取った。手渡しのものもあれば、大多数は異なる宛先に郵送されたものである。

公共団体と協会を代表する多くの代表団が迎えられた。彼らは通常、われわれに文書を渡した。代表団のほとんどは日本側か「満州国」当局によって紹介された。われわれのもとに残された文書は事前に日本の承認を得たものであったと信じる有力な根拠があった。実際、それを手渡した人物があとで、それは日本人が書いたもので、彼らの本当の気持ちの表現として受け取ってはならないと教えてくれた場合もあった。これらの文書は「満洲国」政府の樹立ないし維持に日本が関与していることについて、意図的に好意的にも悪くも論評をしていない点で注目すべきである。概して、これらの文書は以前の中国政府に対する不満に関していて、新しい「国家」の将来に対する希望と信頼を表現していた。

受領された手紙は農民、小商人、都市労働者、学生から来たもので、筆者たちの感情と経験を述べていた。六月に委員会が北平に戻ったあと、この大量の手紙は特にそのために選ばれた専門スタッフによって翻訳、分析、整理された。これら千五百通の手紙は、二通を除いて、全部新しい「満洲国政府」と日本人とに激しい敵意を示していた。それらは真面目で自発的な意見の表明であるようにみられた。

「満洲国」政府の中国人高官はさまざまな理由で公職についている。彼らの多くは以前は旧政権に仕えていて、誘われたか何らかの脅迫をされて職に留まった。一部の者は、彼らは強迫のもとに強制的に職に留まらされたこと、すべての権力は日本人の手にあること、彼らは中国に忠誠であること、日本人の面前で行われた委員会との聞き取りで話したことは信じられるべきではないという趣旨のことを委員会に伝えてきた。

われわれが聞き取りした中国人の実業家と銀行家は「満洲国」に敵意を抱いていた。彼らは日本人を嫌悪していた。彼らは自分たちの生命と財産の危険を感じ、しばしば次のように語った。「われわれは朝鮮人のようになりたくない……」。知的職業階級の教師と医者は「満洲国」に敵意を持っている。彼らはスパイされたり、脅迫を受けたと主張する。教育への干渉、大学やその他の学校の閉鎖、学校の教科書の改訂は、愛国的な理由から既に燃え上がっていた彼らの敵愾心を増大させた。新聞、郵便それに言論の検閲、それに中国で出版される新聞の「満洲国」への搬入禁止は恨みを買っている……学生や若い人々から、「満洲国」に反対する多くの手紙を受け取った。

「満洲国政府」と地方行政の長官は純粋に中国人である。日本人は「顧問」としての地位を保持している。その組織は、それらの官吏と「顧問」に単に技術的助言を与える機会だけでなく、実際に行政を支配し指導する機会も与えている……

公的ならびに私的な聞き取り、手紙や文書の中で示された証拠を慎重に検討したのち、われわれは「満洲国」政府に対する中国人の支持はなく、地元の中国人には日本人の道具だと見なされている、という結論に達した。

訳注：中国外交部長の顧維鈞。

国際連盟のリットン調査団は、ハルビンでの十四日間の滞在中、五人の中国人と二人のロシア人が調査団に抗議文を渡そうとしたとして逮捕され銃殺されたことを知らなかった。

リットン調査団は、一九三二年五月十三日午後九時半、技術専門学校の若いロシア人の学生がホテル・モデルンの二階で日本人に殺されたことを知らなかった。そこには調査団の一部が宿泊しており、学生は彼が学業を続けたいと思っていた学校の閉鎖に抗議する手紙をリットン卿に渡そうとしたために殺された。

百五十人以上の中国人と五十人のロシア人がホテル・モデルンの近くにいたというだけで逮捕された。

逮捕の脅迫のもと、親たちは子どもたちをデモやパレードに参加するために外へ出され、子どもたちは熱狂的に叫んで満州国の旗を振らなければならなかった。

ホテル・モデルン

政府の中国人職員も、事務員も、工場労働者も、立つことができる者は誰でも、中国人であろうとロシア人であろうと、満州国の旗を買わされ、パレードに参加させられた。誰もみな声の限り、「満州国バンザイ」と叫ばなければならなかった。

第十章　捕虜の交換

称賛と余興

調査団が出発した翌日、上官が私を呼んだ。今回は彼は上機嫌のようだった。彼は手を差し出して、座るようにと言った。以下は私が記憶しているわれわれの会話である。

上官「ようやくほっとしたよ！　あの調査団という老いぼれの馬鹿どもが帰った。彼らがジュネーブに何を報告しようとするのか、誰にもわからない？　さて……彼らは好きなことを報告できる。われわれ日本人はいずれにしろ騒がない。もし連盟が満州国を承認すれば、いっそう結構だ……もしそうでないなら、われわれは連盟を承認しない。しっぺがえしだ。われわれは武力で満州を征服した。連盟がどんなにおしゃべりをしても、満州を放棄させることはできない。なぜ世界は満州についてそんなに大騒ぎをするのだ？　馬鹿者どもが！　われわれが中国、シベリア、フィリピン、インドシナを占領したら、彼らは何と言う？　……今に……今に日本が彼らをどれほど驚かせるかわかるだろう……誰にも彼にも素晴らしい驚き。ロシアにも……アメリカにも……フランスにも……オランダにも……それに親愛なる老婦人のイギリスにも。国際連盟にはしなければならないことが沢山でてくる……われわれが占領しようとしている国々へ調査団を派遣することで、手が一杯になるだろう」

彼はいたってしらふであった。彼はちょっと話すのをやめて、微笑した。自分の雄弁さに満足しているように見えた。それからまた話を続けた。

「私は調査団がハルビンに滞在している間に君がやってくれた良い仕事に感謝している。万事計画通りに行った。君を祝うのは当然だ。君に時々、気に入らぬことや不愉快なことを言うことがあっても気にしてはいけない……私は神経質な気質で、物事がうまくいかないと、最初に出会った人に当たってしまいがちなのだ。だから数日前、君に少し厳しいことを言ったとしたら、わだかまりを持たないで欲しい。私は大変神経質になっていたのだ。謝るよ。

調査団の訪問についての東京に送る作成中の報告の中で、私は君の立派な仕事や、私の命令や指示を実行する際の入念な几帳面さについて必ず触れる。やがてわれわれは君を完全に信頼の置ける者と見なすよう希望する。結局、私は疑問を持たない。イタリア人として、君は偉大で高貴な日本民族に共感と称賛を感じざるを得ない。

君は中国民族と共通するものを持てるのかね？　……一体中国人とは何なのかね？　彼らは何者でもない……われわれの支配のもとにいない限り、何者にもならない。君への助言だが満州国の市民になってはどうか……そうすれば君を中国と結ぶ最後の絆を切ることになる。どうかね？」

私「考えてみましょう。ご承知のように、国籍を変えることは映画の日程を変えることとは違います。そのようなことを決める前に、真剣に考えなければなりません。今後、日本当局が私を信頼し、私を人質と見なさなくなったら、家族と相談してご忠告に従うかもしれません」

上官「大変結構！　決心がついたら、私のところへ何時でも来たまえ。君の帰化を何時でも推薦する。私が君をどれだけ信用しているかを見せよう……聞き給え……匪賊が五百人以上の兵士を捕虜として捕らえている。その中には約三十人の将校もいる。彼らは二、三のグループに分かれている。最大のグループはハルビン・ポグラニチニ（訳注）線上にいる。それらの匪賊グループの頭目が、われわれが捕らえている匪賊の捕虜と日本人捕虜を交換する交渉をする用意があると伝えてきたのだ。日本人一人に匪賊二人。彼らはまた数十万ドルを要求している。われわれは捕虜の交換はしてもいいが、金は払わない。さらに、交換をどのように、またどこでするか多くの困難があることがわかった。そこで私は、二ケ月以上も何の成果のでていない交渉を成功に導ける人物として君のことを思いついたのだ。これらの匪賊の頭目はほとんどが中国陸軍の将校であった。君は彼らを知っているかもしれない……もしそうなら、君は有利な条件を得ることはたやすいだろう。私が特に君に要求することは完全な秘密だ。日本人兵士が匪賊に捕虜になっているということは、絶対に公に知られてはならない。もし匪賊や中国人、ロシア人がそのようなことを言っても、われわれが強く否定すれば、誰も信じないであろう。しかし、君が話せば、事態は違ってくる。それが君が極秘を守らなければならない理由だ」

訳注：綏芬河に隣接するロシアの国境の町。

「二、三日のうちに匪賊は使者を送ってくるだろう。君はその使者と一緒に宿営地に行き、頭目と取引をする……それほどの日本人捕虜が実際にいるのか確かめてきてもらいたい」

私「失礼ながら、もし匪賊が元将校なら、私が中国市民であり、私が長年のあいだ満州政府の仕事をしていたことを知っているに違いありません。彼らが私に対して生殺与奪の権を持っていると知ったなら、彼らは私を裏切り者として簡単に射殺してしまうと思いませんか？」

上官「その点に関しては、少しも心配することはない。使者を遣るのはこれが初めてではない……彼らはいつも使者を丁寧に扱っている」

明らかに、中国の匪賊は日本人将校より名誉をかけた約束を守ることに、より細心の注意を払う、と私は一人考えた。私は上官に、ハイラルの日本軍少佐が、二人のソ連人の使者を拷問のうえ殺させた件を思い出させた。その使者たちは日本兵に盗まれた牛を所有者へ返還するよう要請を提出するために、ソ満国境を越えること許可されたのであった。

「ソ連人は根っからのペストだ」と彼は答えた。「彼らは皆殺さなくてはならない……ところで別の事柄を取り上げよう。私は君に張風亭と莫文鴻という二人の中国人の富豪を監視するように命令しておいた。二人がリットン調査団と連絡を取ろうとしているという情報を得たためだ。スパイの結果はどうだった?」

「何もありませんでした」と私は彼に言った。「私の考えでは、これら二人の中国人の富豪は、他のすべての中国人と同じように『満州国』に反対しています。しかし、彼らは非常に賢明で、財産を失いたくないというもっともな理由で、公然とは反対しません。もしあなたがた日本人が彼らの財産を私物化しようと決めたなら、このような騒ぎをしないで、他の多くの場合で既にやったように、それを没収すればいいのです。これらの紳士たちが公然と『満州国』計画に反対すると思っているなら、期待し過ぎです」

上官は私の率直さが気に入ったようだった。彼は笑って言った。

「その通りだ。だが、この二人の中国人は中国と外国にも友人が沢山ありすぎる。正当な法律の手続きなしに彼らの財産を没収したら、スキャンダルが大きすぎる。しかし、もし彼らが共謀して『満州国』に反対したことを示すことができたら、すべて通常の正義と法に沿ってやれる。とにかく、それはもう少し話すことにしよう。

もう行っていい。匪賊の使者がやって来たら知らせる」

上官のもとを去り、帰宅すると私の第一号の部下がドア口で待っていた。私と彼は日本の特務機関第二部が部下との会合のために用意した部屋の中に入った。

中に入ると直ぐに彼はドアを閉め、私に第四号の部下が姿を消して、ここ二日間捜しているが手がかりがつかめないと言った。私は第四号が暮らしていたホテルへ行った。彼は所持品を全部持って、三日前に部屋を出たと聞かされた。大連と山海関への長距離電話も無駄だった。彼の姿を見た者はいなかった。

翌日、私がホテル・モデルンに入ると、ロビーのボーイが封をした封筒を私に手渡した。それを開けると、私は唖然となった。それには第四号からの手紙が入っていた。ホテル・モデルンの便箋にロシア語で書かれていた。私はそれをまだ持っている。翻訳すると次のようになる。

親愛なるヴェスパ様

さまざまな理由から私は満州を去らざるを得なくなりました。日本の豚どもは、無理やり私に忌まわしい行為の助けをさせておいて、私を殺そうとしました。けれども、いつも私に対して正しかったあなたに対して、私の行為を弁明せずに去ることはできません。私が姿を消さざるを得なくなった真の動機は次のようなものです。先月、奉天で一緒に働いたことがある憲兵隊の二人の大尉が傅家甸（ハルビン駅から歩いて五分の中国人街）にある交通銀行の中国人取締役を誘拐する計画を私に語りました。

彼には護衛がしっかりついていたので、彼を逮捕することにしました。ナイプという憲兵隊のロシア人の工作員、一人の軍曹、二人の日本人の憲兵それに私は彼の家に行き、彼を逮捕し、傅家甸憲兵分隊の近くにある空き家へ連行しました。そこには二人の大尉が待っていました。

銀行取締役は両足を縛って吊り下げられました。二人の大尉は彼の妻を逮捕して連れてくるように命令しました。彼女が来ると、彼らは夫を見せて、三十万ドル持ってくるまではそのまま吊り下げておくと言いました。彼らは彼女を行かせました。二時間後、彼女は現金で十八万ドルを持って戻ってきました。彼女は現金を大尉に渡し、このような短時間では全額を調達できなかったが、夫を解放するなら十五日以内に残りを渡すと約束しました。

取締役は解放され、彼が立ち去るやいなや、大尉はナイプと私にそれぞれ一万ドルを与え、このことについては誰にも一言も言わないように誓わされました。けさ、日本の領事警察の長官が私を呼んで、交通銀行の取締役が誘拐されたと聞いたと言い、八千ドルを渡せと命じ、さもなければ私を逮捕させると言った。

私は日本人をよく知っているので、もはやこれまでと悟ったのでした。たとえ金を払ったところで、彼らは私を殺すでしょう……少しの金を持って姿を消して、どこかで新しい生活を始めたほうがいいと考えたのはそのためです。

私の過ちを許してください。

副長第四号

敬具

鉛筆で書かれた追伸には次のように書かれていた。

「私はこの手紙を三日後に渡すようにボーイに頼みました。ボーイを叱らないで下さい」

手紙を読んでから、私はホテルを出て上官のところに直行した。私は興味深いメッセージを見せた。私は彼が激怒すると予想したが、そうはならなかった。実際、彼はそれをお笑い草として、大笑いした。冷静になってから彼は言った。

「早業だな！　二時間で十八万ドル……立派な悪党だ……二人の大尉は！　その金をそっと使わせてやりたいくらいだ……しかし大金すぎる。私がその話を全部知っていることや、自分たちの金と信じている金の大部分をわれわれの金庫へ納めなければならないと知ったら、彼らは不快になるだろう。だが、驚いたのは、一方で彼らが悪党のように行動しながら、他方で間抜けのようなことをしていることだ。二人のロシア人の獣に二万ドル与えるとは！　……考えられない！　……もし、ポケットに五円も持っていない日本にいる軍隊の将校がこのようなことを聞いたら、革命を始めるだろう」

時を移さず、彼は憲兵隊に電話をかけ、ナイプを直ぐに逮捕し、上官が会うまで誰にも会わせないで監禁しておくように命令した。

二人の憲兵大尉は上官に十四万ドル渡せねばならなかった。上官は彼らに二万ドルを所持することを許した。ナイプは四十三日間収監され、その間、受け取った一万ドルのうち残りの九千六百ドルの隠し場所を白状するまで、繰り返し恐ろしい殴打を受けた。金を取り戻すと、大尉たちは彼を連れ帰って、何もなかったかのように憲兵隊で仕事をさせた。

報酬を得る

第四号の手紙を見せてから二日後、私が上官を訪れたとき、少し待つように言われた。三十分ほどで、一人の日本人と一人の中国人が入って来た。二人とも私は面識がなかった。日本人は上官と二言三言話して出ていった。それから上官はその中国人を私に紹介した。その男は背が高く、たくましい四十歳くらいで、普通の顔つきをしていた。上官は私に向かって言った。

「この中国人は北満を徘徊する匪賊グループの代表だ。彼によると、彼らは二人の日本人将校と三十四人の日本人兵士を捕虜として捕らえており、われわれが投獄している彼らの友人数人と交換したいと言うのだ。彼は君が戻るまで人質として残り、君の個人的安全のために命をかける用意がある。あす、君と彼の中国人の友人は海倫《かいりん》へ出発する。君はその男が指示する駅で降り、彼が連れて行くところへついて行く。匪賊の宿営に着いたら、日本人捕虜がいることを確かめる。もし本当に捕虜がいたら、彼らの名前と連隊を書いて、交換の条件と方法を取り決めるのだ」

翌日午前七時、私は中国人捕虜の補佐役に伴われて、海倫行の列車に乗った。ハルビンから五十キロの李家窩堡で男は礼儀正しく、降りるという身振りをした。男はそれまで一言も話さず、私の質問に頭を振ってイエスとノーの返事をしていた。駅を出て村に入り、通りをいくつか横切り、小さな中国家屋に着いた。その前には鞍をつけた二頭のモンゴル馬がいた。男は許可を取ることもなく綱を解いて、一頭の手綱を私の手に渡して乗るように言った。われわれは六時間乗り、午後三時に満州人の村に着いた。そこで中国人のグループに止められ、男と数語言葉を交わしたあと、私のところに来て目隠ししなければならないと言った。私は快く同意し、さらに二十分馬に乗った。目隠しが外されたとき、洞窟に中にいることがわかった。そこには五人の中国人が待っていた。その中から洋服を着て、革のゲートルをつけた男が前に出て来て、きわめて正確なロシア語で歓迎の意を示した。

話し合いは短かった。彼らは本当の匪賊で、日本軍との遭遇で捕虜になった彼らの二十七人の仲間の解放にだけにしか関心を持っていなかった。見返りに、三十四人の日本兵と二人の将校を解放するという。十七人の兵士と将校一人を解放し、日本軍司令部は首領が私に名前を示した十七人の匪賊を次の日に解放するという条件で、合意に達した。以前、日本側が彼らを欺いたということに留意し、彼らは私に人質として残るよう求めた。私の任務の重要性から、彼らは私を「大物」と見なした。

その夜七時、目隠しされた十八人の日本将兵は、モンゴル馬に乗って中国人の護衛付きで出発した。私は将校には上官にあてた手紙を渡し、その中で合意された条件を説明した。

二日後、日没近く、解放された十七人の匪賊が着き、残りの十八人の日本人捕虜が最初の隊と同じやり方で解放され、ハルビンに送られた。私は人質として残った……と言うより、私は主賓であった。匪賊は私を大変丁寧に扱った。多くもない物資の中から一番上等の食料と飲み物を私に供した。

再び二日が経過し、最後に釈放された十人の匪賊が着いた。私の任務はこうして首尾よく終わった。私はやって来たのと同じやり方で帰った。二人の騎馬の護衛が同行し、数時間乗ったのち、下馬するように言われた。目隠しが取られ、拳銃が返された。中国人の一人が、いくつかの灯火が見える方に真っ直ぐに歩いて行くように言った。三十分して興隆鎮駅に着いた。そこは私が最初に下車したところから四十キロ離れていた。

ハルビンでは上官は私を大喜びであふれるような称賛で迎えた。

「私は今日、東京へ報告を書いて、君が達成した立派な仕事ぶりを知らせるつもりだ。日本人兵士の解放を促進するため君が人質になってくれたことも忘れずに指摘しておく。

では君の次の仕事は、非正規軍に捕らわれている数百人の日本人の解放だ。匪賊より手強い相手だ。われわれは三ヶ月もやっているが、成功していない。非正規軍はわれわれに多くの面倒を起こしている。貧弱な武器、粗末な服、乏しい食料で戦い続け、列車を爆破し、鉄道の路盤を破壊し、あらゆる略奪行為をしている。日本人の理想主義者、平和主義者、その他の大馬鹿者がいるとは情けない！　彼らは統一された中国は、革命で混乱して日本の軍事的支配にいる中国より日本にとってより有益だと考える。

今から十年後、統一された中国は一ドルの日本の商品も買わないであろう……中国人は何でもつくる……何でも……玩具から銃や弾薬にいたるまで。今から十年後、中国は日本がいま中国に売っている物を何でも生産しているだろう。そればかりでなく、中国はその製品を日本へ売り、日本の労働者に支払われている惨めな賃金よりなお安い最も安い労働力でわれわれと競争するだろう。日本の労働者も農民も中国の工場労働者や農民とは競争できない。なぜなら、中国人は日本人よりもっと真面目で、肉体的により強く、どのような気候条件や生活条件により よく適応できるからだ。

日本の将官である私が、ヨーロッパ人に対してこのように言うのは奇妙だが……しかし、私がこうしたことを言うのは、君が日本人に同情していると確信しているからだ……私は君をわれわれの一員と考え始め、いつか永久にそうなることを希望しているからだ」

少し間をおいてから、彼は続けた。

「中国との競争に対応できるように、われわれは安い中国人労働力で操業できる工場や製造所を中国に多数建設した。一方、日本には無数の失業者がいる。もし中国が今後十年、統一と再建の仕事を続けるのを許してしまったら、われわれは自分で自身の死刑判決を下すことになる。統一していない現在でさえ、彼らは武器庫や飛行場、軍士官学校などを建設している……十年経ったら、彼らはわれわれにとって強くなりすぎる。中国人は戦うことができないという古い観念は覆されている。嫩江（訳注：松花江の支流）沿いの孫平やチチハルその他多数の戦闘で何が起きたか君は見ているだろう。君は現在彼らを見ている。そうした匪賊だ。彼らは虎のように戦い、降伏するより最後の一人になって死ぬまで戦おうとする。彼らはどこにでもいる。しかもどこにも見つけ出すことができない。われわれは彼らを破壊したと思っている。しかし、われわれの列車はいたるところで爆破され、兵隊は毎日殺され、数百人の日本兵が捕虜になっている。十年間！　……もし、彼らに十年を与えたら、中国だけでなく、満州にも、朝鮮にも、おそらく日本にさえ、われわれに安全はないであろう。十年！　……四億五千万人の中国人に武装し、組織させる時間を与えたら……そうしたら……彼らの好きなようにわれわれを蹴飛ばすだろう。そんなことは絶対にあってはならない。もし、日本が軍事独裁制を採用しなかったら、数百人の理想主義者や平和主義者、危険で馬鹿な扇動家たちを射殺しなかったら……国は滅びる。われわれは今、中国を征服しなければならない。年が経つごとに、仕事はより難しくなる。そしてあまり長く待ちすぎると、不可能になってしまう。

中国の天然資源を支配してのみ、世界にわれわれの意思を押し付け、われわれが計画するやり方で帝国を拡大できる地点まで陸軍と海軍を増強するというわれわれの広大な計画を遂行できるのだ。

中国を支配できれば、われわれはシベリア、インドシナ、フィリピン、インド、ニュージーランド、オーストラリア、われわれが望むどこでも追い求めることができる。

私の話で君をうんざりさせたのではないかと思う……しかし、思いの丈を述べることは、時に役に立つ。

ところで……約束がなければ、一緒に昼食をとりたいが」

私は招待を受けて、われわれは二階に上がった。そこにはこの不思議な男の広い部屋があった。驚いたことに、昼食は欧州式で供され、食卓では上官のマナーは洗練された紳士のものであった。二人の若い日本人女性が給仕をした。

この不思議な男に私が抱いている好奇心を満足させるには、好都合の機会のようにみえた。この男は紳士のように振る舞うこともあれば、粗野な人間のようにも振る舞う。多方面の教養があるが、多くのことで無知である。時に日本の勝利への前進を確信しているが、別の時には自分の国の将来を懸念しているようにも見える。確かに私が出会った最も矛盾した性格の男の一人であった。

素晴らしいフランスワインの二本目の最初のグラスのとき、私は思い切って言った。

「あなたはかなり旅行をされているようにお見受けしますが」

「どうしてそう思う」

「あなたは完璧な英語を話すからです。多分、アメリカのアクセントですが。かなり旅行をし、イギリス人やアメリカ人の中で長い間暮らした人でないと、あなたのように英語は話せません」

上官は私をしばらく見つめていた。それから真面目な顔になった。

「多分君の言っていることは正しい……しかし残念ながら、私は答えることができない。日本の諜報機関でどのような地位にいようと、名前も地位も経歴その他生活に関することは一切話せない。われわれは皆名前もなく、栄誉もなく、社会的生活もない数字にすぎない」

「軽率さをお許しください……仕事について話したほうがいいでしょう」

「それが私がしようとしていたことだ……二、三日のうちに、捕虜になっているわれわれの仲間を自由にするために、君が何ができるかわかる。君は数日間匪賊のところで暮らさなければならないかもしれないから、しばらく休んでもらうことにした。だから、何か異常なことが起きない限り、仕事で呼び出されることはない」

第十一章　非正規軍と匪賊

「非正規軍」の宿営を訪問

四日後、上官は私を呼び出した。

彼は事務所で一人の大佐といた。大佐は長春――現在は新京と呼ばれている傀儡国家の首都――から到着したばかりであった。大佐は私を頭の先からつま先まで眺めて、上官に何か言った。上官は私に向かって言った。

「参謀長は日本兵を解放した君の能力を非常に喜んでいる。ところで彼は、君が捕虜の交換について非正規軍と交渉するばかりでなく、その中でも最も強力な一団を包囲し殲滅するために必要な情報を得て欲しい、というのだ。君の意見はどうか」

「それは容易な仕事ではありません」と私は答えた。「二ヶ月以上続いている交渉が完全に失敗したなら、それは単に日本の使者が捕虜を解放させることより非正規軍の動きに関する情報を集めることの方に関心を持っている、ということに非正規軍が気が付いたからにすぎません。彼らが非常に警戒しているのはそのためです……私は射殺されるかもしれない馬鹿の役割をしに行きたくはありません」

上官と大佐は日本語で十分ほど議論した。私が理解できた数語から、上官の意見は大佐の意見と異なったことがわかった。大佐は結局、上官に二、三度お辞儀して出ていった。

数分後、自動車の音で大佐が去っていったことがわかると、上官は沈黙を破った。

「大佐の面前で私がした提案は忘れてくれ。明日、穆棱へ出発してくれ。そこでは非正規軍の代表が君を待っている。君が全力を尽くしてくれることはわかっている。私は君を全面的に信頼している。われわれは日本兵一人に匪賊の捕虜二人の割合で交換したいと思っているが、金は支払わない。われわれの軍事力の偉大さやわれわれの強力な航空兵力を彼らに印象付けるようしたまえ。われわれが間もなく彼らを殲滅できることを彼らに理解させるのだ。彼らを説得して降伏させることができれば、なおさら結構だ。一言で言えば、君に全権を委任するということだ」

二十八時間後、私は穆棱にいた。列車を降りると直ぐ、ロシアの農民のような服装をした中国人が近づいて来て、私がヴェスパであるか尋ねた。私が「そうだ」と答えると、後についてくるように言った。駅の外に鞍をつけた二頭の馬が待っていた。われわれは乗って出発した。町のはずれの最後の家に着いたとき、われわれは日本兵のパトロールに止められた。私は通行許可証を見せた。それには、軍および民の当局に対し私に質問したり、行動に干渉したりしないようにという要請が記されていた。

数時間馬に乗ったのち、ある村に着いた。そこではC大佐（訳注）が待っていた。

訳注：張作舟。第七章参照。

「やあ、『満州国』野郎！」

「やあ、匪賊君！」と私は馬から降りながら言い返した。

握手してから、Cは彼と一緒にいる数人の将校を紹介したが、その中の何人かは私の古い知り合いだった。

「なるほど」とCは笑いながら言った。「君は今や外交官だ。一方、われわれは……いかにも匪賊だ。だが、私は君を妬みもしないし、恨みも持たない。私に悪気がないことを示すために、君のために素晴らしい昼食を用意しておいたよ」

そう言いながら彼は歩いて十分ほどのところにある中国家屋へ私を連れて行った。私は全く驚いてしまった。テーブルは白いリネンがかけてあり、素晴らしいワイン、あらゆる種類の貯蔵食品が豊富に並べられていた。家具は質素であったが、清潔であった。またテーブルの上には立派な野戦用の送受信機一式が置かれていた。

「驚くことはないよ、ヴェスパ。ここにある品物は全部、日本人のものだった。ラジオ、家具、深鍋と平鍋、食器一揃、食料、缶詰は全部、日本人から奪った贈り物だ。私の兵士のほとんどは日本軍の軍服を着ている。われわれが使う小銃、機関銃、手榴弾も日本軍のものだ。山砲が二門あるが、砲弾がない。たくさんの馬……皆日本からだ。飛行機が非常に欲しいのだが、これはまだ捕れずにいる。二門の日本製の高射砲で五機の飛行機を撃ち落としたが、壊れすぎていて使えないのだ」

昼食後に、Cは兵士が占めている家へ私を連れて行った。確かに彼の言っていた通りであった。まるで日本軍の野営地にいるようであった。何もかもが日本軍のものであった。軍服、帽子、ベッドカバー。識別マークはすべて非正規軍によって取り除かれていた。

Cは言った。「日本はソ連政府がわれわれを武装させていると非難している！　武器を供給しているのは彼らだ……彼らはここから出ていくか、皆殺されるかするまで、それを続けようとしている。匪賊だって！　……彼らはわれわれを匪賊と呼ぶ。われわれの国、われわれの財産を盗み、われわれの家と家族を虐殺した彼らが」

「捕虜はどこにいる？」と私は尋ねた。

「ここから十五里のところに、私の部下の本隊と一緒にいる。ここには五百人ぐらいしかいない」

非正規軍は中国民家に宿営していて、民衆とは非常に良い関係にあった。この兵士たちには何か素晴らしいものがあった。彼らは皆非常にござっぱりとしていて、よく統制がとれていた。服務したくなくなったら、服務し続ける必要はない。何時でも好きな時に、やめることができたが、彼らは皆服務し続けた。また新兵が毎日到着し、戦死者に取って代わり、不正規軍の数を増やしている。包帯をした負傷者を数人見かけた。

「負傷者は誰が面倒をみるのか?」

「医者が四人いる……一人は外科医だ」

Cは彼らの名前を言ったが、彼らは著名な満州の一族の息子たちであった。

「医者といえば」とCは続けた。「非正規軍の中には六人の億万長者の息子がいる。官吏だった者が三十人、商人、学生、通訳……彼ら、われわれの国民を殺した者——わが国の破壊者——がわれわれを匪賊と呼ぶ。われわれは中国人だ……われわれは祖国の解放のために戦っている。われわれは誰のものも盗まない。われわれは日本人を攻撃する。なぜならわれわれは自分の国にいるからだ。ここは自分の国だ……だれもが強盗や殺人者に対し財産を守る権利を持っている。村人がわれわれをどんなに厚遇しているか君は気付いただろう?それは彼らがわれわれは中国人の兵士で、満州を日本の盗賊から解放するために戦っていることを知っているからだ。われわれは日本人のものは何でも攻撃する。列車、鉄道線路、財産。中国人の裏切り者に対しても同様だ。

日本軍はつとめてその損害を隠しているが、非正規軍の攻撃がない日は一日としてないことを保証できる……われわれは狙ったものを破壊しそこなうことは滅多にない。われわれは彼らが去るまでこれをやり続ける。日本軍は線路から二、三キロ以上出ることはしない。われわれはここの支配者なのだ……われわれの部下がいかに自由に行動しているか気付いただろう……？　日本軍はここまで来るのが怖いのだ」

匪賊？　……これは現在に至るまで、日本の宣伝家が同盟通信（訳注）を通じていつも非正規軍をそう呼んできたものだ。もしこうした中国の愛国者が「匪賊」ならば、満州は「匪賊」だらけと言っていいであろう。なぜなら、日本の第七旅団長の服部兵次郎将軍が十回の戦闘で部下の五百二十人に戦死者を出したと一九三四年二月に報告しているが、その戦いの相手は同じ「匪賊」であったからだ。日本軍当局が採用している損害計算の通常の基準で判断すると、服部旅団はほとんど全滅させられたと言ってよい。

訳注：同盟通信が発足したのは一九三六年一月。それ以前の主要な日本の通信社は、新聞聯合と日本電報通信である。

日本の宣伝と同盟通信は、世界の目から非正規軍の信用を落とし、日本軍の駐屯と活動を正当化するために、彼らを「匪賊」と呼んでいる。日本人が溥儀を抑留している宮殿に放火し、日本軍の飛行場、日本軍の兵営、日本の鉄道の駅を焼き、日本の列車を爆破し、日本軍を攻撃する愛国者たちは、「匪賊」ではなく英雄である。

一九三四年九月十四日の国際連盟第十五回総会で、中国代表の郭泰祺公使はいわゆる「匪賊」の活動を次のように定義した。

「……巨大で不法な軍事的圧迫に対する虐げられた人々による抗議と抵抗の運動。絶望的とは決して考えられない大義の伝統に沿って、最終的な解放のために機会が到来するまで散発的な戦闘を続ける。現在の満州は、本質的に占領が最初に始まったときと同じ姿をいまだに示している。即ち、出征した日本軍は主要な都市と鉄道線路を占有し、絶え間ない討伐によって住民を脅そうとしている」

満州の現状についての最も良い証拠の一つは、満州の五つの主要な鉄道の取締役の報告である。その中で彼らは、「一九三五年には満州では国際列車の破壊が七十三件、列車襲撃が百三十一件、鉄道駅の火災が七十四件、鉄道従業員三百四十人が殺害、六百五十人が負傷、四百五十一人が拉致された」と述べている。

一九三五年には五つの鉄道が日本人の手にあったことを考えると、取締役の報告にある死傷者のほとんどは日本人であったに違いない。

愉快な驚き

Cと私が馬に乗ったのは、ちょうど日が暮れ出したころであった。非正規軍の将校数人と兵士十人に護衛されて二時間乗り、日本人将兵が捕虜になっているところまで行った。

Cの家で夕食をすませてから、われわれは集会場になっている別の建物へ行った。それは平屋建ての離れの家であった。その床は敷石でできていた。大きな広間は以前は家畜小屋として使われていたに違いなかった。青々とした草が床に敷かれ、ベンチとテーブル、それに立派なラジオもあった。

約四十人に将校が座っていた。トランプをしたり、麻雀をしている者、読書や話をしている者もいた。

Cを先頭にわれわれが入ると、皆起立した。私を紹介してから、Cは私の訪問の動機を説明した。議論がはじまった。皆捕虜の交換には同意したが、多くが日本側の言葉を疑い、罠を心配した。

私は交渉と交換が私を通して行われる限り、罠やだましは容認しないと保証した。結局、長い議論のすえ、歩いて二日のところにある鉄道の駅まで日本人捕虜五十人を送り、そこで釈放し、それから非正規軍百人が解放されたら、日本人五十人をさらに解放する、ということに合意した。

その夜、私はC大佐の家に泊まった。そこには私のために折りたたみ式ベッド——もちろん日本製——が用意されていた。しかしわれわれは寝るより多く話し合った。われわれは昔のこと、現在のこと、将来のこと、われわれの秘密組織、非正規軍を財政的に支援している者たち、金に執着している数人の愛国者について話した。われわれは首尾よく実行された横道や一面坡での作戦について話した。そしてもちろん、C大佐には、日本陸軍の偉大さ、日本の軍用機の破壊力、非常に近い将来、非正規軍が壊滅する見通しを語って大佐を怖がらせるよう上官が私に要請したことも忘れずに伝えた。われわれはピクニックに行った小学生のように笑った。

Cは「トルケマダ二世」——横道での審問での殺戮の英雄——が模範囚で、想像し得る最も謙虚で従順な臆病者だということを話しておおいに面白がっていた。私は彼と翌朝に再会するのが楽しみだった。

われわれが話を終え、寝ることにしたのは午前二時であった。

七時すぎにわれわれは起きた。横道で私の客車を訪れたことのあるSというロシア人が、非正規軍に入った五人のロシア人と一緒にやって来た。彼らは私が宿営地にいると聞いて、挨拶に来たのである。Cは彼らを招待して、われわれや中国人将校らと一緒に朝食をとった。最良のかたちの仲間意識と親しい交わりはっきり見えた。

朝食後、私はC大佐に捕虜を見せて欲しいと頼んだ。有刺鉄線で囲まれた収容所には、約二十の中国家屋があった。鉄線のフェンスの外で多くの哨兵が警備をしていた。日本人将校は兵士とは別に三軒の家にいた。一番上級の将校は「トルケマダ二世」であった。C大佐と四人の中国人将校、ロシア人のSそれに私は、「トルケマダ二世」が収容されている家へ向かって歩いた。入り口の近くで、数人の日本兵が古い五ガロンの石油缶で洗濯をしていた。他の者は薪を割っていた。武装した警備兵が彼らを監視していた。

われわれが中に入ると、十数人の日本人は皆立ち上がって、うやうやしく無意味なよく知られた日本式のお辞儀を何回かした。軍服を着ていた者もいたし、普通の洋服を着ている者もいた。着物を着ている者もあり、「トルケマダ二世」はその中にいた。その男は軍服を着ていると猿のように見えたが、着物を着て、一ヶ月分の髭をはやした彼を見ると、ギュスターブ・ドレが描いたダンテの『神曲』(地獄篇)に出てくるグロテスクな怪物を思い起こさせた。

私を見て彼は顔をしかめたが、彼としては微笑したつもりであった。彼は前へ出ようとしたが、Sはぞんざいに押し返した。大声で抗議すると思ったが、「トルケマダ二世」はかえってうやうやしくお辞儀をして、ロシア語で謝った。

何という大審問官の変わりようだろう！　何百人の中国人とロシア人の命を血の付いた手で握った男、好きなだけ殺し、拷問した男が今、捕獲者たちの面前で屈辱的に顔をこすろうとしていた。彼と一緒の他の日本人将校もそうであった。皆お辞儀をし続けていた。これらの恐るべきサムライ、神である天皇の軍隊のこれら勇敢な将校たち、武器を持たない市民の暗殺者と殺人者、少女たちの残忍なこれら暴行者。彼らの勇敢さは今どこにあるのか？　勇敢さ？　野蛮な大群の勇敢さ……原始的な神道によってかき立てられた野蛮な集団的狂信の勇敢さ。

私は「トルケマダ二世」のところに歩みよって彼に言った。

「私は捕虜の解放を取り決めるために日本軍司令部によって派遣されたのです。交渉はうまく進んでいます。今晩、最初の五十人がハルビンへ出発することを希望します」

「ありがとう……ありがとう」。彼は申し訳なさそうに頭を地面にすりつけるように下げて言った。「あなたは偉大で立派な紳士です、非常に偉大で立派な紳士です……もし私が自由の身になったら、あなたのことは忘れません……立派な紳士のあなたの手配で卑しい私が捕虜の最初の一団と一緒に出発できるようしていただきたい」

「それについてはC大佐が決めることで、私ではありません。けれども、あなたが最初の釈放される一団と一緒に行けるよう全力を尽くします」

われわれは家をでた。皆が私と同じようにむかついているのがわかった。この卑劣な男が数週間前に私を射殺させると脅したあの同じ傲慢な暴君だとは考えられなかった。

C大佐に向いて、私は言った。

「あの野獣に鞭を打ってやったら面白いだろうな！」

「良き友にはいつも便宜を図らなくてはならない……今夜君の願いは叶えられるさ」

「そうかい？……でも僕がハルビンに戻ったとき、彼らは僕を射ち殺すかもしれない」

「万事うまくいくよ」と彼は笑いながら言った。

夕闇になると、日本人捕虜のうち病人や負傷者、弱っている者五十人が目隠しをされ、馬に乗せられた。非正規軍二十五人に警護されて、二晩の行程のところにある鉄嶺河駅へ連れて行かされた。日本の偵察機のために、一行は昼間は身を潜めるようにされた。私は上官あての手紙を解放された日本人将校一人に託した。その中で私は合意した交換の条件を説明するとともに、約束を破らないように念を押しておいた。

捕虜たちが出発して二時間後、C大佐と彼の部下の将校それに私は夕食をとった。その後、彼はテーブルを片付けさせ、私に小さな待合室に入るように言って、そこで私を一人にして出ていった。私は何が起きるのだろうかと戸惑った。

十分ほどして、ドアが開き、大佐が手に拳銃を持って入って来た。彼は私のそばに来て、耳にささやいた。「君の役をうまくやれよ」。それから大声で「出て来い……満州国野郎、出て来い……早く……ここへ来い！」

従順そうなふりをしながら、私は広い部屋に戻ると、驚いたことに、中央には「トルケマダ二世」が仏陀のようにひざまずいていた。C大佐は私に鞭を持たせて、拳銃を私に向けつつ、命令するように言った。「さあ、汚い満州国野郎……お前は『トルケマダ二世』が捕虜の最初の一団と一緒に行くべきだと主張したが、それは彼がお前の友人だということだ……お前の親友に鞭を二十回鞭打つのだ……うんと打つんだ。でないと、お前の頭に一発ぶち込むぞ」

度量の大きい態度をとりながら、私ははっきり拒否した。

「何っ……何っ！　いやだというのか？　よし！　だが、お前を射つ前に、お前の友人が鞭で打たれるのを見ることになる。ただし、二十回ではなく四十回だ」

兵士に向かってCは「この犬を鞭で五十回打て」と命じた。兵士もうまくその役を演じた。彼は真面目に私の方にやって来て手を伸ばした。私は彼に鞭を渡した。彼は恐ろしい顔をして、震え上がっている「トルケマダ二世」に向かい合った。「トルケマダ二世」は、震える手を私の方に伸ばして言った。

「どうぞ！　どうぞ！　……ヴェスパさん、あなたが二十回鞭打った方がいいです……こいつは私を殺してしまう……」

不承不承やるふりをして、私は鞭を取って、「トルケマダ二世」の背中を軽く二回打った。

「もっと強く打て！　……強く！　……強く！　……」とCは私に厳しく命令した。「さもないと、五十回にするぞ」

残りの十八回は力まかせに打った。「トルケマダ二世」は罠にかかったコヨーテのようなうめき声を出した。

罰は終わった。Cは「トルケマダ二世」を営舎へ連れ戻すように命じた。通りまで彼についていった私は、「この恐ろしい出来事」で「心ならずも」したことを謝った。

それから私は戻って、皆でこれまでしたことがないような大笑いをした。

あの野獣を鞭打ちながら、私は彼の犠牲になった数百人の無実の人たちのことを考え続けていた。

捕虜全員が解放されるまで十九日かかった。出発した一団はそれぞれ違った道を通って、違った駅へ送られたからであった。

すべてが終わると、私はC大佐と彼の勇敢な将校たちと別れを告げて、ハルビンへ向けて出発した。

上官は私を英雄扱いにして迎え、私を助手にするという提案を東京にしたと言った。

最後に、「トルケマダ二世」は着物を着ていて捕虜になったため面目をつぶされ、日本に戻された。同じように他の日本人将校も捕虜になったということで、日本に送還された。

第十二章　カスペ事件

流行する誘拐

第十章で詳しく述べたように、二人の憲兵大尉がうまく十八万ドルを奪った事件では私の部下の第四号がハルビンから逃亡したが、これはとても多くの羨望と模倣を引き起こした。誘拐は今や日常茶飯事になった。憲兵隊に雇われている十人の匪賊は、ほとんど毎日のように金持ちの中国人やユダヤ人を「さらって」いた。恐怖状態が満州全土に広がった。さまざまな警察機関はそれぞれ匪賊団を持ち、人々を拉致して身代金を要求した。主要な都市ではどこでも、金持ちの中国人とユダヤ人は自由の身となるために巨額の金を支払わされた。

私はここで私の目で見たもの、私の手を通したものだけを述べる。私から離れたところで起きた出来事、私が聞いた出来事は本書にはその余地がない。

満州は広大な国である。以前に述べたように、日本の警察組織は相互関係や交流もない。さらに、誘拐された被害者の多く——特に中国人とロシア人——は警察に届けることなく身代金を支払った。なぜなら、彼らは誘拐犯と警察は協力していることをよく知っていたし、もし訴え出ると、既に払った金を失う上に、さらに重大な面倒な目に遭うということをよく知っていたからである。

日本の憲兵隊や諜報機関に雇われたロシア人や中国人の悪党に誘拐された多くの人の事件を、私はよく知っている。なぜなら、上官の命令でそのような事件を調べなければならなかったのは私であったからである。上官は、身代金の額が支払われた金より多くなかったことを確かめたかったのである。上官が被害者、特に金がないか足りないと主張する金持ちを彼自身が尋問すると主張したときは、私はしばしば通訳をしなければならなかった。

ここにいくつかの実際の名前と金額をあげておく。

王玉金という百万長者は息子の解放のために二十五万ドルを支払い、その後自分自身の自由のために四十万ドル、さらに十万ドルを払わなくてはならなかった。

張清和という商人は三度捕まり、彼は二十万ドル、その次に二十万ドル、三度目に十万ドル支払った。

莫維堂という百貨店の所有者は二度拉致され、十万ドルづつ支払わされた。陸戴という商人は息子のために十万ドル、彼自身のために五万ドル支払った。非常に多くの金持ちの中国人と元高官の全財産が没収され、被害者は寺院へ入るのを余儀なくされた。ハルビン警察の元長官の王は、莫大な財産を持っていたが、現在はハルビンの新しいロシア人墓地近くの仏教寺院で院長をしている。彼と一緒に多くの人々がいる。その寺院を週一回訪れて、元の官吏たちが全員いることを確認するのが私の任務であった。こうした刑罰を受けるのが当然の人たちもいれば、全く立派で、無害な人たちもいた。

カセム・ベク博士は、知人の誰からも愛され尊敬されていて、寛大で慈善深く、地域で慕われていたが、日本の憲兵隊の匪賊に二度拉致され、その都度巨額の身代金を支払わされた。同じことがヘリーソン博士に起きた。商人のタラセンコ氏は憲兵隊に拉致され、一万五千ドル払った。彼は次に市警察に拉致され、警察は五千ドルを得た。商人のティスミニツキー氏は一万五千ドルで解放された。エスキン氏は一万ドル、シェレル・ド・フロレンス氏はシナゴーグ（ユダヤ教会堂）を出ようとしているところを武装した六人の男に捕らえられた。これは二百人以上の目撃者の面前で起きたが、警察は無関心で干渉しなかった。なぜなら、彼らは誘拐犯が憲兵隊に雇われているロシア人だということをよく知っていたからだ。シェレル・ド・フロレンス氏は暗い地下室に百五日間囚われ、二万五千ドル支払って自由の身となった。

憲兵隊長はポーランド学校の若い男子学生を拉致せよと命令した。三人の誘拐者――二人のロシア人と一人の中国人——は拉致する人物を間違えた。大金持ちの少年の代わりに、彼らはカトリック教会に保護されているヴァレンティン・タナイエフという若い孤児を捕らえた。ところが、憲兵隊長はその少年を解放するのを拒否した。「カトリック教会は金を持っている。少年が貧しいなら、教会に払わせせろ！」と彼は言った。吉林の司教は、二ヶ月拘束されたその少年を取り戻すために二千ドル支払わねばならなかった。

ハルビンの大きな薬局はコフマン氏が所有していた。見たところ、彼は金持ちのようであった。一九三二年三月十一日夜の十時近く、彼は日本の憲兵隊に雇われていた一人のロシア人に拉致され、新市街にある地下室に連れて行かれた。翌日のロシア語新聞には、コフマン氏が匪賊に拉致されたことと、ルポールという日刊紙が被害者の家族が三万ドルの身代金を支払うよう要求する手紙を匪賊から受け取ったことを報じた。十二日の夜、憲兵隊のロシア人の手先はコフマン氏を地下室から郊外の馬家溝にある小さな中国家屋に移した。

一部のロシア人情報提供者は、コフマン氏は金持ちで三万ドルは簡単に支払えると主張した。彼はおそらくそんな金は出せないと言う者もいた。彼は財産はあるが、現金はほとんど持っていないと主張したのだ。

上官は私に意見を聞いた。私は率直にコフマンの家族はそのような大金は支払うことができないと思うと答えた。さらに、コフマンは匪賊ではなく憲兵隊に拉致されたという噂が町中に広がっていると注意を喚起した。

「噂には関心がない。もしコフマンがわれわれが考えるような金持ちでなければ、ユダヤ人協会が金を集めて支払えるはずだ」

翌日の十三日、憲兵隊は身代金を一万五千ドルに下げることに同意した。しかし、それを伝える通知がルポールへ送られようとしたとき、ロシア人の誘拐者の一人であったロザエフスキー（訳注）がやって来た。この若いろくでなしの悪党はソ連を一九二七年に去って、同じろくでなしの彼の家族と一緒に満州にやって来た。最初、彼らはソ連政府の工作員と思われた。それは父親がソ連領事館に雇われていたからであった。けれども、息子はその後、愛国心と反ソの名に隠れて活動をカモフラージュした怪しげなギャングに入った。ロザエフスキーはスリで二回捕まった。強圧手段を取るぞと脅して、彼は法律学校へ入学することができた。彼は数ヶ月出席しただけで、同じように卒業証書を出させた。

訳注：コンスタンチン・ロザエフスキー。一九三一年、ロシア・ファシスト党書記長。一九三四年に創設された白系露人事務局の第二部長に就任。一九三六年、同党党首。反ソ、反ユダヤ主義を主張。戦後、逮捕され、モスクワに連行され、一九四六年、銃殺刑に処せられた。

このゴロツキのギャングが日本人の注意を引いたのは自然なことであり、日本人は彼らを殺人者の一団に入り、ハルビンに恐怖を広げるよう招いた。

それでロザエフスキーはコフマンの拉致に参加し、コフマン家族に三万ドル支払わせるよう

ニキフォル・キリチェンコ『世界の誘拐事件』より

主張したのである。彼は身代金を一万五千ドルに下げることに反対し、コフマンの財政状態について信頼できる情報があると主張した。

「私に彼を尋問させて下さい。もしこれを私にやらせてもらえるなら、必ず三万ドル手に入れられます。私に任せて下さい。万事うまく行きます」

彼は進めてよいと許された。

彼はキリチェンコと二人の日本人憲兵と一緒にコフマン氏が縛られて猿ぐつわをされていた家へ行った。午後十一時半、私は上官から急いで来るようにと呼び出された。

「何が起きたか知っているか?」と彼は私に言った。「コフマンは死んだ。彼らは彼を拷問し、彼は心臓が弱かったため耐えられなかったようだ。とにかく、行って見て、どうしてそうなったのか教えて欲しいのだ。憲兵隊に電話し、君を通すよう言っておいた」

私は憲兵隊の営舎へ急いで行った。そこから軍用でない車で馬家溝地区にある中国家屋へ行った。そこへは十分で着いた。

車は粗末な外観の建物の前で止まった。私に同行した憲兵軍曹がドアを押し開け、われわれは中に入った。ろうそくの光で、テーブルに五人の男がビールを飲みながら座っているのが見えた。平服を着た二人の日本人の憲兵隊員、ロザエフスキー、キリチェンコ、カルソコという名前のロシア人であった。

私は座るように言われ、ロザエフスキーがビールをすすめた。

「いや、結構だ。私はここで何が起きたのか調べに来たのです」

ロザエフスキーは目を細めて私をあざ笑うように見て言った。

「豚が死んだことで警察が報告する必要はないと思いますよ。このいまいましいユダヤ人の豚は、自分の命より金の方が好きだったんですよ。話そうともしないし、妻に書こうともしなかったから、こんな目にあったんですよ。ちょっとおどかしたら、この老いぼれの馬鹿は死んでしまったんです。どうしようもありません。ハルビンはこんな奴ばかりですよ」

コンスタンチン・ロザエフスキー

私は死体を見たかった。それは汚い古い毛布を被せて片隅に置かれていた。私はかがんで、死体の上部をめくった。恐ろしさで体が凍りついた。犠牲者の顔は拷問で受けたひどいやけどでほとんど見分けられなかった。焼けた肉の嫌な臭いでむかついた。部屋に入って気付いた吐き気をもよおす臭いの原因がわかった。私は何が起きたのかわかった。

「誰がやった?」と私は聞いた。

「俺だ」とロザエフスキーが答えた。「すべての下劣なユダヤ人、ロシアの敵はこうして死ななければならないのです」。

不運なコフマンは残忍な拷問を受けていたことがわかった。手足に火を当ててから、彼らは文字通り顔を火であぶったのだ。それから耐え難い痛みから彼が大声を出したので、彼らは猿ぐつわをはめたが、きつくすぎたために窒息死した。

私は戻って上官に私が見聞きしたことを報告した。彼は気にしないようであった。「それはまずい！　それだけ面倒かけて全く無駄だ」

さらに恐ろしいことに、日本の憲兵隊は死体が重かったので、それを四つに切り、ハルビンの街頭で見つかる麻薬中毒患者の死体を捨てる墓に捨てた。

それにも構わず、日本の憲兵隊はコフマンの家族と身代金の支払いについて交渉を続けた。夫が残忍な殺され方をされ日から三週間後、コフマン夫人は夫の解放のために日本側に一万八千ドル払った。


憲兵隊やその他の日本の警察組織に雇われているロシア人と中国人のギャング団がいたるところにたくさんあったので、金持ちのロシア人と中国人はあえて外出しようとしなかった。それはまさに「恐怖時代」で、おそらくフランス革命時代よりひどかった。

ソ連の市民から金を搾り取るために、日本人は誘拐という面倒なことはしなかった。単に彼らを共産主義者とか宣伝家と告発して投獄した。大金を払わなくては、そこから出ることはできなかった。同じことが満州にいる金持ちのユダヤ人のほとんどに起きた。

おそらく日本の外交官は日本が「門戸開放」の原則を支持することを世界に確信させようとしているときは、こんなことを考えているのであろう。彼らが開けている唯一の門戸は人々を監獄へ送り込む門戸だけである。彼らのモットーは「金を出せ、でなければ門戸は開けないぞ」

エドガー・スノーは「日本は新植民地を建設している」（原注）と題する記事で次のように記している。

原注：「サタデー・イブニング・ポスト」一九三四年二月二十四日号。

「ハルビンはかつては楽しかったが、今日では生き地獄として悪名高い……おそらく世界中で生命がこれほど危険な大都市はないであろう。約十万人の白系および赤系のロシア人を含めハルビンの住民は、真昼間でさえ武装をせずに外出すれば生命の危険がある。追いはぎ、強盗、殺人、誘拐は日常茶飯事である。

外国領事は身辺に護衛をつけなくてはならない。ハルビンで私はある日、満州を旅行中だったボストンのジョージ・ティンクハム下院議員と一緒に松花江へ行った。われわれは豪快なジョージ・ハンソンを訪問した。彼はおそらくどこでも最も愛される総領事である。

ハンソン氏の家の前の小さなテーブルの上に数丁の小銃と自動拳銃があった。彼の両側には護衛がいて絶えず匪賊を警戒していた……

ハルビンで私が泊まったモデルン・ホテルの持ち主は、フランス市民で才能あるピアニストの息子のセミョーン・カスペが最近失跡したことに悲しみに打ちひしがれている。彼はロシア人の匪賊に誘拐され、匪賊は父親が三十万ドルの身代金を支払わないと彼の指を切り落とすと脅迫した。代わりに、彼らは両耳を切り取り、遂には彼を殺害してしまった。他に多くの者が町から数マイルのところでギャングに捕らわれている」

カスペ事件

カスペ青年の誘拐は私が関係した多くの事件の中でも国際的に最もセンセーショナルな事件であった。事実、私はそれに非常に深く関係していたので、私の命にかかわるほどであった。犠牲者の父親であるヨシフ・カスペ氏は日露戦争後にロシア人難民としてハルビンにやって来た。戦争では同氏は騎兵連隊に属して戦った。

ハルビンで彼は小さな時計修理店を開いた。それは数年のうちに宝石と銀製品の店になった。一九一八年までには、彼は極東で一流の宝石店の所有者となり、ハルビンで最上級のホテル・モデルンの共同所有者となった。

一九三二年、日本軍の占領当時にはヨシフ・カスペは大きな宝石店を持ち、ホテル・モデルンの単独所有者であった。また劇場と映画館のチェーンを運営する興行会社の社長でもあった。彼の財産については五十万ドルから数百万ドルまでさまざまな推測があった。富の蓄積の方法と手段については、さまざまに取り沙汰された。

ヨシフ・カスペには弱点があった。彼は彼自身と彼の財産……それに二人の息子のことを話すのを楽しんだのである。息子たちは学生でフランスにいた。一人はパリ大学、もう一人は国立高等音楽院にいた。彼は好んで息子たちが首席であり、学校の名誉であると語った……もちろん彼らはフランス市民になった。

カスペ父子『世界の誘拐事件』より

カスペの二人の息子がフランス市民になると、彼はすかさずホテル・モデルンと全ての劇場の所有権を息子たちに移した。なぜなら、日本人が彼の財産に異常な関心を示していることに気づき、それが何を意味するか知っていたからである。所有権の移転が完了すると、フランスの三色旗がホテル・モデルンの建物と全ての劇場に掲揚された。

これらの素晴らしい、金を生み出す財

産がフランスの管轄の下に移ることは、既に自分たちのものにしようと考えていた日本人が我慢できることではなかった。

一九三三年五月の初旬ころには、私の上官はカスペを誘拐したいと言っていた。しかし彼はそれが容易な仕事ではないことを認めた。カスペはほとんど外出しなかった。たまに外出する場合は、いつも武装した護衛をともなっていた。ホテル・モデルンの一階にある彼の住居はまるで要塞であった。窓と扉は全て重い鉄格子で保護され、多数のロシア人の警備員が内外にいた。

セミョーン・カスペ青年はパリで音楽院を卒業すると、ハルビンでしばらく過ごすためやって来た。彼は非常に立派な青年でピアノの達人であり、彼の父親はパデレフスキー（訳注）よりずっと優れていると考えていた。父のカスペは音楽家の息子に彼の最高の劇場で演奏会をさせるために費用を惜しまなかった。また上海の選ばれた聴衆の前で演奏させるために多額の費用を払ってお膳立てをした。帰国途中の東京でも同じようにしてやった（訳注）。

訳注：イグナツィ・パデレフスキー。ポーランドのピアニスト・政治家。ポーランド独立運動に尽くし、一九一九年、共和国初代首相。

訳注：セミョーン・カスペは一九三三年に来日、ＪＯＡＫは六月九日午後八時から同二十五分までカスペのピアノ独奏を放送した。六月十二日と十三日の両日、日本青年館でリサイタルを行った。十五日付の東京朝日新聞は「そのもっとも得意とするところは第二夜の曲目を形成している現代版、殊にフランス印象派の巨匠ドビュッシー以後の作家のものにあるらしく、傾聴すべき好解釈と見なすべきものが多

かった」と評している。

ハルビンで憲兵隊はカスペ青年を捜していた。フランス国民である彼は、自分を誘拐する者がいるとは考えもしなかった。彼は何という間違いをしでかしたのだろうか！

一九三三年八月十四日、私の上官はフランス領事のレイノウ氏とカスペ一家の関係は親密と言えるものだろうかと私に尋ねた。私は彼らは友人ではないと思うと答えた。

「私もそう思う」と上官は言った。「フランス領事とこれらのユダヤ人の豚との間に似たものがあろうか……たとえ彼らが金持ちであっても？　領事は息子たちが帰化してフランス人になっても、それは財産を日本人に取られることを防ぐためであることをよく知っているに違いない。

いずれにしても、フランス国旗はわれわれがしようとしていることを止めさせるものではない……だから私は既にカスペの息子を誘拐するように憲兵隊に命じたのだ。モデルンにいる私の工作員の報告によると、彼はユダヤ人の女性たちと夜にしばしば外出し、夜遅く帰ってくるという。しかし、日本人が疑われないように、誘拐は中国人にやらせることにした。私の計画が完成したらすぐに君に連絡するから、影にその仕事のために一番腕利きの部下八人を選ぶように指示してくれ給え」

一九三三年八月十七日、上官は私に、影とその部下五十人をハルビンの北西百キロの托乃周に派遣するように命令した。下士官一人と日本の憲兵一人を殺害したことに対し、その村を罰するためであった。彼はカスペのことについて何も言わなかったので、私は彼が諦めたものと考えた。

八日後、私の第一号がセミョーン・カスペ青年が誘拐されたという噂があると知らせて来た。私はこのことを上官に知らせに行った。彼は特有な皮肉な微笑みをしながら言った。

「私もそのことは聞いている……しかし詳細は知らない。君に関する限り……心配する必要はない。他の者にこれを調べるように指示してある……君が非常に忙しいことは知っている……それに数日中にすべて終わるだろう」

その日の夕方、私の部下が誘拐がどのように行われたか詳細な報告を持ってきた。またその行為に直接間接に関係している者たちの名前も明らかにした。以下が起きたことである。

日本の憲兵隊は書記兼通訳の中村を通じて命令を下し、中村はマルティノフ警部と一緒に計画を立てた。マルティノフには自由に使える約十五人のギャングがいた。この連中は、悪名高いナーシ・プーチ（訳注）の編集長と「ファシスト・クラブ」（イタリア・ファシズムのすばらしい名前に対する侮辱であり、総統の下でそれを代表するすべてのものに対する侮辱である）の会長であるロザエフスキーの支援で、日本当局が募ったヤクザの中から選んだ者たちであった。誘拐計画はファシスト・クラブの施設で企てられた。数ヶ月間、ホテル・モデルンの宿泊客をスパイし、ホテルのまわりをたむろしていたギリシャ人のごろつきが、ここ数日間、セミョーン・カスペの行動について中村に知らせていた。青年はほとんど毎晩のように若い女性たちと外出した。女性たちの名前と住所、カスペ青年が車を走らせる通りの名前も報告された。

訳注：「我らの道」の意。ハルビンのロシア・ファシスト党機関紙。コンスタンチン・ロザエフスキーが一九三三年十月に創刊。一九四一年に上海に移り、一九四三年七月まで発行された。

カスペ青年は一九三三年八月二十四日の真夜中近く、彼が若い女性を家の前まで送って、車を止めたとき誘拐された。彼はハルビン近くの隠れ家に連れて行かれた。

翌日、憲兵隊はカスペ氏の父親に三十万ドルの身代金を要求した。老人はキッパリ拒否した。不毛な交渉が続いた。憲兵隊は金が欲しかった。カスペ氏は数千ドル以外は何ら支払おうとはしなかった。それも息子が安全に帰ってから支払うと主張した。彼は頑として譲らなかった。息子を殺すと脅しても彼の決心は少しも変わらなかった。

三ヶ月以上たった九月二十八日、セミョーン青年の両耳が切られ、父親に送られてきた。しかし、むごたらしいメッセージも老カスペの心を変えることはできなかった。彼は三万五千ドルを息子が解放されてから支払うと主張した。

フランス領事は日本当局に抗議文を送ったが、日本当局はカスペ青年を見つけるために最善を尽くしていると答えた。

フランス領事の努力は手紙を一通書くだけだったが、非常に知性的で行動的な若い男である

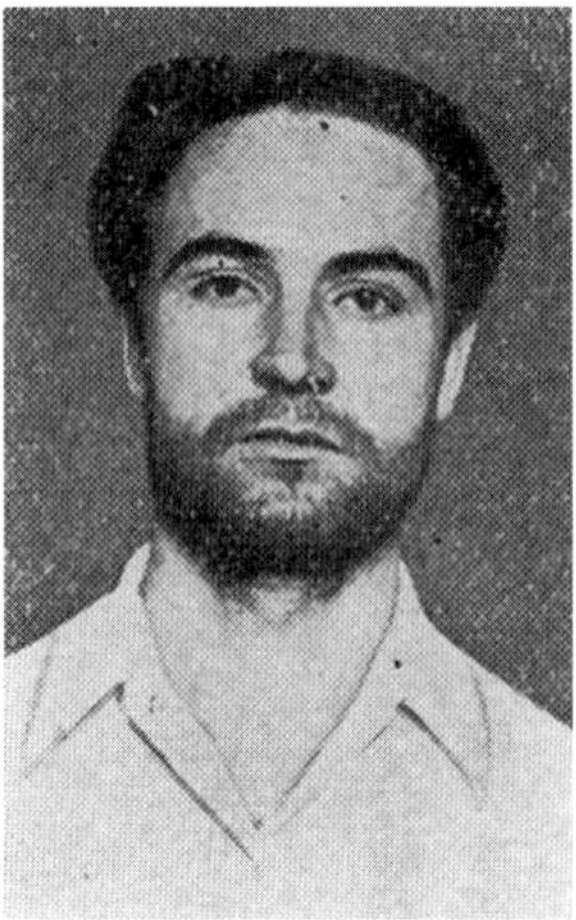

コミサレンコ『世界の誘拐事件』より

副領事のシャンボン氏は、日本当局が何もしていないことを知っていた。彼には有能で信頼の置ける人物がいたので、自分で捜査を始めた。シャンボン氏は間もなく真相を見出したが、証拠が必要だった。彼は彼の捜査員にカスペ青年の拉致に加わった匪賊の中で最年少のコミサレンコを捕まえて、領事館に連れてくるように命令した。コミサレンコは自白したばかりでなく、自白を記述し、それに署名した。彼はすぐに釈放された。翌日、副領事は個人的に警察長官に面会に行き、誘拐に関与したすべての個人に対する正式の告発状とコミサレンコの自白書のコピーを提出した。

警察は憲兵隊へ通報し、憲兵隊は即座にコミサレンコをハルビンから六百キロのところのソ連国境にあるポグラニチニに行かせ、シャンボン氏の捜査員を逮捕した（この中の一人のキルミスタハ氏は私が満州を離れた一九三六年もまだ収監されていた）。

翌日、日本人経営の二つのロシア語新聞、ハルビンスコニ・ウレーミヤとナーシ・プーチはシャンボン氏を卑劣なユダヤ人とか共産主義者などと呼んで、最も侮辱的な攻撃を開始した。これは数週間にわたって続けられた。ファシスト党の一員が副領事に決闘を申し込むに至って、事態は最高潮に達した。

けれども、誘拐事件のニュースは外国に届いた。米国、英国、フランスの新聞はこの新しい非道な行為に関心を持った。時々世論を非常に気にかけるような日本は、事件を終わらせるよう命令した。従って、非常に不本意ながら、私の上官はシャンボン氏が警察に提出していた告発状に書かれている誘拐犯の逮捕を命じた。十月九日、マルティノフとシャンダリが投獄されたが、他の者は見つからないという口実のもと放置された。二人はカスペ青年がどこに連れて行かれたか知らないと言った。

その間、セミョーン・カスペは監禁され、父親と憲兵隊の間で暫定的な交渉が行われていた。青年被害者は数十通もの手紙を書き、匪賊はそれを父親に渡した。息子の懇願やあらゆる恐ろしい脅迫にもかかわらず、父親は息子が釈放されるまで一銭も払わないという頑固な決意は揺るがなかった。彼は自分の重要性を確信しきっていたので、彼らは一文も得ることなく……それどころか謝罪して、息子を返すだろうと豪語さえしたのであった。

こうした自慢げな確信は致命的なものであった。それが上官に報告されると、彼は静かに言った。「カスペは百万ドルを支払っても、生きた息子を見ることはないだろう」。

その上、日本人が彼を生かしてはおけない他の理由があった。彼が中村や憲兵隊の他の将校と話をしている以上、彼らは絶対解放できなかった。カスペ青年は自分がロシア人ではなく、日本人に捕らえられていると知ったのだ……だめだ、だめだ、もはや彼らは彼を解放できない……彼は話してしまう……。

フランス副領事に雇われた新しい捜査員とカスペ一家が雇った探偵がカスペ青年の監禁されている場所を発見するのではないかと恐れて、日本人は彼を何度か点々と移動させた。

鉄道警察の「高級顧問」、別の言葉では長官である大井深大佐（訳注）が登場した。大井大佐は文字通りの紳士であった。（武藤将軍を別とすれば、唯一の人ではないとしても）満州国で立派な記録を残した数少ない日本人高官の一人であった。彼は数千マイルにおよぶ鉄道について全権を持つ、最高位の地位の一つを占めていたが、その権限をいつも公正かつ厳格な公平さで行使した。彼の施政は非常に正直で、最高の称賛に値するものであった。彼は他の警察当局が使っていた拷問方法を使用することを厳禁する命令を出した。彼の全ての部下の者にとって、国籍の如何を問わず、彼は厳しいが立派な父親であった。日本人を全部憎悪していた中国人でさえ、大井大佐を愛し尊敬せざるを得なかった。彼の管轄下にある鉄道地帯では、誘拐事件は起きなかった。大佐の領域内で自分勝手なことをしようとした日本人は、やがて日本へ帰らざるを得なかった。大井大佐は日本軍当局による虐待に同意しなかったばかりでなく、全く嫌悪し、恐れずにそう公言した。「彼らは汚い仕事は国内でやるがいい」と言っていた。そのため、他の警察組織の人間は鉄道地帯にいるときはおとなしくしていなければならなかった。

訳注：憲兵大尉で退役の後、特務機関により中東鉄道路警処「顧問」に送り込まれた。満州国高官であった武藤富男は大井について、「大井深とは本名か仮の名かと私が疑うほど、この人物には謀略家らしい陰影がつきまとっていた」（『私と満州国』）としている。

シャンボン氏がカスペ青年を誘拐したとして罪を犯した者たちを警察長官に告発したとき、憲兵隊はコミサレンコをハルビンからポグラニチニへ送った。しかし、そこの町は鉄道から近かったため、大井大佐の管轄の下にあった。大佐はコミサレンコが彼の領域にいることを聞き、彼を逮捕させ、ハルビンへ戻させた。そこでコミサレンコはフランス副領事の前でしたのと同じ自供をした。

二回目の供述調書には誘拐犯自身の正式な署名がされており、大佐によって日本軍司令官に渡された。

こうしたことにもかかわらず、憲兵隊はカスペから身代金を得ようとする希望をあきらめなかった。最初の要求額の三十万ドルから、十五万ドルに下げ、次に十万ドル、その次に七万五千ドル、最後には五万ドルまで下げた。しかし老人は相変わらず、息子が家に戻って来たら三万五千ドル払うと主張し続けた。

コンスタンチン・ガルシコ　『世界の誘拐事件』より

一九三三年十一月二十八日、大井大佐はカスペ青年の誘拐の共犯のベズルチコとザイツェフの二人がスタロム・ハルビン（旧ハルビン）駅をしばしば通過するという情報を得た。二人の逮捕を命じた大佐の命令はその夜、実行された。彼らは小嶺行きの列車に乗ろうとしていたときであった。セミョーン・カスペは小嶺近くの場所で、キリチェンコとガルシコの監視のもと監禁されていた。列車が小嶺駅に着いたとき、交代するはずの二人が乗っていなかったので、キリチェンコとガルシコは何か手違いがあったのではないかと疑い始め、非常に不安になった。二人の中でより不安になったキリチェンコは駅へ何度も行って、中村に電話して、なぜ二人が着かないのか聞いた。しかし中村は二人が逮捕されたことは伝えず、代わりに、安心して辛抱強く待つように言った。

キリチェンコがいない間、カスペ青年と一緒に一人残されたガルシコは彼と自分に有利な取引をしようとした。

「もし君の父親が私に一万ドルくれたら、君を自由にしてやろう。憲兵隊には何も払わなくていいのだ」

「私に何をしろというのですか？」

「父親にそのように手紙を書き、それを私にくれればいい」

それは直ちに実行された。

キリチェンコが電話から戻ると、二人の様子が変なことに気付き、二人の間で何かが行われていることに気付いた。ガルシコがその夜、ハルビンに行くと主張したとき、彼の疑惑は深まったが、何も言わなかった。ガルシコが行く前に中村にもう一度電話しようと決めた。一時間がたち、キリチェンコは再び不安になり苛立った……彼は駅に戻って、中村に電話しなければならなかった。彼は中村に疑惑を伝えた。中村は、五時に貨物駅近くで会いたいとガルシコに伝えるように言った。

この待ち合わせ場所に、中村、グッドマンという名前の憲兵工作員、日本人憲兵一人、それにコミサレンコ（再び自由になっていた）が行った。ガルシコは逮捕され、所持品を調べられた。カスペ青年が父親にあてた手紙が見つかった。しかし、それは鉛筆でフランス語で書かれていたため、四人が理解できたのは「一万ドル」という数字だけであった。

それだけで全てが十分明白になった。中村は拳銃を取り出して、ガルシコの頭を射った（訳注）。それからキリチェンコにメッセージを送り、カスペ青年を殺して、ハルビンに急いで戻るように命じた。彼にパスポートと金をやるから、どこかへ行くように伝えた。

訳注：中嶋毅『カスペ事件をめぐる在ハルビン・ロシア人社会』によると、シャンボン報告では、ガルシコを射殺したのはコミサレンコであるとされている。中嶋は、銃撃戦時の状況を考慮するならば、中村がガルシコを射殺したとは考えられないとする。

この命令を実行してから、殺人者は偽名と憲兵隊が発行した偽のパスポートで北に向かった。しかし彼はあまり遠くへ行かなかった。十二月十八日、彼は大井大佐の命令で札羅木特駅で逮捕された。

ガルシコの死を説明するため憲兵隊は、彼は逮捕しようとした警察との遭遇で射殺されたと公表した。

中村によってガルシコが射殺された翌日、ロザエフスキーがカスペ青年が書いた手紙の訳のために、私の家にやって来た。手紙には彼を解放すると約束したガルシコに一万ドル渡し、だませば殺されるので、そのようなことをしないでくれと書かれていた。青年はガルシコが約束を守ると信じていた。

憲兵隊は十二月三日、セミョーン・カスペが殺害されたことを発表した。彼の死体は、浅い墓の中で発見され、数インチの土がかぶせられていた。私はそのような恐ろしい光景を見たことがなかった。かわいそうな青年は、冷酷な監禁者のもとで、どれほど苦しい目にあわなければならなかったのか、どれほどひどい拷問を受けなければならなかったことか！　九十五日間の監禁で、彼は骨と皮になっていた。この素晴らしい二十四歳の青年は、見分けられなくなっていた。十一月には零下二十五度から三十度になる北満の恐ろしい寒さで、彼の頬、鼻、手は凍って肉片がはがれ落ち、壊疽を起こしていた。両耳は切り取られていた……彼は九十五日間を体を洗うこともなく、髭も剃らず、散髪もせずに過ごした……彼の姿を見て、肉体的拷問とその精神的苦痛を思うと、彼がもう苦しまないですむことを私は嬉しく感じた。青年の命を終わらせた弾丸を射つことで、暗殺者は彼の哀れな人生の中で唯一の慈悲の行為をしたのかもしれない。けれども、それは悲劇の物語の終わりではなかった。

青年の母親は、まだ病気であったが、息子が解放されることを希望に抱いてハルビンに向けパリを発った。彼女は上海に十二月三日に到着した。十二月四日の朝、パレス・ホテルで朝食をとりながら、ノース・チャイナ・デーリー・ニュースを読んでいると、息子の殺害の記事が出ていたのである。

青年の遺体がハルビンへ運ばれると、父親は、友人の忠告に逆らって、棺を自宅に運ぶように主張した。彼は棺の蓋をとらせて息子をもう一度見ようとした。非常に大きなショックを受けて、彼は直ぐに正気を失い、狂乱状態のうめき声を発した。

監視を受ける

ハルビンでの憤りは高まり、白熱状態になった。ユダヤ人ばかりでなく、すべてのロシア人、中国人、朝鮮人、否、日本人の一部でさえ、このような出過ぎた非道な行為をひどく嫌悪した。誘拐と殺害は日本軍当局のせいだと公然と非難された。民衆のデモが組織され、犠牲者の葬儀の日には、二百五十人の憲兵と日本の歩兵一個連隊がチチハルから地元部隊を増強するためにやって来た。

ハルビンではそのような葬儀はかつてなかった。日本当局から、葬列はメインストリートを通ってはならないという命令にもかかわらず、また多数の兵士と警官がいたのにかかわらず、ハルビンの全住民が霊柩車のあとをユダヤ人墓地までついて行った。「日本軍国主義に死を！」「野蛮な獣に死を！」「忌まわしい猿に死を！」という叫びがどこからも聞こえてきた。

いくつかのユダヤ人協会の会長をしているカウフマン博士が追悼の辞を述べた。熱烈な言葉で、彼はセミョーン・カスペの臆病な殺人者と背後で彼らを守っている者たちを非難した（訳注）。

訳注：カスペの葬儀は一九三三年十二月五日に行われ、数千人が参加した。アブラハム・カウフマンは弔辞で「私たちは報復の考えはしないが、このような卑劣な犯罪を許容し殺人者の手から無抵抗な住民を保護する能力を持たない権力の無為には断固して抗議する」と述べた（中嶋毅『カスペ事件をめぐる在ハルビン・ロシア人社会と日本』）。

アブラハム・カウフマン（一八八五年―一九七一年）はスイスに留学して医者の資格を取ってロシアに戻った。一九一二年にハルビンに来た。一九一九年から一九四五年までハルビンのユダヤ教団会長。ハルビンのユダヤ人社会の指導者で、主要なシオニスト組織の極東地区代表。日本人とユダヤ人の仲介役を果たした。日本の敗戦後、ソ連に連行される。十一年間の抑留生活を経て、一九六一年にイスラエルに移住した。（高尾千津子『戦前日本のユダヤ認識とハルビン・ユダヤ人社会』）

翌日、カウフマン博士は日本軍当局に即座に喚問された。彼らは考え得る限りの侮辱をあびせ、満州から追放すると脅した。ロザエフスキーは不道徳なナーシ・プーチに長い記事を書いた。その中で彼は博士の逮捕と処罰を要求した。父親が「第三インターナショナル」の工作員であった卑劣なユダヤ人を殺すという正義の行為をしたにすぎない愛国的ロシア人たちを侮辱したからだと。

日本軍当局は六人の誘拐犯が法廷の前に連れてこられることを許さなかったが、安全のために、彼らを刑事警察の牢に入れた。そこで彼らは裁判にかけられることもなく、十五ヶ月以上とどまった。拘留が終わっても、誰も彼らが裁判にかけられるとは思っていなかった。

牢の中では、彼らは特別扱いを受けた。近くのレストランからの食事、友人と家族は毎日、面会した。夜には解放されて、憲兵隊に利益になるような誘拐やその他の犯罪をしているという噂さえあった。

それが本当であると信じる理由は、次のような事件からである。

一九三四年六月の夜、憲兵隊の原少佐（訳注：原松一、ハルビン憲兵隊特高課長）と私は、二人のロシア人密告者、四人の日本人憲兵、影の二十五人の匪賊とともにハルビンから数キロのところにある阿希希の村にいるソ連市民の家を捜索していた。

突然、一団の人々が田舎道をやって来るのが見えた。原少佐はわれわれに隠れるように命じて、彼らにやって来させた。暫くしてわれわれは彼らを取り囲み、小銃を向けて、何時でも発射できるようにした。一人の日本人が前に出て、原少佐に説明している間、私はその集団に近づいた。ヨーロッパ人の男女一組が後ろ手にされているのに気付いた。また私が知らない三人のロシア人とシャンダリとキリチェンコの二人がいた。

短い会話が終わると原少佐はその集団をそのまま行かせた。彼は何も言わなかったので、捕らえられていた二人が誰であるのかわからなかった。

けれども、フランス領事、カスペ家、外国の新聞は、セミョーン・カスペの暗殺者は糾弾されるべきで、裁判にかけられるべきだとますます大きな声で抗議し続けた。東京から六人の犯罪者は満州国の司法当局へ引き渡すべきという命令が来た。起訴状は江口（訳注：江口治、満州国ハルビン警察庁刑事科長）が書いた。彼は刑事部門の有名な長官で、その職を保持するため年に十万ドルを支払い、ロシア人、中国人、朝鮮人、日本人のあらゆる匪賊と秘かに共謀していた。起訴状は恥ずべきものの最高傑作であったし、将来もそうであろう。起訴状は次のように書かれている。

六人の犯罪者は「最も正直で優良な市民であり、その生涯の大部分を共産主義に対する戦いにささげた真のロシアの愛国者である。かりに彼らがセミョーン・カスペを誘拐したとしたなら、それは個人的な利益の動機からしたのではなく、純粋にそして主にボルシェビキに反対する崇高な戦いを続けるために必要な資金を反共組織に提供するためにしたのであった。事実がそうなので、匪賊法は彼らに行使できない。なぜなら彼らは匪賊とはみなせないし、それだけでなく、彼らに対する罪に答えるなら、通常犯ではなく、政治犯としてみなされるべきである。それらの罪とは何なのか？　被告が犯した罪とは何なのか？（起訴状はここで誘拐について触れていない）人の切断か？　……カスペはガルシコによって両耳を切断された……ガルシコは今は死んでおり、罪は問えない……殺人か？　カスペは同じガルシコによって殺されている……従って、司法はそれについて何もできない……恐喝か？　……決してそうではない。カスペは一銭も払っていない。従って結果として、以上の解明からみれば、六人の被告人に対して提起できる唯一の罪は『恐喝未遂』であることは全く明らかであった……情状酌量すべき余地がある。なぜなら、実際この『未遂』は個人的利益のためではなく、政治的な理由によって犯されたからである。共産主義のユダヤ人工作員、盗品の受取人、社会の敵と一般に見なされている男に対して犯された……父親の罪は彼らの子どもたちに降りかかるので、セミョーン・カスペは彼の父親の犯罪の償いをした……これは勇敢で愛国的なロシア人被告たちにさらなる情状酌量すべき余地を与える」

ハルビンの領事館団全体は、この「起訴状」を憎むべき侮辱と見なした。満州全体がまった我慢がならなかった。確固とし公正な大井大佐を私は友人と見なすまでになっており、仕事でしばしば助けを求められるもあったが、そのような文書は日本にとって恥であり、不名誉であると考えた。

結局六人の被告は高等法院長の担当となり、拘置所へ送られた。

裁判所は日本の「顧問」の支配下にあったが、ハルビンの中国人の裁判官は正義と権利が圧倒的に味方していると感じた時には、まれに勇気を持って顧問に同意しなかった。

カスペ誘拐殺人事件の公判は、事件の真相を知っていると主張した中国人裁判官たちの前で開かれることになった。彼らは日本人によってつくられた供述を額面通りに受け取ることに満足しなかった。彼らは自ら詳細について解明したかった。しかし、日本人はどこにでも工作員とスパイを持っていることを考えると、これはほとんど困難な仕事であった。私の上官は次のように語った。

「高等法院長が六人の被告の過去についての情報を得ようとしていることを知っているか？明らかに、彼は江口が作成した『起訴状』の正確さについて疑いを持っている。ふむ！　彼は自分はわれわれより賢いと考えている……いずれわかるさ。私はさまざまな警察機関に対して、裁判官が情報を求めてきた場合、江口が書いた『起訴状』の論点をはずれてはいけないと指示した。けれども、裁判長は特別の筋から情報を得ようとしていると思う。そこで君の出番だ。君には三人の判事の住まいを監視して、そこを訪れた疑わしい者を逮捕し尋問して欲しい。第二のシャンボン事件は御免だ（真の誘拐犯を明らかにしたフランス副領事のシャンボン氏は日本側から好ましからざる人物とされ、本国政府により天津に異動させられた）」

上官が中国人判事に真実を隠すように私に命じたのは、儲かる犯罪での共犯者たちの命を救うためであった。

翌日私は友人に頼んで三人の判事のうち一人を紹介してもらった。私は彼が被告に関して知りたい情報は何でも提供すると申し出た。この申し出は大変喜んで受け入れられた。そして一週間後、その判事に次のようなことを証明するために必要な文書を全部渡した。被告人は政治に関係がないこと、彼らは最も危険な犯罪者で、最も悪質な常習犯のタイプであること、マルティノフは六ヶ月前、憲兵隊長の命令でアルグノフ大佐を殺害し、多数の金持ちの中国人とロシア人を殺したこと、シャンダリとキリチェンコは売春宿の所有者で白人奴隷の輸出業者であったこと、悪党たちの全集団は日本の憲兵隊に仕えている殺人者の一団に属していたこと、カスペの両耳を切り落としたのはシャンダリで、誘拐された青年を殺したのはガルシコではなく、キリチェンコであったこと。

長い公判の間、判事たちはある点をはっきりするためや説明をうけるために、たびたび私と秘かに接触した。

大井大佐の管轄する鉄道地帯で逮捕されたときに、コミサレンコ、ザイツェフ、ベズルチコ、キリチェンコのポケットから見つかった文書も判事たちに渡した。これらの文書は、四人の誘拐犯が憲兵隊の工作員で、誰も彼らの行き来を妨害したり、関心を持ってはならないということを明らかに示していた。なぜなら、そうした書類なしには、これらの犯罪者は鉄道上を自由にあちらこちら動くことはできないはずであるからだ。満州では、旅行の目的を証明する必要な書類がないと誰も旅行することはできない。

公判が長引くと、日本側は法廷が大量の情報を持っていることに完全に当惑してしまった。

二月二十六日、私はファシスト党党首で悪名高いナーシ・プーチの編集長から次のような手紙を受け取った。

ヴェスパ様

わが党は、貴下の仕事がわれわれの主義に反し、ユダヤ人に有利なものであると考えます。高い地位を占める貴下は貴下が何をしているか知るべきです。

われわれはこれによって、われわれが同胞であり愛国者と見なす人々に不利な仕事をやめるよう警告します。

ファシスト党党首

Ｋ・Ｖ・ロザエフスキー

ハルビン、一九三六年二月二十六日

この手紙で私は怪しんだ。夜に判事を訪問した私を誰かが尾行していたのか？　判事の一人が何か言ったのか？　そして、もし彼らが知っているなら……どれほど実際に知っているのか？　すぐに対処することにし、私は手紙を上官のところに持っていった。彼は微笑みながら言った。

「その手紙をあまり重大に考えるべきでない。ロザエフスキーが馬鹿なのは君も知っている。多分、判事の家を見張っている君の部下を君が見に行ったとき、誰かがそれを見たのであろう。そして被告たちについての情報を提供した者は君だと考えたのだろう」

上官が私に疑念を抱いていないことを知って、私は言った。「法廷での公判の後、判事たちがよく情報に通じていることがわかったとき、何回か彼らの家に行って、情報を与えている人物に関する手掛かりになるかもしれない手紙や文書を探しに行ったことがあります」。

上官は誰かに電話し、日本語で数分話してから言った。

「憲兵隊長に電話して、彼にロザエフスキーに余計なお世話だと言えと命じた。また君は私の命令で判事たちを訪問したと言っておいた」

一九三六年三月四日午前一時頃、私はある中国寺院から出てきたところだった。その寺院では、日本人に強制的に僧侶にされた中国人高官の一人を訪問した。私はギリシャ人スパイのフォトプロ（訳注）と鉢合わせした。彼は日本人によってホテル・モデルンに配置されていた。私は冗談めかして敬礼した。

訳注：Little, Brown 社版では匿名にしている。以下同。

「フォトプロ君、こんな夜遅くここで何をしているのかね」

「近くの友人たちと夜をすごして、だいぶ遅くなってしまって……ところで、ヴェスパさん、こんな時間に寺で何をしているのですか？」

「ご存知の通り、この寺院には多くの重要な人物がいるんだ。彼らがいることを確認することは私の任務の一部なんだ。私はよく夜のこんな時間に来るんだ。逃亡が行われるのは、大体こんな時間なのだから」

「夜は陰謀にもいい時ですな」

そのような「なれなれしい」返答は私を非常に不愉快にさせた。平凡な簡易食堂のウェイターにすぎなかった、この無知なギリシャ人が私のウィットに対抗しようとしていた。私は彼に思い知らせてやろうと決めた。

「フォトプロ君、僕は長い間君と話をしたいと思っていたんだ。もし明日朝十一時に時間があるなら、私に家に来てくれ。来てよかったと思うよ」

「喜んで、ヴェスパさん、喜んで。必ず行きます」

翌日、われわれ二人は庭のベンチに座った。私は始めた。

「フォトプロ君、君が僕について何を知っているか僕は知らない。知りたいとも思わない。しかし、一つ知らなければならない。よく聞き給え。十七年前、君は着るシャツもなくハルビンへやって来た。まともなヨーロッパ人が君を相手にしないことがわかると、君は中国人と仕事を始めた……中国人と二万ドルから三万ドル儲けた。中国人がいなくても十分やっていけると君が考えた日に、君はすべてを失った。中国人は君にとって同胞のようだった。彼らは君を助け、君を盛りたてた。今日、君がまともな人達と会えるとするならば、それは中国人のおかげだ。彼らの親切にどうお返しをしているのかね？ ……事実が語っている。日本人が来てから、君は彼らに仕え、彼らのように朝から晩までお辞儀ばかりしている。溥儀が即位したとき、君は卑しい服従の手紙を書いたただ一人のヨーロッパ人だった。その上、君を同胞として受け入れた中国人を毎日憤慨させている。それにも満足せず、君は中国人に誠実なままである人たちに害を加えようとしている。こうした行為は私の友人を非常に不快にさせており、君に警告を与えるために私に君を紹介してくれといわれたのだ」

そう言って、私はそれまで通行人を見ていた中国人の方を向いた。

「影さん」と私は呼んだ。

影はやって来て、フォトプロに最も丁寧なお辞儀をした。紹介が済むと、影は彼に切るような冷静な口調で話した。

「フォトプロさん、私の親友、ヴェスタさんから、あなたが最近、あなたに関係ないことに関わり合っていると聞きました。あなたのこの干渉でヴェスパさんは眠りを妨げられているのです。ヴェスパさんはいま、私の義兄弟なので、彼が安眠できるようにしなければなりません。この前、彼の安眠を妨害した人物は私の客人として招かれ、とても厚遇されたため、その週の最後には殺してくれと私に頼みましたよ。あなたが同じような窮状になるのは見たくないですね、フォトプロさん……人生は甘美なものです！　ご覧なさい！　……春が来ています……美しい花……ヴェスパさんに何も起きないことを望んでいます。なぜなら、もし彼に何か起きたら、一時間もしないうちに、あなたは私の客人となり、あなたの人生の最後の週を私と過ごすことになります」

影はお辞儀をして立ち去った。

ギリシャ人のスパイは震え上がった。彼はベンチに座ったまま、地面を見つめて、繰り返してつぶやいた。「影？……影？……影？……」

それから彼は私の方を向いて、ヒステリックに言った。

「ヴェスパさん……誓います……ヴェスパさん……私はあなたに危害を加えるつもりは決してありませんでした。私は中村の命令に従っていただけなのです……中村はあなたに敵対しているのです。彼はあなたが逮捕されればいいと言っています……あなたが裁判所にカスペ誘拐事件の事実を提供したのは確かで、中村の名前が法廷で二度も出るようにしたのもあなただと言っています」

「私が裁判所に情報を与えたと誰が中村に言ったのか？」

「知りません……私じゃありません。お願いです……私はあなたに敵対していない、と影に言って下さい……中村に気をつけなさい。彼はあなたが非正規軍とつながっていると考えています」

私はフォトプロに思い知らせてやったが、私の成功は一時的なものにすぎないことはわかっていた。数ヶ月後、彼の復讐を受けることになる。私はほとんど命を失うところだった。

セミョーン・カスペの誘拐犯に対する判決は六月に言い渡された。愛国心と政治という理由で問題を変えようとする日本側の企みと努力にもかかわらず、中国人判事たちはこれを普通の強盗行為、誘拐、殺人としか見なさなかった。法に従って、有罪とされた四人は死刑、二人は終身刑を言い渡された。

市の全体はそのニュースに喜んだが、喜びは長く続かなかった。二日後に私の上官は裁判長を逮捕させ、判決は無効であると宣言された。半年後、日本人の判事は公訴を棄却し、彼らは愛国者として行動したという理由で誘拐犯の釈放を命令した。

訳注：一九三三年十二月四日ハルビン発の新聞聯合は次のように報じている。

【ハルビン四日発聯合】国際都市ハルビンの暗黒面を語る猟奇的犯罪。北満屈指の富豪令息子セミノフ・カスペ（二四）誘拐事件は久しく迷宮入りとなっていたが、同人は去る十一月二十四日北鉄東部線の一寒村招麟附近で八人組のギャングの毒手にかかって惨殺されたことが判明し、ハルビン警察庁員は十二月三日現場に急行、死体を発見、同時に事件関係記事を解禁した、事件の内容左の通り。

去る八月二十五日夜、北満随一の大ホテル、モデルン・ホテルのほか劇場、食堂、宝石商を兼営し資産数百万円と称せられるレオン・カスペの御曹子ピアニストとして有名なセミョノフ・カスペがかねがね附け狙われていたギャング団に襲われ、忽然としてその姿を消した。ハルビンでは誰知らぬもののない千万長者の息子とて市民の間に多大の恐怖とセンセイションを捲起し、ハルビン警察では直ちに全力をあげて犯人の逮捕とカスペの救出にあたり探査に困難を極めたが、事件の担当者往年の警視庁名捜査課長江口刑事課長はこの種犯罪の根本的解決をすべく人知れぬ苦心と研究を続けていた。元来ハルビンではこの種誘拐が頻発し、タラセンコ、コフマン、セレリらいずれも指折りの富豪連がむごたらしい犠牲となっているが、当局ではカスペ事件も必ずこれらの事件と不可分の関係にあるものとの見込をつけ大規模の捜査網をひろげ着々捜査を進めた結果、十月初旬にいたりかつて白系露人避難民救済会の委員をつとめ、現在白系露人ファシストに加盟しているイワノフという男を検挙取調べの結果、果して彼はセレリ事件に関係あることを自供したが、ハルビンのビール王コフマン惨殺事件と今回のカスペ事件とは何ら関係ないと否定した。

しかしイワノフの取調べから口が割れていずれも避難民救済会委員であるシャミダル、アルシブフらを芋蔓的に検挙して厳重追窮の結果、いずれも彼らがタラセンコ、コフマン、セレリ事件の重要役割を演じていたという驚くべき新事実が判明した。尤もこれら三人はいずれもカスペ事件に関知しない旨を誓言したが、当局では犯人は必ず彼ら一味に関係あるものと目星をつけ非常な苦心を重ね探査を進めた末、大規模な誘拐団の全貌が次第に明かとなり、ついにある種の確証を得て直に犯人逮捕の手配をしたが、すでにこのとき彼らは風を喰って逃走しハルビンにはいなかった

そこで沿線各地に手配中、十一月に入って犯人の一味コミサレンコを東部線一面坡において逮捕し取調べの結果、コフマン、セレリ両事件のほか大小無数の誘拐事件に関係する

とともに、カスペ事件の重要犯人の一味であることおよびセミチャ、キリチェンコ、ガロシコほか四名合計八名の連類者の名前を自白した。そのうちキリチェンコ、ガロシコの両名が時々ハルビンまで出て来ては連絡していることを知り手配中、十一月二十七日ハルビン警察庁飯田、山立両氏、ロシア人巡警四名および中村通訳は午後五時過ぎ武装ものものしく決死的覚悟で二人の会合場所を襲った。さすが、兇暴なガロシコも突嗟のこととて手にせる爆弾を投げるいとまもなく二挺のモーゼルを以て、またキリチェンコも拳銃をもって抵抗し数十分間花火を散らして物凄い射撃戦を展開したが、ギャング共は遂に弾丸が尽きガロシロだけはその場に倒すことが出来たが、キリチェンコは数個所に弾丸を受けながら折柄の夕闇にまぎれ何れかに逃走、また他の六名はいずれも沿線その他で縛につきハルビン警察庁は数ヶ月振りに凱歌をあげた。

犯人等の自白によれば、一味はカスペを誘拐すると共に直に旧ハルビンから東部線の二双店子に遁れ、同地で仮小屋を設けて人質カスペを監禁し、大カスペに対し多額の身代金を吹かけては脅迫をつづけていた。ところが案外これが纏らず当局の探査は日増しに厳重になり、一方次第に金にも窮し、聊かもてあまし気味の躁燥を感じていたが、十月下旬危険を感じまたまた二双店子を捨てて各地を彷徨していたが、やけ気味となったギャング団はついに解散を決意しその血祭りとして十一月二十四日招鱗駅を距る南方四千メートルの高地でこの薄倖の音楽家の頭のピストルを狙い一命を奪ったものである。

ハルビン警察庁　現在は東北烈士記念館

『カスペ事件をめぐる在ハルビン・ロシア人社会と日本』（中島毅）に基づくと、事件の経過は次のようなものである。

一九三三年

八月二四日深夜　セミョーン・カスベ、三人の女友達と食事をしたのち彼女らを自動車で家に送り届ける途中、埠頭区ペカルナヤ通りのリディア・シャピロの自宅近くで車ごと誘拐された。誘拐犯は運転手とシャピロを解放し、父ヨシフ・カスペに対して身代金三十万円を要求した。

ハルビン警察庁、捜査開始。フランス領事館、ロシア人探偵を雇い、副領事アルベール・シャンボンの指揮下で捜査を開始。

九月二八日　誘拐犯はセミョーンの耳を切り取って脅迫状とともに父親に送りつけ、身代金を支払わなければさらに手の指を切り取って送ると脅迫した。

十月一四日　ハルビン警察庁、コミサレンコを逮捕。一ヶ月後に釈放、フランス領事館が逮捕。
十一月一七日　ハルビン警察庁・ハルビン憲兵隊、フランス領事館探偵が犯行グループの潜伏先を捜索。
十一月二三日　主犯格ニキフォル・キリチェンコが身代金交渉を行うが、決裂。
十一月二四日　キリチェンコ、セミョーン・カスペを殺害。
十一月二八日　フランス領事館探偵、キリチェンコの弟ゲオルギーを逮捕。
十一月二九日　ハルビン警察庁の警官、憲兵隊の憲兵ら総勢十六人が犯行グループの待ち合わせ場所を急襲、銃撃戦となる。犯人の一人コンスタンチン・ガルシコが射殺され、キリチェンコは逃走。
十二月三日　セミョーンの遺体、ハルビン南東五十キロの中東鉄道東部線小領駅南方の山中で発見された、と公式発表。
十二月一八日　キリチェンコ、ハイラル東方五十五キロの中東鉄道西部線札羅木特駅で、中東鉄道路警処警官が逮捕。
一九三四年
十一月　ハルビン警察庁、書類をハルビン検察庁に送致。
一九三五年
六月―十二月　ハルビン地方法院で裁判。

ハルビン地方法院

一九三六年

二月—六月　ハルビン地方法院で裁判。

六月一三日　ハルビン地方法院、マルティノフ、シャンダリ、キリチェンコ、ザイツェフの四人に死刑、コミサレンコとベズルチコに無期を言い渡す。

六月二三日　ハルビン高等法院、再審を命じる。

一九三七年

一月一一日　ハルビン高等法院、再審を開始。

一月二九日　ハルビン高等法院、原判決を覆し、無期または七年以上に属する重罪であるが、一九三四年の満州国帝政施行時の大赦令に該当するとの判決を下して、被告全員が釈放。

第十三章　新しい「上官」

金　容易ではないが早い

けれども、誘拐は満州を搾取する大事業においては副業でしかなかった。

何よりも「日本商品を売らねばならない！」

満州国のどの商店も日本製商品を取り扱うように強制された。日本の大輸入商は日本商品の大量の委託販売品をすべての商店に引き渡し、それらのために領収書を受け取る。週に一度、代表がやって来て、売上を検査する。もし日本商品の売上がなかったり、売上が少なすぎると、日本の憲兵隊が加担して、その店を閉める。

このように「日本商品を売らねばならない」のは中国人やロシア人の店ばかりでなく、米国人、英国人、フランスの店でも同じである。国籍に違いはない。「日本商品を売らねばならない！」。もし「日本商品を売らねばならない」とすると、他の商品の販売は防がなくてはならない。日本の政策はそのようなものであった。つまり公正な競争の原則をすべて無視する政策である。日本人は「満州国」の税関を完全に支配して、外国商品が輸入されるのを全力で防いだ。また、そうした制限にもかかわらず輸入されたものは、台無しにしようとした。果てしない遅延や困難の後、外国商品が税関倉庫から出されたときには、それらは売り物にならないか、ひどく傷んでいた。もしそれがワインならボトルが壊れていた。もし織物なら染みがついていた。機械は使えなくされていた。缶詰は穴があいていた。樽からは栓が外されていた。袋は裂けていた。などなど。

「秋林商会」（訳注）は満州全土に百貨店を持つ大きなロシアの大商社で、香港上海銀行の支配下にあり、同銀行に五百万ドルの負債があった。そのために秋林の店にはすべて英国旗が翻っていた。

訳注：一八六七年にロシア・ニコライエフスクにI・I・チューリンが創業したチューリン商会は、一九〇〇年にハルビンに支店を設け、秋林洋行と称した。チューリンの死後は、カシヤノフが経営を引き継ぎ、一九〇二年にハルビンに百貨店を開業した。ロシア革命でチューリン商会は経営危機に陥り、一九一八年に本社をハルビンに移した。満洲事変後、経営危機に陥り、一九三七年に香港上海銀行に勤めていたドイツ人ヒュートラーが社長となり、経営を立て直して、満州最大の百貨店となった。戦後は

秋林百貨店

ソ連の経営となり、一九五三年に中国が買収した。現在も秋林公司の名前で百貨店を営業する。

これは日本人には気に入らないことであったが、香港上海銀行に対しては何もできなかった。それでも、そのような有力な営利団体を破綻させるために、何かしなければならなかった。そこで……彼らは会社の社長カシヤノフ氏、三人の主要株主のカチャエフ氏、バビンソフ氏、サーマノフ氏、それにかれらの夫人たちを逮捕した。八人は大きな刑務所の地下室に入れられた。そこには最悪の種類の犯罪者が入れられていた。彼らは、日本側が科した条件を受け入れるまで、繰り返し殴られ、拷問にかけられた。

ハルビンには英語新聞が二紙あった。その一つはハルビン・ヘラルドで、英国人ジャーナリストのレノックス・シンプソンが編集していた。彼は「プットナム・ウィール」としてよく知られた故B・レノックス・シンプソンの弟である。彼は日本の横暴な行為を批判したため、新聞の発行を停止され、活字と印刷機は全部没収された。レノックス・シンプソン氏は満州国から追放された。彼は大連に行き、賠償を求める手続きを始めた。彼の事件は議会の上院に提起された。英国は日本に抗議したが、無駄な結果に終わった。日本は賠償には同意せず、レノックス・シンプソン氏はまだ大連にいる。

ハルビンのもう一つの英語新聞、ハルビン・オブザーバーはB・ヘイトン・フリート氏によって編集されていた。彼は発行を続けるためにあらゆることをやった。彼はオブザーバーに日本人を非難する記事が現れることは許さなかったにもかかわらず、それは何の役にも立たなかった。何度も彼は軍司令部呼び出され、脅され、侮辱され、不買運動を起こされた。しかし、何があっても彼は頑張り続け、発行を続けた。最後には、騒ぎを起こすことなく、全部やめるために、彼は満州国を去った。彼は今、上海でフリート通信社を運営している。

日本人は国際連盟の決定には関心がないといたるところで言いふらしていたが、連盟の最終的な判断が公表されると彼らは非常に憤激した。彼らは、どうして文明世界全体が一致して自分たちを侵略者だと宣言したのか理解できなかった。どのようにしてそのようなことが可能なのか？　自分たちの国は神の国ではないのか？　……サムライの国……神聖な天皇の国……？

どうして世界は自分たちを非難するのか？

日本人のものの考え方にとって、これは信じられない不可解なことであった。しかも、何よりもイライラさせたことが一つあった。それは彼らの骨折り、つまり調査団を欺こうとした大変な準備、大変な量の偽装と舞台装置、数千人を逮捕したこと、数千人の警察官をあらゆるところに配置したことが骨折り損となり、無駄なものとなったと考えることであった。

調査団は結局、利口な日本人のごまかしを見破ったのである。これらの「老婦人」――彼らは調査団のメンバーをそう呼んだ――は千五百通以上の抗議と糾弾の手紙を受け取ったばかりでなく、数千人の日本の警察官の鼻先で、あらゆる人々と面会することに成功していた。馬鹿な英国人――日本人は彼らに深い軽蔑を抱いている――よりずっと賢いと信じる、誇り高い日本の知性にとって、これは耐え難い屈辱だった。

リットン調査団は、日本は侵略者であると宣言したばかりでなく、世界の眼前で日本が実際、何者であるか、つまり詐欺師でペテン師であることを暴露した。これは彼らを筆舌に尽くし難いほど苛つかせた。彼らは天照大神、太陽の神の直系の子孫である。世界の劣った諸国民の前で公然と侵略者、偽造者、詐欺師と宣告されることは、広範なハラキリを引き起こすのに十分であった。連盟委員会委員やリットン卿、英国、ユダヤ人、フリーメイソンに浴びせられた日本人の罵りや呪い量は、地獄の亡者たちのかなり大きい図書館にあるすべての本を満たすほどであった。

国際連盟への調査団報告が公表された翌日、私が上官の事務所に行くと、彼は私の頭の先から足の先まで見て言った。「連盟の報告は読んだか？」と尋ねた。

私は読んだと答えた。

「もし君が本当にそれを読んだなら」と彼は言った。「そしてもし君がそれがわれわれに何を意味するのか理解するのなら、君は自殺すべきだ。帰っていい……何も言うことはない」。

私は外へ出た。自殺は重大なことだと思った。人は毎日自殺はしない。それは適切に行われなければならない。日本式はハラキリで自殺する。イタリアは頭に銃弾を撃ち込む。中国人は毒を飲む。私は生まれはイタリア人で、帰化した中国人で、日本人のために働いている。この世界から次の世界へ去っていく方法を考えなくてはならなかった。

私は二日間、上官から離れていた。心安やかに自殺を考えていた。彼も私を呼び出さなかった。三日目の朝、緊急の呼び出しを受けた。彼の呼び出しは、どういうわけかいつも緊急であった。事務室に入ると、彼の他にもう一人日本人がいた。上官は暖かく握手して、私に座るように言った。それから彼は言った。

「ヴェスパ君、私は日本に呼び戻されて、明日出発する。今後は、この紳士が君の上官になる。君の仕事と君の長所は話してある。君は仕事を続けることができるし、多分、私が残っているよりも良い仕事をするだろう」

新しい上官と私は数回丁寧なお辞儀をした。彼は五十歳ぐらいに見えた。本当のモンゴル型で、もじゃもじゃの口髭をしていた。総じて不愉快な顔つきではなかった。

裏声のロシア語で彼は言った。

「ヴェスタ君、私の思い違いでなければ、われわれは以前、会ったことがあります……一九一八年、シベリアのイルクーツクです。君はイギリス人のスティーブン少佐とカナダ人のウェッブ大尉と一緒だった」

彼の言う事実は正しかったが、正直言うとそのとき彼に会ったことは覚えていなかった。

「明日午前十時に来てくれ。今は別の工作員に会うことになっている」

彼がそう言ったので、私の前の上官は庭の門まで私に付き添ってきて、私の仕事に深く感謝していることと、私の将来の幸運を約束した……「私は新しい上官に君のことをよく言っておいた。彼はきっと君を好きになる……では、さようなら、私についてよい思い出を持って欲しい」。

私は保証した。そして握手した。

私の新しい上官が翌日私に語ったことは次のようなものであった。

「リットン調査団の報告のために、多くの将校がその地位を失うことになった。君の前の上官もその中の一人だ。北満の日本の諜報機関の指揮権を担うことになって、私は多くの主な工作員を解職して、良い仕事をすると私が希望する何人かを留任させた。君はその中の一人だ。君に対する私の信頼が間違っていないことを希望する。これから言うことを気を付けて聞くように。
国際連盟の裁定について、調査団が数千通の手紙を受け取り、数百回の聞き取りをするのを阻止しなかった満州の日本当局のせいにする人々が東京にはたくさんいる。私はそうは思わない。リットン調査団が手紙を一通も受け取らず、一つの聞き取りもしなかったとしても、決定は同じ日本に不利なものであったであろう。連盟はフリーメイソンとユダヤ主義によって組織され、運営され、支持されている。そしてフランスとイギリスによって……それは同じことを意味する。連盟の決定をするのはユダヤ人とフリーメイソンである。他の誰でもない。連盟はその決定をした……われわれはわれわれ自身の決定をする。ここに私の計画がある。

今日から、ユダヤ人、フリーメイソン、彼らに同情する者たちは誰でも、満州国では一瞬なりとも平安でいることは許されない。われわれは彼らの生活をできるだけ惨めなものにしなければならない。われわれは休息を与えることなく、彼らを間接的に苦しめ、悩ませ、屈辱を与えなければならない。われわれはそれらの悪党に、われわれ日本人は反撃し、強打できることを示さなければならない。私はわれわれのロシア語新聞二紙にユダヤ人、フリーメイソン支部、ユダヤ人・フリーメイソン組織であるＹＭＣＡに対する容赦ないキャンペーンを明日から始めるよう命令した。金持ちのユダヤ人を毎日のように誘拐し、金を支払わせなければならない。私の前任者が要求したような少額ではなく、大金を支払わせなければならない。フリーメイソン支部とＹＭＣＡは閉鎖せねばならない。満州国はこれらの卑劣な悪党に親切すぎる……たとえ彼らが共産主義に与していなくても、それは同じである……今から戦争だ……そして寛大な処置を与えてはならない……影という中国人はどこにいる？」

「彼は五百人の部下とともに黒龍地区にいます」

「そこで何をしている？」

「数日のうちに到着する六百五十人の日本人入植者が入れる場所を空けるために、四つの中国人の村を掃蕩しています」

「彼はそこにどのくらいいるのか？」

「二週間です」

「二週間？　……数百人のみすぼらしい中国人を追い払うのに、二週間もかかっているのか？そんな仕事なら二日で十分だ。電報を打って、部下のことは副官にまかせて、部下五十人を連れてハルビンへ来いと言ってやれ」

はたして、翌日ハルビンスコエ・ウレーミアとナーシ・プーチはフリーメイソン支部、ユダヤ人、ＹＭＣＡに対する誹謗キャンペーンを開始した。彼らがＹＭＣＡに対して書いた破廉恥な行為は筆舌に尽くしがたい。ＹＭＣＡは当時、ハーグ氏の有能な指導下にあった。彼は米国人で、それを一流の教育機関にするために十五年間努力してきた。小学校から始め、この著名な校長はやがて高等学校、次に工学部、理学部、文学部を有する大学を加えることに成功した。もちろん、これはすべてスポーツ分野でのＹＭＣＡの正規の活動の延長で、ＹＭＣＡを他の組織の中で抜きん出たものにした。

ハーグ夫妻は誰からも愛され、尊敬された。彼らはどこででも、ハルビンだけでなく全満州で歓迎された。しかし、最もむかつく侮辱がこの立派な夫妻に浴びせかけられた。ＹＭＣＡの学生はこの同じ新聞に、犯罪の傾向があるとか、麻薬依存症だとか、女学生はほとんど売春婦だとか非難された。

日本人の手先の新聞ナーシ・プーチの日本人の手先の編集者ロザエフスキーは、彼の非難がＹＭＣＡ会員には何の効果も及ぼしていないことを知ると、暴力に頼った。数人の学生がファシスト党員に襲撃され、数人の若い女学生が公然と暴行を加えられた。

これは二年間続いた。しかし、日本の憲兵隊に支持された悪党たちに対してハーグ氏は何ができたであろうか？　恐怖にかられた青年たちは、次第にＹＭＣＡに学校と大学に行かなくなった。ハーグ氏は一九三五年、退去せざるを得なくなった。ＹＭＣＡはまだハルビンにあるが、日本化されて以前の十分の一の学生もいない。

ハルビン・フリーメイソン支部の会員の八割は外国人である。英国人、米国人、数人のデンマーク人、五、六人のロシア人である。日本人が支配している同じ新聞二紙は、彼らに集中的な誹謗キャンペーンを行った。フリーメイソンの支部長ネヴィル氏は英国人で七十歳以上であった。ハルビンでは誰からも尊敬されていた。彼と支部に属していた彼の息子はひどい攻撃を受けた。ロシア人のフリーメイソン会員は、考え得るあらゆる方法で侮辱され、脅されて、ついには会合に出られないようにされた。

ＹＭＣＡとフリーメイソン支部に対する攻撃は嫌悪すべきもので卑劣なものであったが、日本人の破廉恥な行為はユダヤ人組織とシナゴーグに対する攻撃でその頂点に達した。

満州のユダヤ教団会長のカウフマン博士は、極めて教養のある学者でユダヤ教徒にも、その他の人々からも愛された。彼は日本人が所有する二つの新聞に何ヶ月も毎日のように攻撃された。彼はしばしば日本人に雇われたロシア人に街頭で襲われた。私の新しい上官は、二人のロシア人に夜に出かけさせ、二つのシナゴーグのすべての窓を叩き割らせた。窓ガラスが取り替えられるたびに、石とレンガで壊され、最後には修理は諦めなくてはならなかった。礼拝は零下三十度のなか、窓が壊れたままで行わねばならなかった。

影が来ると、彼と五十人の部下はハルビンに滞在した。彼の仕事は高額の身代金のために金持ちの中国人を誘拐することであった。残りの部下は二つのグループに分かれ、一つはハルビン・ポグラニチニ線で仕事をした。彼らはそこで常に列車を襲撃して、ソ連製品がウラジオストク経由で輸出されるのを阻止した。他のグループは依欄《いらん》（吉林省）の北の地域で活動し、中国人を脅して肥沃な土地を放棄させて、日本人入植者が入る余地を作った。二十万エーカー以上の肥沃な土地が、権利証書が不完全だという口実で中国人の所有者から没収された。

戦って抵抗せずに土地を手放した中国人には一エーカーにつき一ドル支払われたが、申し出を拒否した者は日本人匪賊によって追い払われた。

しかし匪賊の仕事はいつも容易とは限らなかった。一九三四年三月、彼らは土論山地域の中国人農民を立ち退かせるよう命令された。農民たちは大軍勢の非正規軍によって増強され、彼らを待ち受けていた。激しい戦いは匪賊に非常に不利になって、百人以上の死者を残して敗走した。

日本軍司令部はそうしたことを好まなかった。彼らは依蘭佳木斯《ジャムス》の守備隊を担当している大佐に対し、土論山へ一個中隊の兵を派遣し、そこの守備隊とともに中国人反抗者たちを撃滅するよう命令した。しかし土論山の守備隊は満州人で構成され、李岳春という名前の中国人が指揮をとっていた。日本人大佐が日本人兵士の中隊とともに到着すると、「満州国」守備隊の全部が農民の側についていた。彼と部下は撃滅されてしまった。

一ヶ月後、日本の飛行機十機が三つの村を二日間爆撃し、これを廃墟にしてしまった。その後、日本軍がやって来て、彼らの後に……日本人入植者がやって来た。

これらの入植者……彼らはどんな連中だったのか?

日本の参謀部によると、彼らは道徳的にも身体的にも優良なために選ばれ、二年間は独身生活をおくることを正式に約束した。立派な模範的青年だと思われるであろう。実際には、彼らと一緒に住んでいる人々は、彼らを追い出した方が幸せであった。彼らの中で農民と言えるのは少数で、それらの者も大豆や高粱、落花生、その他の現地の作物の栽培法について何も知らなかった。彼らの収穫はごくわずかか、ほとんどなかった……しかし、それがどんな違いをつくったのか？　立派な作物を持った中国人農民がまだいたのだ……彼らの納屋が襲撃されても、憲兵隊や日本兵がいても見て見ぬふりをするか、運搬を守ることに加担しさえした。数百人の中国人農民の作物全部が日本人入植者に盗まれた。畑の作物を盗むだけでは満足せずに、彼らは若い女性たちを連れ去った。

一部の日本人農民は、おそらく中国人の農地を襲って身の危険にさらすのを恐れて、中国人家族全員を彼らから奪った農地で働かせた。そうした場合、支払われた報酬はやっと暮らしていける食料だけであった。作物の全部と女性たちは日本人の地主のものであった。


一九三五年十月二十六日、憲兵隊の井上少佐と司法部の磯辺大尉、それに私は二十人の兵士をともなって、大東溝地区で殺された七人の日本人入植者の事件を調査に行った。いつものように、証拠は見つからなかった。少佐は村を爆撃させると約束した。

帰り道、葡萄棚近くに来たとき、四十人から四十五人の中国人の男女、子どもたちと出会った。彼らは八人の日本人憲兵と数人の日本人「農民」に護送されていた。井上少佐は彼らを止め、何者なのか尋ねた。リーダーらしい一人の日本人が、彼らは彼の農場で働いている者で、二日前に逃げ出した者だと静かに答えた。憲兵が捜索し、彼らを発見し、農場へ戻る途中だとも答えた。逃亡者たちは見るも哀れな姿であった。彼らの多くは残酷に殴られたことが見て取れた。彼らの顔や手には、ほこりまみれの血が乾いて付いているのが見えた。井上少佐は何も言わなかった。少しも驚いたようでもなかったし、まして同情しているようでもなかった。神の子……サムライに搾取される獣でないとしたら、中国人は一体何者なのか?

しかし、逮捕、拷問、暗殺、破壊、没収、誘拐、討伐、虐殺にもかかわらず、満州はすべての日本人にとって完全な幻滅になりつつあった。軍部、一般市民、金持ち、貧乏人にとって失望であった。満州は蜃気楼であった。それは重荷になりつつあった。莫大な価値ある財産が負債になりつつあった。日本人は中国人を殺し、村から追い出した。だが彼らは、村は中国人のおかげで繁栄しているのであって、中国人が村のおかげで繁栄しているのではないという事実を忘れていた。自分自身のために働いている中国人の作物は、死の罰のもとで働かされている中国人の作物とは非常に違った。山東から毎年やって来る数十万人の入植者の流入が完全に止まった。事実、反対のことが起きていた。筆舌に尽くしがたい略奪行為により、数十万人の中国人農民が中国へ戻っていった。鉱業全体もその結果、苦境に陥った。すべては次のように要約できる。「なぜ働くのか。日本人に奪われるためにか?」。

しかし、軍事費が一番の重荷であった。日本人はこの点に関して非常に失望した。日本人は、一年間の占領の後、満州の秩序を維持するには二個師団と憲兵隊で十分であろうと計算した。非正規軍と匪賊は数ヶ月で掃蕩できると考えた。ソ連軍部隊は、日本の軍事的示威行為が終わったら、前線から退くだろうと考えた。今や、何もかも目算が狂った。希望通りには何一つ実現しなかった。おいしい水分の多いあめ玉は、乾いた苦いりんごであることがわかった。六年を経た現在も、数多くの師団や数万人の警察官がいるにもかかわらず、満州には以前よりも多くの非正規軍と匪賊がいて、日本のものは何でも攻撃して悩ませている。それで、日本人に極めて大切な大連へ通じる南満州鉄道でさえ今日、しばしば攻撃を受ける。

ソ連政府については、彼らは三十万に近い現代装備をした精鋭部隊を国境近くに配備している。このため、彼らに対峙するために日本は少なくとも二十五万の兵士を維持せざるを得なくなっている。

このような重い経費がどれほど日本を苛立たせているかは、南将軍（訳注）がハイラルで将校たちの会合でした次のような演説からたやすく理解できる。

訳注：南次郎。参謀次長，朝鮮軍司令官などを経て一九三〇年大将に昇進。一九三一年第二次若槻礼次郎内閣の陸相、対満州政策で強硬論を主張した。一九三四年、関東軍司令官兼在満州国大使。一九三六年、朝鮮総督。敗戦後、東京裁判でA級戦犯として終身禁錮刑の判決を受ける。一九五四年、病気のため仮出獄したが、翌年死去。

「諸君は警告あらば直ちにいかなる事態にも対処する万全の準備をしていなくてはならない。現在の事態が継続するようなことがあってはならない。日本はソ連に対峙する大きな軍隊を維持するためにのみ毎年数百万円を使い続けることはできない。不可侵条約を調印しなければならない。ソ連軍は撤退するに違いない。そうでなければわれわれ自身の武力で彼らを追い返すことを余儀なくされるであろう」

金　汚い、いつも血がついているわけではないが

私の新しい上官は、既に述べたように大変物静かで穏やかで、平和を愛する型の人物のように見えた。彼は決して攻撃的な言葉や無礼な言葉を発したことはなかった。誰かを叱るときや所見を述べるときでさえ、彼は善良な牧師が信徒集団の一員に話すような静かで説得するような口調で語った……しかし、一つだけ彼が頑固に主張したことがあった。それは金であった……もっと儲けろ……もっと金を集めろ……何が何でもたくさんの金を。「日本は貧しい、大変に貧しい」と彼は口癖のように言っていた。「われわれの最初の任務は、莫大な軍事費の重荷を軽くすることだ。われわれは何百万円も使うために満州を取ったのではない。われわれの費用、占領軍のあらゆる費用は、満州の人間が負担しなければならない」

金を儲けろ！　……もっと金を！　金になる仕事を増やせ……独占を増やせ……もっと逮捕しろ……誘拐で忙しくなれ……もっと誘拐を……もっとたくさん身代金を……金……金……金……日本軍は金が要る……憲兵隊将校はポケットをもっとはやく肥やさなければならない……

警察は現金が必要だ、たくさんの現金、たくさんの現金……さあみんな、仕事に取りかかれ！！
そして彼らは仕事に取りかかった。誘拐が余りに多くなって、満州の主な中心街は不安と恐怖の暗い影に包まれた。そうした犯罪は全部、匪賊のせいだと巧妙に撒き散らされた話に耳を傾ける人は今やいなかった。人々はそんな話を信じなかった。日本当局が真の誘拐犯だと知っていた。

最初は小声でささやかれていた抗議や非難は今では大声で公然と発せられた。特に外国人の間では、正面切っての日本人のせいにされた。日本人はそうした残虐行為のすべてに責任があった。名前が語られ、憲兵隊と警察が誘拐の被害者を監禁していた場所も公然と知れ渡り、指摘された。ハルビンの領事団は特別会合を何度も開き、そこでは誘拐と独占が議論され、日本当局の共謀の証拠書類が一部の領事から提出された。

夫が一ヶ月以上前に誘拐された中国人女性は、夫の解放のために警察本部に行く途中、一人の警部補と出会ったが、それは身代金を要求しに彼女の家に来た人物だとわかった。

チチハルで一九三三年一月八日、数人の匪賊が金持ちの中国人の家に押し入り、夫妻と召使いたちを縛り上げ、金庫を開けようとしていた。その時、警備員が庭から発砲し、強盗のうち二人が死亡、他は逃げた。二人の死者は、憲兵隊に雇われたロシア人と日本人の「通訳」であることがわかった。

私の義務であったので、私は外国人の間で広がっている動揺や噂に関して上官に報告した。

彼は世間のおしゃべりには全然興味がないと平然と答えた。もし外国人が満州国で幸福でなく満足していないなら、出ていけばいいと言った。

けれども、数ヶ月たって民衆の憤りは激しくなり、上官でさえも気付き始めた。東京から指示が来たようであった……このような恐ろしい噂は止めなければならない。

上官は警察組織の長を秘密会議に召集して、情勢が議論され、対策が決まった。

二日後、刑事警察長官は次のような布告を新聞全紙に発表した。

「このところハルビンとその周辺を恐怖に陥れていた誘拐犯をわれわれは、ついに突き止めた。彼らは悪名高い二人の犯罪者ヴァレスキーとマンドリカである。警察は彼らを追跡している。彼らを捕らえ、裁判にかけるのは、数日おそらく数時間の問題である」

この「驚くべきニュース」を公表した後の数日間、刑事警察は新聞に多くの人々を誘拐したこの二人の「人間狼」、「残忍な匪賊」が犯したさまざまな恐ろしい犯罪に関する多くの事実と詳細を提供した。どの記事も、これらの恐ろしい犯罪者は間もなく刑務所に入れられるであろうという文章で締めくくられていた。

こうした単純で巧妙な日本のでっち上げが、知性のある大衆に良い印象を与えたであろうか？　まったくなかった。誰もが煙幕を見抜いた。「どんな種類の喜劇を彼らは演じようとしているのか？」と人々は尋ねた。彼らが尋ねたのは、ヴァレスキーは盗みのために三年の刑に服して最近釈放されたばかりで、彼については「残忍な犯罪者」ではまったくなかったからである。その上、三年間を刑務所で暮らしていたなら、どうやってそれらの誘拐を行うことができたのか？

これらの日本人は賢い！

マンドリカについては？　……彼は普通のスリにすぎないのではないか？　その通り！

……この喜劇は一体何なのか？　……その答えは間もなくわかった。

ある日の午後、ハルビンの全新聞は号外を出した。恐るべき残忍な二人のお尋ね者、ヴァレスキーとマンドリカが、ハルビン郊外のサマナヤ・ガラドクにある小さな家で警察に急襲され、激しい戦いが続いた。その間、自動拳銃から百五十発以上が発射され、二人のならず者は法の代表者によって殺された、というものであった。

数日間にわたって再び新聞は、激しい戦い、警察官の勇敢な行動、匪賊の隠れ家で見つかったおびただしい量の武器弾薬についての詳細な記事であふれた……ハルビンと北満洲はもう一安心できる……恐ろしい脅威は消え去った……警察の卓越した勇気のおかげで、二人の危険な誘拐犯は死んだ。

私の上官と東京の間で、東京と長春の間で祝電が交換された。さまざまな警察の長官同士の間で祝電が交換された……勇敢な警察官を誉めたたえるために大宴会が開かれた……賞金と昇進……喜劇に続く喜劇。

その通り！　日本人は非常に頭が良い！

そして実際には次のようなことが起きた。

多くの誘拐の張本人だと告発された最初の記事が出るのとほとんど時を同じくして、ヴァレスキーとマンドリカは刑事警察の警部補からしばらくハルビンを出て、サマナヤ・ガラドク（ここで彼らは殺された）で潔白が証明されるまで、身を隠しているように忠告された。可哀そうな二人の愚か者は罠にかかり、窓から射ち込まれた機関銃で殺されてしまった。彼らは武装しておらず、自身を守る機会はまったくなかった。発砲されたとき、彼らはパンとソーセージで昼食をとっていた。ヴァレスキーは胸に三十一発、マンドリカは背中に十九発受けていた。私はこの行為を目撃し、その後、死体を見た。

ハルビンと満州は、比較的無害な二人の暗殺の背後にある警察の動機を完全に理解した。人々が誘拐を話題にし、議論し続けるので、私の上官は検閲局に誘拐に関するすべてのニュースを新聞から削除させるように命令し、警察はそのようなことを議論したり、話している者を見つけたら逮捕するように命じられた。

これらの命令は実行された。しかし、それにもかかわらず、誘拐はますますひどくなり、被害者の一部は永久に姿を消してしまったので、誘拐は以前より私的で内緒話の主な話題となった。

一九三三年四月八日、百万長者で以前、私の最初の上官の命令で誘拐されたことがある老徐邦基将軍が再び私の新しい上官の命令で誘拐された。自由になるために五十万ドル支払わなくてはならなかった。取引は六時間以内にされた。私はその仲介人であった。

六月上旬、金持ちのユダヤ人、チャポウェスキー氏が誘拐された。彼は三週間、恐ろしい拷問にもかかわらず、憲兵隊が要求した金の支払いを知人に求めた手紙に署名することも書くことも拒否した。結局、彼の決心を変えることはできないことを悟った憲兵隊は、ある夜、彼を二人のロシア人工作員に引き渡した。二人は彼をハルビン近くのピトミーへ連れて行き、殺害して埋めた。

けれども、憲兵隊は無力な未亡人に近づき、憲兵隊がチャポウェスキー氏の銀行預金から金を引き出すことができるよう、彼女に委任状に署名させた。銀行はチャポウェスキー氏が死んだという証拠がないという理由で支払いを拒否した。銀行は、一時的に失跡しても後に出てくる人もいると言った。

しかし、日本の憲兵隊は一旦、金を得ようとしたら決して諦めない。銀行がチャポウェスキー氏が死んでいるという証拠が欲しいのなら……よろしい……そんなことは簡単に解決できる。彼らは死体を掘り出して、頭部を切り落とさせて、川の近くのあらかじめ用意して置いたところに置かせた。そこで、もちろん……もちろん、憲兵隊の工作員が翌朝それを発見した。

この証拠を考慮して、銀行は金を支払わざるを得なかった。憲兵隊はその半分を取った。

その年——一九三三年——六月中旬、上官は私を通じて影に対して、モンゴルへ遠征して、七人のモンゴルの族長を捕まえてくるように命令した。その中には二人の公王も含まれていた。七月九日、影はモンゴルの十五人の族長を連れて帰ってきた。彼らは三週間、監禁された。交渉で通訳を務めていた中国人の話では、日本軍司令部は三百万ドルの身代金をゆすり取った。影は特別手当として五万ドルを得た。

けれども、私が最も熱望していたことの一つが一九三六年六月十六日に達成された。影は彼の部下全員とともに列車を止めて、日本人の兵士二十一人と将校二人を殺害した。ハルビンの満州国銀行からチチハル支店へ送っていた三十万ドルを奪い、日本人から独立すると宣言した。

金　独占の中の独占

日本軍の占領当初、最初の「顧問」や「通訳」は全員、急いで任命された。恐喝者のいかさま集団が一人残らずたちまち金持ちになっていくのがわかったため、事態は一変した。日本軍当局はそのような千載一遇のチャンスを逃すはずはなかった。そこで「顧問」や「通訳」のポストは、そのポストに最も多くの金を提供した者だけに与えられることになった。

ニコライ・ニコラエヴィチ・八木は、ギリシャ正教を「受け入れた」男で、中央警察局の初代「高級顧問」であった。彼はその仕事につく特権のために日本の特務機関に五万ドルを支払った。二年のうちに八木はいくつかの高価な財産の所有者となり、三十万ドル以上を銀行に預金していた。

一番多くの金がもたらされる仕事は、刑事警察の「高級顧問」であった。三年間その地位を占めた江口（訳注）という日本人は、その地位に留まるために、日本軍当局に毎年十万ドルを支払っていたのにかかわらず、莫大な財産を蓄えた。

訳注：江口治。ハルビン警察庁刑事科長。元警視庁捜査課長。カスペ事件を捜査する。

小さな警察署の通訳は、その地位のために年三千ドルから五千ドルを支払った。日本人はあらゆる手段を尽くした。彼らはスパイ網を設け、誕生日や婚約、結婚式、祝宴、パーティーなどあらゆる種類の家族の再会や祝い事について通報させた。

「……許可なく十人以上の人々がここに？」……「許可なく懇親会……全員逮捕」。人々がトランプや麻雀をやっていると、彼らは逮捕される。……歌っていたら、秩序を乱したとして全員逮捕され、釈放されるためには重い罰金を支払わなくてはならなかった。

ハルビンの状況は余りに耐え難いものになったので、多くの人たちは接待するのをやめ、招待状は出されなくなった。

そこで日本の警察は人々から財産を強要する新たな方法をあみだした。これは「家屋番号詐欺」である。日本の警察当局はほとんど毎月のように、何らかの理由で家屋の番号を変更しなければならなくなった、と新聞に公告を出した。この馬鹿げたことは「満州国」全土で行われた。警察官は戸別訪問して、古い番号のプレートを取り外して別の番号のために一ドル徴収した。プレートは皆同じ鋳型で作られており、エナメルを塗った薄い鉄板であった。数セントの繰り返し使えるものであった。官製のけちな泥棒については、これくらいにしておこう。

冬の最後の月の間、松花江の氷を切って、ハルビンとその近郊で人々に売るのが何百人の勤勉な中国人の習慣であった。ハルビンではどの家も夏のために氷を貯えておく特別の氷室があった。当然、日本人が来るまでは、誰もが川に行って、欲しいだけの氷を自由に取ることができた。

一九三三年二月、ちょうど氷の切り取りと運搬が始まろうとしたとき、高橋というジャプが日本の特務機関を訪問して、「松花江氷専売」のために一万ドル払うと申し出た。特務機関は喜んで受け入れ、川を警備するため数人の日本兵を任命した。氷を取りたい者は百キロにつき五十セントを専売に払わなければならなかった。だが、もっといい詐欺があった。

磯田氏は企業心のある素晴らしいアイディアをいっぱい持った日本人であった。彼は玩具と漆器の店を持っていたが、十分な利益をもたらさなかった。それでそれを他の日本人に売ることにした。売却した翌日、彼は日本の特務機関に行き、「ハルビン煙突掃除独占会社」のために一万ドル払う用意があると言った。これは、独占権の所有者の「権利」を侵害せずに、何人といえども煙突掃除ができない、ということを意味した。いつもの通り、特務機関は提案を受け入れ、彼が自由に使える十人の憲兵を護衛と独占法の執行者として配置した。その日から、ハルビンではどの家でも次のような光景が起きた。

一人の日本人憲兵、一人の通訳、それに一人の中国人の労働者が玄関にやって来て、ノックするか呼鈴を鳴らす。

「家主にお目にかかりたい」

「どんなご用ですか?」

「煙突の掃除がしたいのです」

「煙突掃除? ……なぜですか? うちの煙突はきれいですよ……それに掃除が必要になったら、気に入った者に掃除させますよ」

「間違っています、ご主人。ハルビンでは『煙突掃除独占会社』以外は誰も煙突掃除はできないのです。そしてわれわれはその会社の者です。あなたはわれわれに煙突を掃除させるか、われわれが力ずくでそれをするかになります。その場合は、煙突掃除代金だけでなく、官憲に抵抗したことについても支払わなくてはなりません。憲兵がここにいるので、あなたが間違っていることははっきりしています」

「掃除代はいくらです?」

「二ドルです」

「よろしい、ここに二ドルあります。何もしないで帰って下さい」

三人は立ち去って、隣の家で同じことを繰り返す……バタンとドアが閉じられると、家主は辞書には見つけられない長い単語の列の悪態をつくである。

ハルビンで最も知られたペテン師の一人は山崎であった。彼は悪辣な目的で東方正教会に入った、まったく恥知らずの詐欺師であった。

ある日、彼は日本の特務機関の本部を訪れて、負債、借用証書、約束手形、その他あらゆる種類の債務の回収のための事務所を軍の協力を得て開きたいと言った。利益の二割五分を提供すると申し出た。取引が成立し、山崎はキタイスカヤ通り（中国名・中央大街）とモンゴーリスカヤ通り（現・西七道街）の角に事務所を開いた。

しかし山崎は他人のための回収に惑わされることはなかった。彼はどんな種類の債務でも、正しくても正しくなくても、期限が来ていてもいなくても、本物であろうと偽物であろうと、表面の日付にかかわらず、額面価格の二パーセントから五パーセントで買い取った。

そのような証書の法的な所有者になると、彼は全額と満州国の法律が許す月三パーセントか年三十六パーセントの利息を加えて取り立てを始めた。

憲兵隊の支援を受けて、山崎は家屋、店舗、土地、その他あらゆる財産を手に入れた。

ここに彼のやり方の一例がある。

ボーギンという名前のハルビンの有名な詐欺師が山崎に二万五千ドルの約束手形数通を合せて七百ドルで売った。一部は偽物で、一部は既に支払済みのもので、支払い期限が何年も前に過ぎているものもあった。その中にハルニク夫人という未亡人が三年前に署名した、ボーギンに支払われる二百ドルの手形があった。ハルニク夫人は利子をつけて全額支払っていたが、ボーギンは手形を失ったと主張して、返却を拒否した。その代り、彼は一通の文書を渡し、そこには全額受領され、債権を有しないと書かれてあった。

けれども、こうしたことはハルニク夫人には役に立たなかった。山崎は二百ドルの支払いを要求しただけでなく、手形の日付から三年間の月五パーセントの利息、回収費用を加えて合計八百四十五ドルを支払うように主張した。気の毒な未亡人は小さな家を所有していたので、山崎は彼女に対する債権を埋め合わせるためにその家を売らせる手続きを始めた。

ところが幸いにも、ハルニク夫人の娘がたまたま私の事務所に勤めていて、私に助けを求めた。私は上官のところに行って話をした。彼はその時たまたま機嫌がよく、その件に関わってみると約束した。

二日後、ハルニク夫人は山崎から、彼女が署名した手形の原本と全額の領収書を受け取った。これは私が正義の釣り合いをわずかに是正できた多くの件の一つに過ぎなかった。しかし、私が被害者と同様に無力であった事例は無数であったに違いない。

日本の特務機関が完全に支配していた組織がもう一つあった。特務機関はそのトップにロシアの立派な元将軍を据えた。この名目上の局長は、その地位を押しつけられ、実権は全然なかった。彼がすることは、日本人が彼の前に持って来る手紙に署名するだけであった。これは「白系露人事務局」(訳注)で、六つの部に分かれていて、その職員は全員ロシア人である。これらのロシア人従業員の性格について問われれば、どの満州の人も、日本人は彼らが全員、犯罪者、いかさま師、最悪のタイプの山師だから選んだのだ、と答えるであろう。

訳注：正式な名称は満州帝国ロシア亡命者問題事務局。ハルビン特務機関の指導下で亡命ロシア人に対する管理、統制を強化するために一九三四年十二月二十八日に設立された。ハルビン特務機関の秋草俊少佐の指示でコースチャ中村が組織化した。宣伝・文化・教育を担当する第二部の部長はコンスタンチン・ロザエフスキーであった。

「事務局」はすべてのロシア人亡命者だけでなく、満州国のあらゆるヨーロッパ人に独裁的な権力を行使する。

銀行、会社、法人、工場、商社、レストランなどすべて、「事務局」に「登録」しなければならない。「事務局」に登録していないと、人を雇うことはできないし、ましてや職を求めることはできない。

「検査員」の集団は「事務局」によって維持されている。彼らは定期的にすべての事業所を訪れ、従業員に「登録」カードの提示を求める。これを持っていなかった場合、即時仕事をやめるように命令される。結果は、日本の特務機関の金庫に金が流れ込むということである。なぜなら、労働者、店員、銀行や事務所の従業員は全員、どのようなタイプの事業と同じように税金と「事務局」へ料金を支払わなければならないからだ。

「事務局」は副業として、満州国全土で全国宝くじを運営している。

「事務局」のもう一つの重要で儲かる仕事は、ロシア人と中国人の間で日本の宣伝を行うこと、完全な諜報網を運営することである。この目的のために、「事務局」は満州と中国において、すべての主要な都市に事務所を持ち、そこでは情報機関が維持されている。多数の「事務局」の職員は全員、日本の憲兵隊の秘密の工作員である。

白系露人事務局設立式（1934 年）　ロザエフスキー（前列左から2番目）秋草俊少佐（前列右から3番目）「コースチャ中村」もこの中に写っているのではないかと思われる。

　北京、天津、漢口、上海に「事務局」の支部があった。それは日本のスパイの巣に他ならなかった。租界の行政、補助警察に雇用されている多くのロシア人は「事務局」に登録され、スパイをして給料は日本人から支払われていた。

　私が日本の諜報機関にいた四年半、私は「事務局」の工作員から中国について情報を定期的に入手していた。

天津と上海で、日本はそれぞれヴォスラドエニーとスローヴォというロシア語新聞を発行し、「事務局」の工作員によって編集されている。

さらに、「事務局」のもう一つの非常に重要な仕事は、武器を持つことができる若いロシア人を募集して訓練し、彼らを武装集団に組織することであったし、おそらくいまでもそうだ。武装集団は日本人の指示で、中ソ国境で「事件」を挑発し、国境線を越えて攻撃したり、略奪行為や破壊のさまざまな行為をやって、その責任をソ連政府のせいにして、日本政府が何かしらの抗議をできるようにするのである。

「事務局」はこのような若いロシア人難民を訓練する目的で一つの士官学校と二つの下士官学校を運営していた。

何度も私が仕事でソ連国境近くの地区に行くと、日本製のソ連兵士の軍服を着たロシア人難民の集団に出会った。彼らは国境の満州側の小さな村を襲撃し、手に入れることができるものすべてを略奪し、村人たちに襲撃者たちが本当にソ連人であると信じさせるためにソ連領の方に引き上げるように見せた。策略で住民たちをだますのは当然であった……彼らはソ連の軍服を見たではないか？……国境を越えてやって来たではないか？……その方面に退却したではないか？　その結果は、翌朝、日本政府はソ連に攻撃について厳重な抗議を申し入れるということになる。世界中の新聞は多くのこうした「偽」攻撃を報道している。同盟通信はうまく取り計らった……

同じような「事件」は空中でも行われた。日本人は飛行機をソ連の飛行機とそっくり見えるように塗装した。日本人パイロットが満州領土の上空に飛行機を飛ばし、ロシア語と中国語で書かれた数千もの日本製の共産主義宣伝パンフレットを撒き、時には爆弾を落とした。もちろん時を移さず、日本の調査委員会が現場へ派遣された。パンフレットは集められ、人々は証言したり、宣誓供述書をつくることを求められる。満州領土上空をソ連の飛行機が飛んで、爆弾と共産主義のパンフレットを落としていったのを見たと。

もう一度、東京からモスクワへ抗議が……もう一度、同盟通信は世界の新聞をだますのに忙しくなる……世界はこうした忌まわしいソ連は恐ろしいペストであると思うかもしれない。まんまと引っ掛かる白人のこいつら！……

「事務局」のロシア人メンバーのいろいろな集団はモンゴル、察哈爾《チャハル》、熱河へ派遣され、これらの地方の日本化をする日本人を援助した。満州の鉄道沿線でも同じことが行われた。中国人が信頼できず、しばしば非正規軍に仲間入りしていることがわかると、ロシア人警備員が鉄道沿線に配置された。しかし、そうした時でも、こうしたロシア人の中で脱走や反乱の事件がたくさんあった。彼らは月給六十ドルと制服、宿舎、洋食という約束で「事務局」に雇われた。彼らが都市から数百キロも離れた遠い持ち場に着くと、日本人に説明されたのとまったく違う条件であることがわかる。彼らは奴隷のように扱われ、中国料理を食べさせられ、動物にも適さない営舎に泊まらせられた。六十ドルの月給については、彼らは一セントも見なかった。

ハルビン・龍門鎮間の新線が建設中のとき、「事務局」のロシア人兵士の一団が反乱を起こした。一九三三年八月十六日、通北駅で彼ら二十一人は、日本人将校二人と兵士五人を殺した。彼らは機関銃五丁と多数の小銃を奪い、駅に放火して脱走した。「事務局」の活動を通じて、満州国占領の最初の二年間、日本人はロシア人開拓民数百家族をハイラルから七十キロのところにあり、ソ連国境から遠くない三河（訳注：興安北省）と呼ばれる地方へ送った。

「事務局」は、これらの難民に財政的支援、農機具、馬、家畜、家を約束した。しかし、苦い失望が彼らを待ち受けていた。開拓地に着くと、哀れな難民は日本兵の警備のもと、奴隷のように働かされ、日本兵は多くの若い女性たちを襲い、あらゆる種類の凌辱行為を犯した。

「事務局」はその開拓地のトップに、テイルバシュという男を任命した。彼はロシア軍の元中尉であったが、お手盛りで自分を将軍に昇進させた。彼は多数のロシア人を共産主義者だという口実で暗殺した。

絶間ない凌辱と抑圧は、最後には報復をもたらす運命にあった。三河開拓地の一部が一九三五年八月、反乱を起こし、日本人将校数人、多くの兵士、テイルバシュと彼の部下も虐殺された。

第十四章　脱出行

終末が近付く

紙幅以上に逸話はもっとあるのだが、その一部は日本の悪影響下にある外国領事を含んだ他の人々を巻き込んでおり、それを語れば他国の法律に違反したり、多くの私の仲間の善意を失うことになるので語ることができない。

けれども、私の仕事の終りは近づいていた。一九三六年初めまでに、カスペ事件の最終判決とともに、形勢が私に不利になっていることは明白であった。私は何をすべきであったのか？……姿を消す？　……五人の家族ではそれは容易ではなかった。その上、資金が乏しかった。日本人は月に千四百ドル支払うと約束していたが、彼らはそれを守らなかった。最初の月は全額支払ったが、その次は半分になり、その次は三分の一、次は数百ドル、半年たつとほとんど支払われなくなった。私が金の話をするといつも、彼らはいつも同じ話を繰り返した。「事態が落ち着いたら、これまでの金を全額払う」。しかし、事態は落ち着くことはなく、彼らの支払い能力はわからなかった。彼らに五万二千ドルの貸しがあった。

日本人は給料の一部分は少なくとも支払うという望みを私は捨てきれなかった。「満州国」の被雇用者は全員正に同じ境遇にあった。誰も給料を支払われなかった。警察官も軍の将校も何も受けとらなかった。憲兵隊の将校と陸軍の少数の者は、密輸、賭博、売春、麻薬で金儲けをした。他の者はいつも一文無しであった。

切羽詰まって私は一九三六年三月末、裁判所からの命令を得て、私の財産の一部を一万二千八百ドルで売ることができた。私がその金を取りに行くと、一ヶ月間は金を受け取れないと言われた。私に対して債権の要求があるかもしれないので、公告を出す必要があると言われた。

公告が出され、一ヶ月たった。私は、二千五百ドルの法律によらない税金を支払うよう請求された。しかし、まだ金を受け取ることはできなかった。また公告を出さなくてはならなかった。また一ヶ月が過ぎた。金を受け取ることはできないと言われた。ハルビンの外の債権者は公告を読んでいないかもしれないからというのである。

私は財産を売った無数の人々の一人に過ぎなかった。中には数十万ドルの財産を売った人もいた。

私は繰り返し上官に対して、生活していくために金が必要だと言った。金を払えないなら私を自由にして、他のやり方で生計を立てることができるチャンスがほしいと言った。しかし、彼はいつも同じことを言った。

「もうちょっと時間をくれ給え。事態がもっと平常になれば、全額受け取れるから」

私が強く主張すると、彼は言った。

「ヨーロッパ人が東洋の主人であったとき、彼らは東洋人にいくら払っていたのか知っているか？　最高級の被雇用者は月五十ドルから百ドルだ。今はわれわれが主人だ、それ以上われわれが支払わなければならないのか？」

昼も夜もあらゆる不愉快な仕事をして、自分の貯えで生活しなければならないということを考えると、激しい怒りでおかしくなった。けれども、一つの慰めがあった。日本人が私を彼らの言いなりにしたとしても、私の家族を事実上人質にしたとしても、私を屈辱し私から奪ったとしても、彼らの「賢さ」は非常に高くついたのである。私は多くの方法で彼らにつけを払わせた。私のところに来る情報、私の手を通る情報は全部、義勇軍や日本の敵に秘かに伝えた。日本の軍用列車が非正規軍に対する攻撃のために送られるときには、いつも事前に彼らに知らせた。彼らはどんな日本軍が彼らを攻撃に来るのか、彼らはいつも知っていた。

しばしば日本人が「捜索」や「逮捕」（これは没収か誘拐を意味した）」をしようとしているときに、

私は被害者が逃げられるように警告を送っていた。

満州政府の被雇用者である数百人の中国人は私と同じように、仕事を続けさせられた。しかし彼らの多くは、日本人の文官や武官、中国人の裏切り者を殺すことが目的である中国の秘密結社に加入した。数千人の日本人がこうして殺された。多くの中国人の裏切り者が彼ら自身を日本人に売り渡したために代償として命を失った。傀儡の溥儀の命は三回狙われた。その宮殿は側近の一人によって放火されて、半分破壊された。長春にある日本の軍用飛行場は焼かれた。チチハルの空港は二回、ハルビンの空港は一回、ポグラニチニの空港は二回、放火された。多数の軍用列車が破壊された。これらすべての攻撃で、日本の警察は犯人を発見することができなかった。

最も有能で最も恐れられた日本の警察と諜報機関の工作員の鼻先で、完全なスパイ組織が昼も夜も維持されていた。まったく日本人は愚鈍である。目の動き、手の合図は知的な人間には意味を持っているのに、日本人は図を書いたり、一時間もかけて詳細な説明をしなければならないのである。

八月初旬に私はもう一度、裁判所から財産の売却代金を受け取ろうとした。私は日本人の弁護士を雇って、千ドルを支払うと約束した。私はその時までに、事態が一層悪化していっていることがわかった。私が危険な状態にあることを十分に知っていた。姿を消す準備をしなければならなかった。

妻は、われわれが強いられた不安定な生活のために健康を非常に害していた。医者は転地療養が必要だという診断書を書いたが、上官は許さなかった。「ハルビンの気候は素晴らしい」と彼は主張した。「君の奥さんは良くなるためにどこかへ行く必要はない」

八月十日、上官は私を呼んで、私が一九三四年に李順亨という男を知っていたかと尋ねた。私は彼を日本軍が奉天にやって来る前から知っていると答えた。彼は陸軍士官学校で教師をしており、日本軍の侵入以来、会っていないと答えた。

上官はしばらく私を見つめてから言った。

「君が奉天で知っていた李順亨は、憲兵隊がハルビンで逮捕しようとしたとき、松浦ビル（訳注）に逃げ込んで、五階の窓から飛び降りた同じ李順亨と思うかね？」

訳注：高級百貨店の松浦洋行。ホテル・モデルンの斜め向かいにあった。

「そんなことがどうして私がわかるでしょうか？　私はハルビンの李順亨を、彼が自殺する以前も以後も見たことがないのですから」と反論した。

上官はまた長い間私を見つめていた。そして言った。「君の名前を漢字でどう書くのか知りたい……書いてくれ給え」

私は自分の名前表す三文字の漢字（訳注）を書いた。上官はその紙を見て、何も言わずにそれをポケットに入れた。それから彼は尋ねた。

訳注：太原要によると、ヴェスパは新聞記者仲間では中国名の鳳弗斯で通っていた（『人物往来』一九五七年六月号）。

「一九三四年、満州の領土に不時着した二人にソ連の飛行士と話をしなかったかね？」

「脱走したあの二人のことですか？」と私は尋ねた。「誰も彼らと話をすることはできませんでした。それは厳しく禁じられていました」

「ふざけるな！」と上官は鋭く私に警告した。「彼らが脱走者ではないことを君はよく知っている。われわれがそう言ったとすれば、それはソ連の犬どもに恥をかかせるためだった。私は複数の関係者から、長春で君がその二人の飛行士と半時間以上も話をしたと聞いている」。

「あなたは誤った情報を伝えられているのです」と私は彼に言った。「私はソ連の飛行士と話す光栄に浴したことはありません。彼らに近づくことさえできませんでした。あなたにそう言った者は嘘つきです。私が疑われていることは知っています……私を信じていないなら、なぜ私に仕事をさせておくのですか？　長い間、未払いの給料を受け取る代わりに侮辱と屈辱だけを受けているのです……それは皆、私が二人のろくでなしの中村とロザエフスキーの好意を持たれていないためです」

この疑問の余地のない事実に基づく痛烈な非難を黙って聞いていた上官は、握手をするために手を差し伸べて言った。

「すべてはうまく行っている。ヴェスパ君、私はこうした連中が君を陥れようとしていることを知っている。しかし私は他人の言うことも聞くし、君の言うことも聞くよ」

数日後、二人のユダヤ人の誘拐と憲兵隊が三万ドルの身代金を要求して監禁している十九歳のアブラハムヴィチという青年の事件について話し合っていた。上官は私に、父親はそれだけの金を持っているだろうかと尋ねた。

「持っていないでしょう」と私は答えた。「また持っていたとしても、それが彼に何の役に立つでしょう。青年は憲兵隊の工作員に殺されています」

「町ではそんなことを言っているのか？」

「もちろん、人々はそのことを噂しています」

「どんなことを言っているのか？」

「いわゆる匪賊は憲兵隊と日本の警察機関に雇われている連中で、身代金は日本軍当局に行くのです。何千人もの人々が噂をするのを防ぐのは不可能です……彼らを逮捕することはできません」

その夜、私は日本人弁護士に会って、財産を売った代金を得る問題がどのように進んでいるのか聞いた。彼は、多くの困難があり、事件を担当している日本人裁判官と話をするのが一番いいだろうと言った。そしておそらく、幾らか金を支払えば金を得られるだろうという話であった。

否応なしに、私はこの「ゆすり」に従わざるを得なかった。弁護士は私をウチャストコーワヤ通り（現・地段街）にある裁判官の家へ連れて行った。この最も厚かましい人物に紹介されたとき、彼は私が珍しい種類の虫であるかのように、頭の先から足の先まで眺めた。話し合いの結論は、財産の売却で私が金を受け取るためには、この日本人の裁判官に三千ドルを支払わなければならないということであった。この鉄面皮の強盗に同意させられて、借用証明書の独占権を持っていた、有名なペテン師である山崎に支払われる三通の千ドルの約束手形に署名しなければならなかった。金は一週間以内に支払われると約束された。われわれが交渉しているとき、私は何度か声を荒げたが、その都度この賄賂追求の裁判官は、私が日本の法律専門家に話をしているのだということを忘れてはならないと注意した。私から三千ドルを恥ずかしげもなく奪っているこの司法のまがい物が、法律専門家を自称するとは！

八月末近く、日本人弁護士が裁判所に行けば金を受け取れると言った。裁判所は一通の文書を私に渡した。それによると、財産売却代金一万二千八百ドルの中から、税金二千五百ドル、裁判料金七百五十ドルを支払わなくてならないので、差し引き私が受け取れるのは九千五百五十ドルであった。この書類を裁判所の現金出納係に示せば、小切手がもらえるはずであった。日本人の出納係は私に、書類に不備があるので暫く待つように言った。私は待った……そして待った……また待った。結局、翌日再び来るようにいわれた。

私は発熱を感じながら帰宅した。足は鉛のように重くなっていた。気力が失せていた。こうした嘘つきの偽善的な動物に対して戦う力を失っていた。妻は病気であった。私の気持ちは彼女には何も言わなかった。十四歳の娘のジェネヴィエヴは一生懸命に私を慰めてくれた。若いのにかかわらず、彼女は私にとって本当の慰めであった。私は彼女には何も隠さなかった。「元気を出して、パパ。こんなことはみな過ぎてしまうわ。パパは勝って、私たちは満州を出ていけるわ。こんな野蛮な猿から逃げ出せるでしょう。何もかもなくしたって、かまうもんですか。パパは強いし、才能もあるんだから、日本人が奪ったものはすぐに取り返せるでしょう」

その夜、山崎が電話をかけてきて、重要なことづけがあると言った。私は無力の状態にいたので、彼と接触することの嫌悪を乗り越えた。それで私は行った。彼は私をお辞儀とお世辞で迎えた。私の健康状態について尋ね、お茶とたばこをたしなんだ後、彼は裁判所の日本人の出納係に五百ドル支払えば、書類に見つかった「不備」には気を留めずに小切手が受け取れると言った。確かに私は驚いた。彼もまた私から三千ドルを巻き上げるだろうと予期していたのだ。裁判所の出納係は、確かに「日本人法律専門家」ではなかった！　彼は少なく取ることで満足していたのだ。そこで私はこのもう一つのひどい要求に同意して、山崎に五百ドルの約束手形を渡した。

翌日、出納係のところに行くと、彼はにこにこしながら私を迎えて、書類の小さな不備は幸いにも訂正されたと言って、小切手を丁寧に渡した。私は玄関で山崎と会った。彼はもう一人の日本人とラプショフという大きなロシア人の護衛とともに、私を待っていた。われわれは銀行に行き、そこで小切手を現金にした。日本人の出納係が小切手にさらに「不備」を見つけ、千ドル位要求したとしても私は驚かなかったであろう。有り難いことに、小切手は問題がなかった。私は金を受け取って、裁判官と出納係のために署名していた手形の三千五百ドルを山崎に支払った。

同じ夜、ナーシ・プーチとハルビンスコエ・ウレーミヤの代表が私の家へやって来て、それぞれ五百ドルの寄付を要求した。私は地獄へ行けと言ってやった。その後、ナーシ・プーチの従業員が電話してきて、五百ドル払うのに三日間猶予与えるが、もし払わないと私がコミンテルンや国民党の工作員であり、匪賊の手先だと新聞に書くと脅迫した。ハルビンスコエ・ウレーミヤも同じことを言ってきた。私は両方に何でも好きなことを書けと答えた。

私はこれを全部、上官に話した。しかし彼は噂話には興味がないと冷ややかに言った。

今や山場が急速に近づいていることがわかった。

私は行動、敏速に行動しなければならなかった。以前に手配していたように、私はC大佐と連絡の取り方を知っている人のところに行った。私は彼に緊急のことづけを送った。

同じ夜、フォトプロが、中村が千ドル支払えと言っていると伝えてきた。私は金は全部なくなったと言った。二日後、彼は電話で、中村は私が千ドルの支払いを拒否したので、非常に感情を害しているとし、今度は二千五百ドル支払え、でないと私の命が危なくなるような私についての暴露をすると言ってきた。

九月三日、参謀部にいる私の友人が秘かに知らせてきたことによると、日本軍司令官、憲兵隊長それに私の上官がその日の夜に会って、私にかけられたいくつかの嫌疑について議論するという。そして、結果をできるだけ早く知らせてくれると約束してくれた。

翌朝七時、私は次のような情報を受けた。憲兵隊長はさまざまな文書、逮捕された中国人の供述調書、ロシア人工作員の供述を持ってきた。それは、私と非正規軍とを間接的に結びつけるものであった。またフォトプロは私が夜中に仏教寺院から出て来るのを数回見たと述べていた。軍司令官は、日本の憲兵隊員が逮捕しようとしたとき松浦ビルの五階から飛び降りた李順亭という中国人のポケットにあった手帳に私の中国名の漢字三文字が記されていたことに非常に印象付けられた。私の上官は私を頑張って擁護してくれたが、無駄であった。最終決定は、三日後に私はチチハルへ送られるということであった。それは、消される……跡を残さず、ということを意味した。

「一刻の猶予もせずに逃げなければいけない」と友人は言った。

「家族はどうする?」

「満州を出て生きろ。満州で死ぬより、君はずっと役に立つ。留まって家族を助けることはできないが、日本人から離れれば、もっとよいチャンスがあるだろう。行け、頼むから。まだ軍の証明書を持っている間に。今のところ、君に対しては何の命令も出ていない。飛行場へ行って、飛行機を捕まえろ」

これは賢明な忠告であった。それにすぐに従った。私はC大佐を訪ね、事情と逃走する決心を説明した。彼は心から賛成し、私の家族を翌朝、無事に列車に乗せ、大連までの旅行の間に誰も干渉しないよう手配すると保証した。それから私は中国人の旧友にお別れに行った。彼の最後の忠告を今でも大切にしている。それから最後の別れを言うために家へ急いだ。私はかばんを持って行く気はなかったが、妻は秘書（訳注）を飛行場まで同行させるよう主張した。そうすれば私が無事に出発できたことを秘書から確認できる、というのであった。

訳注：太原要によると、ヴェスパには姚麗玉という女性秘書がいた（『日本週報』一九五六年二月五日号）。

三十分後、私は長春と大連に向かって飛んでいた。そこから青島行の船に乗って、翌日到着した。

一九三六年九月八日、私は日本の汽船、青島丸を出迎えに行った。家族が船に乗っていると予想していたのである。船が埠頭に着いたとき、私は甲板中を見たが、見つけられなかった。何かよくないことが起きたのではないかと思って船に上がった。一等クラスで開いているドアから船室で私の妻がベッドに座って泣いているのが見えた。娘はふさぎ込んだ様子で、息子は母を慰めようとしていた。二人の日本人警察官が船室のドアに立っていたので驚いた。何かが起きたことがわかった。無関心を装って、しかしどうすれば一番いいか決断がつかず、そこに立っていると、息子が眼を上げて私を見た。驚くほどの落ち着きで、彼は母親にイタリア語で話し続けた。「早く逃げろ。皆逮捕されている。彼らはあなたも逮捕しますよ」。一分のうちに私は埠頭に戻って、急いで中国当局へ報告した。中国当局は日本領事に私の家族への上陸許可を出させようと全力を尽くした。彼らの努力は完全に失敗した。

私の妻と子供たちは日本の領事の前に連れて行かれて、長い尋問を受けた後、船へ戻された。船はその晩、上海へ向かい、三日後に青島に戻った。中国当局はもう一度抗議した。申し立てはまたもや顧みられなかった。妻と二人の子供たちは満州に戻されてしまった。その夜、日本領事警察の署長と二人の警察官が私が泊まっているホテルへやって来て、日本の領事が私と話をしたいという口実で、私を拉致しようとした。私はすぐに中国の警察署長に通報した。彼は日本側の策略を失敗させるために、四人の中国人警察官を私が自由に使えるようにしてくれた。彼らは私が上海行きの中国の飛行機に無事に乗るまで、私の身辺を護衛してくれた。

上海　休息なき避難所

私は上海に一九三六年九月十二日に着いた。直ぐに家族を釈放させるために仕事を始めた。

最初に、私は上官に長い手紙を書いた。その中で私は立ち去った理由を説明し、有害なことを公表するつもりはないこと、私の願いは家族と一緒になることだと納得させた。それからハルビンの日本の特務機関長の安藤将軍（訳注）に同じような手紙を書いた。これら二通の手紙のコピーを在中国日本大使に渡されたが、返事はなかった。

訳注：安藤麟三少佐。一九三四年八月から一九三七年五月までハルビン特務機関長。

十九日に大連から次のような電報を受け取った。私の家族はフォトプロ事件で大連警察に逮捕された。「もし十日以内に当地に自首しなければ、家族はハルビンへ送られる。五百円送れ。妻は金無し。ルラシ」。

ルラシ氏は大連のイタリア人商人である。

九月二十日、日本の通信社の同盟は上海の新聞に大連発の電報を配信した。それは、私の家族は、私が劇場の共同経営者パドヴァニとデルミッシェルという二人のイタリア人の金を持ってハルビンを逃亡したために逮捕された、というものであった。同じ日に同盟通信はハルビンの新聞への配信記事で、妻と子供たちは私がギリシャ人のフォトプロへの二万五千ドルの借金を支払わずにハルビンを立ち去ったため逮捕された、と報じた。

数日後、私の共同経営者だったパドヴァニ氏は、上海の私の弁護士であるプレメット氏からの照会状に対する返事で、彼は私に対してそのような告訴をする理由がないから、告訴はしていないし、もう一人の共同経営者であるデルミッシェル氏については、彼は五ヶ月前に死んでいるので私を告訴することはできない、と書いてあった。

九月二十八日、私はもう一度、安藤将軍に手紙を書き、同盟通信が私に関して再び虚偽の電報を配信するなら自衛のために、日本当局に気に入らないような公開状を出さざるを得なくなると警告した。それ以来、日本軍当局が私の家族を人質にしていることに対して、英語新聞とロシア語新聞が多くの抗議記事を書いたのにかかわらず、同盟通信は動きをみせなかった。

十月中旬にハルビンの私の友人は、悪名高い中村がチャポウェツキー氏を殺害した二人のロシア人とともに秘かに上海に向かった、と知らせてきた。果たして数日後、二人のごろつきが私が住む仏租界モリエール通りの家の近くをこそこそ歩いているのを見つけた。私の友人たちは彼らを止めて、ここらでまた見つけたら、彼らがチャポウェツキーに与えたのと同じ薬を飲ませてやると脅した。

中村は黄浦路二十五の日本領事館に住んでいた。私は彼を尾行し、ある日彼がバンドにある日本の銀行から出て来たところを驚かせてやった。

私が彼の前に立って、道をふさいだとき、彼の生まれつきの黄色い顔はサフロン色に変わった。そわそわした様子で、彼は上海へは他の仕事のために来たので私に迷惑をかけるつもりは少しもない、と抗議した。私は私の友人たちがごろつきに与えたのと同じ警告を彼にも与えた。

二日後、私は一人の日本人の訪問を受けた。彼は私と話をつけるよう上司に言われて来たと言った……満州国にいる日本人に反対する組織の一部を構成する中国人やロシア人の名前を教えれば私に家族は釈放される、と言った。私は彼に、そんなことは不可能である、そのような名前は知らないし、私の意見ではそのような組織は日本当局の心の中にのみ存在すると言った。さらに、もし私の家族が速やかに解放されないなら、満州における日本の残忍な行為について私が知っていることを公表すると警告した。

「われわれはそれを少しも心配していない」と彼は言った。「あなたが何を書こうが、われわれは否定する。誰もあなたを信じないだろう」。結論は出なかった。

十一月上旬、ある領事が東京の外務省の高官であった本野子爵に手紙を書くようと私に助言した。私は彼の助言に従った。その間、私の弁護士のプレメット氏は日本総領事館を何度も訪れたが、何の成果もなかった。彼らは自分たちは満州国とは関係がないというだけだった。本野子爵は大変親切な手紙をくれ、私の問題に深い同情を表してくれたが、東京では有効な行動をとることはできないと言ってきた。

このようにしているうちにも、私は妻の状態を非常に心配していた。彼女の弱い健康が監禁者の手中にあって非常に損なわれていることがわかっていた。彼女を自由にしようとする合法的で平和的な努力がすべて失敗した以上、私は他の手段に訴えることにした。

私はハルビンにいる友人に手紙を書いて、私が信頼しているある人物を捜し出して直ぐに上海に来るよう言ってくれ、と頼んだ。この信頼している使者は十一月十日に着き、翌日にハルビンに向けて戻った。彼は私から非正規軍のC大佐に宛てた手紙を携えていた。私は手紙の中で、私の家族を救うために何かしてして欲しい、少なくともゆっくり死にかけている妻を監獄から出してやって欲しいと頼んだのであった。

ハルビンに着くと、この使者は時を移さずにC大佐の部下と連絡をとった。部下は、C大佐は奥地のどこかにいて見つけるのは難しいと言った。彼は使者に、C大佐の居場所についてもっと正確な情報をくれそうな穆稜にいるもう一人の部下のところへ行くように言った。私の使者はそうした。数日捜して、大佐を見つけることができ、彼に私の手紙を渡した。

二日後の十一月二十三日、大佐は強力な部隊を率いて穆稜から六十キロのところにある海林を襲撃し、日本人三十一人を捕らえた。そのうち九人が女性であった。二十五日には大佐はハルビンの日本軍当局へ、三十一人の日本人を人質に取っており、ヴェスパ一家が満州を無事に立ち去ることが許されれば、彼らを解放する用意がある、と伝えた。これに対して、日本の特務機関長は東京に指示を仰がなくてはならないと返答してきた。

十二月三日、C大佐は東京からの返事を待っている間、ヴェスパ夫人を釈放し、母親と子供たちと一緒に暮らせるよう特務機関に要求した。これが拒否された場合、日本人人質の半分を射殺すると通告した。

翌日、ヴェスパ夫人は監獄を出て、ホテル・サイベリアへ移った。

交渉は長びいた。日本側はさまざまな提案をした。私の家族を釈放する代わりに、日本人人質一人につき匪賊の捕虜二人を釈放すると申し出た。しかし、C大佐は妥協しなかった。そして結局、彼は勝った。次に困難だったのは、日本人人質が釈放されたことと、私の家族が満州を立ち去ったことをどのように知るかということであった。日本側は日本人をまず釈放せよと主張し、C大佐はこれと反対の主張をした。結局、私の家族が大連に着いたら、日本人人質の半数を釈放し、家族が上海に到着したら、残り半数の人質を釈放する、ということで合意した。合意は守られ、半年の苦しみの末、私の家族は一九三七年二月二十五日に上海に着いた。

家族が到着してから一ヶ月後、アマトという日本人が私に会いに来た。彼は日本当局の代理で行動していると自称していた。彼によると、私が満州について本を書こうとしていると聞き、日本当局はそうしないで欲しいと要請しているという。なぜなら、東京の政府が私の件について調べたところ、非常に重大な不正が私と家族に対して満州国の日本当局によってなされたことが判明したので、私の財産の損失に対して補償し、私から没収したものを返還し、四年間の未払いの給料も支払う。今では、東京の政府が調査を終わるまで待つという問題だけである、という。

六月初旬、上海のフリート通信社のヘイトン・フリート氏からチャールズ・ビショップ・キニー氏が満州から到着し、私との面会を希望している、と連絡があった。キニー氏の父親はデンマーク系の米国人で、母親はハワイ人であり、妻は日本人であった。そして彼は南満州鉄道の弘報課員である（訳注）。

訳注：父親はヘンリー・キニー。ハワイ生まれで、一九一九年から東京で週刊誌編集者。一九二五年から一九三五年まで満鉄総務部嘱託。満州問題審議の国際連盟総会日本代表団に参加。

上海滞在中、キニー氏は最大のホテルの一つであるブロードウェー・マンションに泊まっていた。

彼を訪問する前、多くの日本人当局者やロシア人が彼をしばしば訪問していることを知った。ロビーから彼に電話をかけた。彼は私に上がって来るように言ったが、私は下に降りてくるようにお願いした。

われわれが応接室に座ると、彼は私に加えられた屈辱的で恥ずべき取り扱いに対して深い悲しみをしきりに表明した……彼は私の家族を虐待したことで、サセとショウインジを含む多くの日本人当局者が厳罰に処せられたことや日本当局が調査を行っていること、私の損害は補償されるであろうということを伝えた。

突然彼は言った。

「あなたは満州で日本人とともに働いた四年半のことについて本を書いているそうですね。

私にはそんなことは信じられません。あなたは利口な方だから、そんな馬鹿なことはしないでしょう。あなたは帰化した中国人だが、生まれはイタリア人です。イタリアと日本は良き友人です。あなたが日本に不利な本を書けば、あなたはイタリアに不利なことを書くことになります」

「キニーさん」と私は答えた。「日本人は私を彼らのために四年半、ほとんど無給で働かせたのです。お返しとして、彼らは少なくとも五万ドルはする私の財産を没収し、私の家族を六ヶ月間人質にとり、そのうちの三ヶ月間、妻を地下牢に入れたのです。赤い血の通った男が強奪され、侮辱され、侵害されて、何らかの方法でそれに対応しないということを聞いたことがありますか？　日本の約束など何の意味もありません。彼らの脅迫は少しも怖くありません。私には果たすべき任務と義務があります。私の計画を変えることは誰にもできません。私は日本の名において、また日本人に強制されて余りに恐ろしい行為の当事者になったので、とても良心を安らかにさせていられないのです。私の上司たちの犯した犯罪で、たとえ不本意であったにしても、私が演じた役割をほんの少しでも償うためにできること、歴史上最も野蛮な抑圧下にいる人々のためにほんの少しでもできることは、真実を世界に語ることです。それが私の答えです」

妻が語る話

夫が飛行機で大連へ出発して数時間のうちに私は次の日汽車で、夫のあとを追っていく支度をした。夫が危険を脱して、私自身に何の心配がないことを考えると有難かった。夫の出発は二十四時間はわからなかった。従って、翌朝、十四歳の娘ジェネヴィエヴと八歳の息子イターロと私は大連行きの列車に乗った。上海行きの青島丸に乗船できるまで、私たちは不安な日を過ごした。

午後二時頃、一人の日本人が客室に入って来て、ショウインジという名前の日本の警察官であると自称した。彼は旅券を見せろと要求し、ハルビンから受け取ったばかりの電報を見せた。それは私を逮捕して満州国へ連れ戻せという命令が書いてあった。満州国では夫が帰ってくるまで抑留されることになっていた。それから彼は私たちの荷物を徹底的に捜索して、価値のあるものは何でも押収した。千円、古いロシアの金貨六百六十五ルーブル、三百四十五ドル、ダイヤの指輪二個、ブローチ二個、ネックレス二個、サファイアの指輪一個、金の腕時計二個、その他の雑多な金製品。結婚指輪を渡すのを拒否すると、彼は私の肩を二度強く殴った、ロシア語で私を豚と呼んだ。

子供たちは、そのような蛮行を見て、怒りを抑えることができずに泣き叫びながら彼の上に身をなげかけた。

彼は略奪品を静かに財布に入れて船室を去った。

彼が忙しく捜索している間、娘は彼が私のトランクの上にかがみこんでいる隙を利用して、彼女の三百九十ドルを胴着の中に隠した。その後暫くたって、航海中に私はその金を、乗客で上海の弁護士のベーレンシュブルング氏に託した。しかし、日本人のスパイが私たちを見つけて、ショウインジがその金を奪った。

船が青島に着くと、夫が乗船して来た。だが、日本の警察が気づく前にイタ一ロは賢明にも夫に対して、私たちは皆逮捕されており、早く下船するよう警告した。同日午前十時、私たちは日本総領事館へ連れて行かれ、そこで一人の日本人大佐から、もし夫が満州に戻らないと私たちは皆ハルビンへ戻されると言われた。

私は逮捕に抗議した。特に青島は中国領である事実を考えると法律によらない違法なものであるとした。「あなたは逮捕されたのではありません。奥さん、あなたはわれわれのお客です」と大佐は言った。それから私は、ショウインジに殴ったことに対して怒りをぶちまけた。大佐は彼の方を向いて日本語で言った（子供たちはそれを理解した）。

「お前は重大な間違いをした。この女性はロシア人ではない。ハルビンからの電報によると、彼女は数ヶ国語を話す、高い教育を受けた女性で新聞の特派員でもある。問題になるかもしれん……お前は彼女に謝った方がいいぞ」。ショウインジは私に向かって深々とお辞儀をし、英語で「殴ったりして大変申し訳ありませんでした。お許し願います。あなたをロシア人だと思っていたのです」

私たちは船に連れ戻されて、三等客室に入れられた。その夜、船が上海に向けて出航したとき、私たちの名前は乗客名簿には載っていなかった。青島丸が上海に二日間停泊していた間は、私たちはその船室に閉じ込められていた。もう一度青島へ戻ったときには、中国当局が乗船してきたが、私たちに会うことは許されなかった。大連に戻ると、私たちは日本の憲兵隊司令部に連れて行かれた。二十四時間、食事も与えられず、ほって置かれた。何度も申し立てたすえ、私はイタリア人ビジネスマンのルラシ氏に電話をかけることを許された。同氏は私たちに食物を持って来てくれた。私はルシン氏に青島にいる夫に電報を打って、私たちが一文もなく、逮捕されていることを知らせるよう要請した。そのとき、憲兵隊はルラシ氏に、夫はフォトプロに借りているとされている金を支払っていないと告訴されている、と話した。

夫は上海で電報を受け取り、直ちに私のためにルラシ氏に四百ドルを電信為替で送金した。日本人はその金を無理やり取った。私は一銭も受け取れなかった。

私は監獄に八日間入れられた。政治警察のボスのサセと部下のザヴァロフがハルビンからやって来て、二人は私と子供たちをハルビンまで連行した。私たちはそこで刑事部の不潔な監房へ入れられた。二日後、ジェネヴィエヴとイターロはハルビンに住む私の母のもとへ送られた。

一週間たち、私はサセの前に引き出されて、次のような尋問を受けた。

「あなたの夫が中国国民党と関係があるかどうか知っているか？　……彼はユダヤ人か？　……彼はフリーメイソンに入っているのか？　……彼は匪賊と関係があるのか？……カスペ事件について彼は何んて言っていたか？　……」

そのような質問に対して私は、夫は仕事の一度も話したことはないし、手紙も文書も家に持って来たことは一度もない、と答えた。

九日たって再び私はサセの事務所へ連れて行かれた。そこには日本人の少佐もいたが、名前は忘れた。彼は上手な英語を話した。少佐は私に尋ねた。

「なぜあなたの夫は、関心を持ってカスペ誘拐犯が非常に重い判決を受けさせるようにしたのか？……そうした方向へ持って行くように努力するよう誰が彼に命令したのか？……それはユダヤ人か？……フリーメイソン支部か？……われわれが知らされているところでは、過去一年半、あなたの夫は外国銀行を通じて二十万ドルを受け取り、その金は日本の鉄道を爆破するために匪賊に支払われた。夜中に寺院であなたの夫が会いに行った中国人の元当局者たちは誰だったのか？……彼は女性に変装して出かけたことはあるか？……彼がフリーメイソンの英国支部に属していることをわれわれは知っている……彼はフリーメイソンのハルビン支部へ行ったことはあるか？」

私はそうしたことについては全然知らないと答えた。

「あなたの夫は上海でわれわれ日本人と満州国に不利なことを書いている」と少佐は続けた。「彼に手紙を書いて、もし家族に再会したいと思うのなら、知っていること一字でも書いてはならない、と言ってやりなさい」

これに対して私は、「夫に何も言わせない最良の方法は、私を解放して上海に行かせることです。私はあなたが言った脅迫について夫に手紙を書きません」と答えた。

「強情な女だ」とサセは言った。「われわれ日本人は頑固な人間に話をさせる方法を知っている……」。

数分すると、一人のロシア人の女性が連れてこられた……恐ろしい光景であった。彼女の毛髪は一本もなく、指の爪は全部剥がされていた。

「見ろ」とサセは言った。「彼女は話すことを拒否したので、われわれは頭髪を一房づつ引き抜いたのだ……この素晴らしいマニキュアを見ろ」

哀れな若い女性は余りに恐ろしい姿だったので、私は気絶するかと思った。しかし、私は元気を出して答えた。

「あなたは私を拷問できますが、夫は自由の身であることを忘れないでください……おっしゃるように夫を知っているなら……私に対してすることに用心するでしょう」

私は不潔な監房に戻された。

監獄で拘留されていた恐ろしい日々の間に、私は多くのロシア人や中国人が元気な体の状態で監房から引き出されて、戻って来たときには、手足を折られ、拷問されて担架に乗せられて来るのを見た。私は数人の被害者と話をすることができ、名前を聞いた。

一人は十六歳になる韓玉英という名前の中国人の少女であった。彼女は監獄に既に六ケ月いた。彼女は数回拷問され、足は二度アイロンで焼かれ、まぶたはマッチで焼かれた。私が出獄したとき、彼女はまだそこにいた。もう一人の二十七歳の中国人の鄒以万夫人は、話をさせようと両足に銃弾を浴びさせられ、自白することは何もないと抗議し続けると、至近距離から頭に銃弾を射ち込まれた。クラウディア・マーコヴァナ・ザハルチェンコ夫人というソ連のロシア人女性は、四十日間毎日、ありとあらゆる方法で拷問された。両手の指は押し潰され、頭髪は根元から全部引き抜かれ、まつげはマッチで焼かれた。彼女は数時間逆さ吊りにされ、次には傷ついた両手を縛って吊り下げられた。最後には、彼女が何も知らないと確信するに至って、彼らは彼女を解放した。

運ばれたソ連の病院で、残りの人生を障がい者として生きることになると言われた。

夫に満州へ帰って来るように頼む手紙を書かないと、拷問にかけると私は何度も脅された。なぜ彼らがその脅迫を実行しなかったのか、私にはまったくわからなかった。

投獄後一ヶ月たつと、飢えとジメジメした地面の上で掛けるものもなく寝ようとしたために、体重を二十五ポンド失った。また、たびたび気絶するような発作を起こした。監獄の医師のヤシンスキー氏は警察長官に私の扱いをよくしないと、死んでしまうだろうと言った。医師の警告に応じて、家から数枚の毛布と枕と週二回、食物を取り寄せることを許された。

投獄されて八十八日目の朝、私は自由で、ホテル・サイベリアで家族と一緒に生活していいが、ハルビンを離れてはならないと言われた。

監獄を出るとき、サセは私に次のように言った。

「夫に手紙を書いて、上海の新聞に不祥事を書かないように言え。それから彼が満州国の匪賊に友人を持っているなら、われわれは上海にも、彼が行く世界のどこにも、工作員を持っていると言え」

私はホテル・サイベリアに三ヶ月間とどまった。サセは数回私を訪ねて来た。彼は非常に丁寧になって、私の健康状態を気遣ったが、いつも夫に手紙を書いて、私が体調のいいこと、日本人が私をよく取り扱っていると安心させ、日本人や満州国に対して不利なことを絶対に書かないようにお願いするよう主張した。

一九三七年二月十八日、警察長官の事務所に呼ばれた。私はまだ非常に弱っていたので、娘のジェネヴィエヴが付き添わなければならなかった。アライという名前の長官は日本語しか話さないと言われていたので、マズノ男爵の娘が通訳として一緒に来た。私たちに座るように言ってから、長官は次のように言った。

「あなたとお子さんたちが何時でも好きな時に満州を離れてよいと発表するのは嬉しいことです。上海に着かれたらご主人に、日本人のために働くことを余儀なくされたからといって、匪賊と提携を結んでわれわれを裏切ったことの責任を免れるものではない、と言って下さい」

私は青島丸の船室で日本の警官が私から奪った金と宝石を返してもらいたいと頼んだが、ハルビンではそのようなことはわからないと言われた。

ついに私たちは二月二十一日に大連へ向けてハルビンを出発した。私たちの友人は皆その知らせを聞いて喜んだが、トラブルに巻き込まれるのを恐れて駅で私たちを見送ろうとはしなかった。数人が私たちの車室へ花を届けてくれた。日本の憲兵は、その花が誰に贈られたものかを知ると投げ出してしまった。私たちへ二つの花束を渡すよう頼まれてホテル・モデルンからやって来た不運な青年は、横っ面を殴られ、花束もろとも客車から突き出された。

二月二十三日、私たちは大連丸で大連から上海へ向けて出航した。六ケ月前に私たちから金品を奪った同じ日本人の警察官のショウインジが乗船していた。私は彼に私の財産を返してほしいと求めたが、皮肉な微笑でもって言った。

「お前の夫があんなことをわれわれにしたのに、生きて満州国を離れることができるのを神に感謝すべきだ。われわれを打ち負かしたなどと考えるな、と忘れずに夫に言いなさい。日本はそれでもやはり奴を捕まえるさ」

エピローグ

「神はあなたを守るでしょう。神はあなたが中国に無事に戻ることを助けるでしょう。神は不幸なことがあなたの家族を襲うことを許さないでしょう」

これらの言葉は私の親友の一人が私に言った言葉である。彼は保守派の紳士で、オークのように頑丈で、高潔そのものの人であった。

一時間前、私は日本軍当局が私の逮捕を命じたとの情報を秘かに得たので、この旧友に別れを告げに来たのであった。彼の前に立つと、彼は両手で私の肩を叩き、じっと私の眼を見ながら言った。

「友よ、私はもう老人です。人民や愛する満州のために、私ができることはもう何もありません。しかし、あなたは強い！　日本人が満州の中国人に対して行った憎むべき残虐行為を五年近く目撃した唯一の白人です。

この武装した野蛮人の一団が平和的で勤勉な人民に対して行った犯罪と残忍な行為を描くのにあなた以上に適任の人はいません。もし、私が希望しまた信じている通りに、あなたが無事に中国に戻ることができたら、満州の悲劇に関する真実を世界に知らせるために全力を尽くさなければなりません。利害関係のある通信社によって歪曲されていない真実、日本の金に支配された新聞によって隠されていない真実。

ありのままの真実……約束できますか？」

「約束します。本当のことを全部」

「忘れないで！」。これが私への最後の言葉であった。

数ヶ月が過ぎた……日本軍当局の手から家族を解放する苦しい努力の半年。

ハルビンにあった私の全財産を没収されたこと……上海においてさえ私の生活を惨めなものにするためには何でもした日本当局の容赦ない迫害……最も強い心の勇気を限界まで試し得る不利な状況にさらされての生存のための苦しい戦い……このようなことはすべて私が中国人の老友との間に取り交わした厳粛な約束を満たす時間を見つけ出すのを妨げた。彼の顔は私の心の中ではっきり見えるし、私を見据えた彼の眼差しを感じることができるし、彼の優しい声は私の耳にまだ響いている。「忘れないで！」

私は今仕事を成し遂げた。この本は、本当の真実を知らせるためという約束をはたすために書かれたものである。日本の軍国主義の額に燃えるカインの烙印（殺人の罪）を押すため、全世界の良心ある人々の前に日本陸軍の強欲な将校たちを暴露するため、軍服を着たこれらの野蛮人たちが降りていける底なしの深い穴のような非行を見せるため、人道、文明、正義の名において、満州の人々が日本の圧迫的な支配下でさらされているひどい落ちぶれた生活を語るためである。

私は現実の事実しか述べていない。自分自身の眼で見た事実。私がほとんどいつも仕方がなく参加した出来事。多くの読者にとって、こうした事実の話は、恐ろしく、信ずべからざる悪夢のように見えるに違いない。日本人について詳しい知識を持っていない人たちにとっては、多分そうであろう。しかし、日本の軍国主義と密接な接触を持った経験のある人たちにとっては、常に当然である。

日本についての世界の「知識」は、誤った情報がつまった分厚い本ができるほどである。これの多くは英国のおかげである。一九〇六年のポーツマス条約の前後、英国が恐怖にかられたり野心に燃えたりして、ロシアの爪を引き抜き、その前歯をへし折らなければならないと感じたとき、世界の国々は素晴らしく勇敢で、勤勉で、進歩的な「新日本」の小さな国民をほめたたえる英国の鳴り物入りの宣伝にほとんど幻惑されてしまった。われわれのほとんどはまだ、三十年たった巨大な飾り人形のおがくずに溺れているのである。英国保守党は英雄的日本というこの神話を作り上げるのを手助けした。神話の背後で、これを作り上げる手助けをした人々を脅す怪物フランケンシュタインが十分に成長したのである。

日本は、日本の事物はすべてそうであるが、宣伝家が説く通り、蜃気楼に比べ得る。だますような照明効果のもとで、じっと見つめると幻想的で美しいが、近寄ってみると幻想であることがわかる。近づけば近づくほど、一層ひどい偽物で空疎であることがわかる。

彼らのお辞儀をする礼儀正しさはうわべだけにすぎない。彼らの礼儀正しさは一枚のセロファンに過ぎない。日本のサムライにとって、どんな手段も考慮した目的に役立つ限り、許されるのである。彼らにとって、それが利益になるか権力をもたらすなら、嘘をつくことも、ごまかすことも、だますことも、陰謀を企てることも、言行に表裏があることも、偽善的であることも、賢明なことなのである。不誠実であることは彼らの天性である。私は日本の当局者や軍人と接触した後に彼らの滑稽な無作法さに非常な軽蔑を感じなかった人に出会ったことはない。この点では、日本人は世界的な評判を得ている。

このような人々に、文明諸国は近代的武器の使用を可能にしたのだ！

文明という言葉と日本軍国主義という言葉を結合する人は、架空の全然存在しない複合語を作り出す。彼らが有する文化、芸術、倫理、宗教はすべて借物か複製か模倣したものである。彼らが商工業の分野で達成したものもすべて同じである。精神的、知的、物質的に、日本は非良心的な盗用者たちの一団に率いられている。

日本文学は中国文学を移植したものである。だが、中国文学が哲学、道徳、常識の無尽蔵の宝庫であるのに、日本文学は皇室という神を起源とする神話を基にした醜いものまね、伝説上のつまらないことの支離滅裂な塊である。また極東の売春宿のほとんどに供給する奴隷商人に数十万人の若い女性を売る国民の道徳を何と言えばいいのか？　日本以外に若い処女が数年の期間契約で売春宿の主人に身請けされ、家に帰り、何事もなかったかのように結婚することができる国がほかにあるであろうか？

この狼の群れは余りにも長い間、妨害されることなく地球上を歩き回ることを許されてきた。シルクハットとモーニングコートで変装した彼らを地球上のあらゆる首都で見られる。彼らは皆、その群れの熱心な密使なのである。

本書が書かれているとき、彼らは百万の兵士と莫大な量の戦争物資を中国に置いている。数百万人の罪もない人々が殺され、数十億ドルの財産が破壊されている。しかし、本当の拷問と人々の強姦は始まったばかりなのである。もし日本が中国を奴隷化することに成功すれば、満州を奴隷化したように略奪、殺人、誘拐、山賊行為、恐喝、堕落という彼らが「神の方法」と呼ぶその支配体制が本格的に進められるであろう。それは本書に描かれ、私が何年間も目撃してきたものよりさらに悪いことになるであろう。

手遅れになる前に、世界に警告しなければならない。

本書に述べたすべての人々は実在するが、明らかな理由によって、一部の名前は変えられるか割愛してある。特に満州に住む人々で、日本人の復讐を受ける恐れのある人たちである。

この仕事に専念するにあたり、私は二つのことだけしか考えなかった。それは、人類の文明に奉仕することと、私の中国人の旧友の希望に従って満州の人々との約束を守るということである。私の良心はようやく安らかになれる。極東に別れを告げるが、私は前途に横たわる新しい世界で、なお希望を持って人生に立ち向かうことができる。

解説「関東軍特務機関員だったイタリア人の手記」

鳥居英晴

満州における日本軍の非道を暴露した本書は日中戦争の最中に出版され、世界にセンセーションを巻き起こした。著者のアムレトー・ヴェスパ（Amleto Vespa）は関東軍の特務機関員であった。ヴェスパの経歴については、ティンパレーによる序文と本文でも一部触れられている。ヴェスパは一八八八年、イタリア中部のラクイラの貧しい家庭に生まれた。二十二歳の時にメキシコに渡り、メキシコ革命に参加する。一九一二年にメキシコを離れ、ジャーナリストとして米国、南米、オーストラリア、仏領インドシナ、中国を放浪。第一次世界大戦中には連合国の諜報機関に属し、日本陸軍に従ってシベリアに入った。この間、張作霖と知り合い、戦後の一九二〇年九月、張作霖の諜報機関に入った。以後、八年間にわたって張作霖のために働いた。任務は政治情報の収集、外国の工作員の監視、匪賊、武器や麻薬の密輸業者、亡命ロシア人女性を輸出する白奴隷商人を追うことなどであった。匪賊向けの武器の密輸を取り締まるなか、イタリア製の武器を押収したことから、イタリア領事館によって逮捕される。これをきっかけに彼は国籍を中国に変えた。ヴェスパは忠実なファシスト党員でムッソリーニの熱烈な崇拝者であった。

一九二八年に張作霖が日本の工作によって爆殺されると、ヴェスパは総参謀長の楊宇霆将軍に仕えたが、楊は息子の張学良と対立し一九二九年一月、張学良に暗殺されてしまう。ヴェスパは一九三二年二月、ハルビン特務機関長だった土肥原賢二大佐に呼び出され、日本の特務機関に入るよう命じられた。家族を人質にされてやむなく、以後四年半関東軍の特務機関で仕事をすることになる。

日本軍に関する情報を抗日非正規軍に提供していたことが日本側に知られそうになったため、ヴェスパは一九三六年九月、満洲を脱出して上海に逃れた。半年後、満州で投獄されていた妻と子供も解放されて上海に着いた。上海で日本の特務機関の内情を暴露する本書を書き始めた。

ヴェスパの本は一九三八年、ロンドンの Victor Gollancz/Left Book Club から“Secret Agent of Japan A Handbook to Japanese Imperialism”、同年ボストンの Little, Brown and Company からも“Secret Agent of Japan”という書名で出版された。また一九四一年にもニューヨークの Garden City Publishing から同名で出版されている。中国語版は一九三八年に国民政府軍事委員会政治部から『我怎样做了日本的間諜』という書名で出版されたのを最初に、『神明的子孫在中国』（重慶国民出版社）、『日本的間諜』（新生書局など）、『日本在華的間諜活動』（文縁出版社）などの書名で出版されている。著者の表記は範思伯、範斯伯、範士白、費斯白、万斯白などさまざまになっている。中国語版は近年復刻されている。

東中野修道『南京事件　国民党極秘文書から読み解く』によると、ヴェスパの本は中国で日本語に翻訳され、表紙に『戦後施策と陸軍の動向』と印刷し、敵方の検査をかいくぐって日本内部へ運び込まれたという。『戦後施策と陸軍の動向』は大岩和嘉雄の著作で一九三七年に高山書院から出版されている。

韓燕麗氏の「戦時中の重慶における映画製作について：『日本間諜』を中心に」（関西学院大学Ex：エクス：言語文化論集第九号）によると、国民政府の臨時首都であった重慶で中国電影製片廠が一九三九年四月、ヴェスパの原作を映画化することを決定した。映画『日本間諜』は一九四三年四月に公開された。この映画には端役として四人の日本人捕虜が出演しているという。韓氏は、「作品そのものは成功作とは言い難いことは確かだが、中国初の国際市場を意識した大作と言っても過言ではなく、むしろそれによって中国映画史上に記憶されるべきであろう」とする。

日本での日本語訳は戦後の一九四六年、山村一郎の訳によって『中国侵略秘史　或る特務機関員の手記』として大雅堂から出版された。同書はVictor Gollancz/Left Book Club版をもとにしていると見られる。

ヴェスパは上海に逃げた後、どうなったのか。外交史料館にある外交文書によると、ヴェスパが本を出したときにハルビンの鶴見総領事は一九三八年九月九日に上海あて電報を発している。ヴェスパが上海フランス租界に居住していると思われるとし、一九三六年十月十五日付と一九三七年一月三十日付けの外交電報の通り満州国警察から刑事犯人として逮捕依頼がでている人物であるとしている。

一九三九年三月十日付のマラヤ・トリビューンによると、ヴェスパは欧州と米国に行く途中、シンガポールに寄った。ヴェスパは外国新聞の通信員を務めていた。中国は団結し、指導者に従えば日本に勝つ、と彼は語っている。また、モンゴルと満州に関する本を書く予定であるとしている。三聯書店から二〇一四年に出版された中国語訳の復刻版の説明によると、ヴェスパは一九三七年八月、マニラに移住した。一九四二年初め、日本軍がマニラを占領したときに逮捕され、一九四三年に亡くなったとしている。一九四一年に死亡したとする説もある。いずれにしても正確なことは不明である。

ハルビン特務機関

「特務機関」の起源はシベリア出兵時に情報収集や謀略工作を担当する機関として設けられたのが最初で、その名称はシベリア派遣軍司令部の高柳保太郎少将が付けたとされている。ハルビン特務機関は一九一七年のシベリア出兵の際に設置され、対ソ情報の収集に当たった。大正年間から昭和の初めにかけてのハルビン特務機関の将校は、関東軍司令部付という身分となった。ハルビン特務機関長には、歴代ロシア関係の人物が当てられ、その補佐官には中国通の将校が置かれた（西原征夫『全記録ハルビン特務機関』）。ヴェスパが特務機関員をしていた時期の前後のハルビン特務機関長は次の通りである。百武晴吉中佐（一九三一年八月—一九三二年一月）、土肥原賢二大佐（一九三二年一月—同年四月）、小松原道太郎大佐（一九三二年四月—一九三四年八月）、安藤麟三大佐（一九三四年八月—一九三七年五月）、樋口季一郎少将（一九三七年八月—一九三八年七月）、秦彦三郎大佐（一九三八年七月—一九四〇年三月）。満洲事変直後に機関長になった土肥原は中国通であった。一九四〇年八月、ハルビン特務機関は関東軍情報部に改編され、全満州の各特務機関は関東軍情報支部に改称された。

満州日報支配人をしていた太原要によると、太原はヴェスパとは仕事の関係上、ヴェスパが張作霖に仕えていた時代から知り合いであったという。太原は『人物往来』（一九五七年六月号）と『日本週報』（一九五六年二月五日号）にそれぞれ「満州無宿・白い手の間諜」、「カスペ虐殺事件の全貌と武藤信義元帥の自刃」と題する文を寄せている。その記述の多くはヴェスパの著書に依拠している。太原によると、ヴェスパは新聞記者仲間では中国名の鳳弗斯という名前で通っていた。彼はハルビンの中国人街の傅家甸に秘密本部を置いていた。地下の一室にあり、電話、ラジオのほか短波無線機が備えてあった。姚麗玉という女性秘書がいた。手先が器用で、スリ仲間では姐御で通っていたという。彼女は太原の活動を助けてくれたとしている。

ヴェスパの記述によると、ヴェスパの「上官」（チーフ）は満洲における日本の諜報機関の長であり、ハルビン特務機関長の土肥原より位が上であった。ヴェスパの最初の「上官」はリットン調査団が一九三二年十月に報告書を公表した直後、東京に呼び戻され、ヴェスパには新しい「上官」がついた。ヴェスパは「上官」の命令で動いた。「上官」は名前を明らかにしていない。

原文にある“Intelligence Service”“Military Mission”は、それぞれ「諜報機関」、「特務機関」と訳した。ヴェスパは、働いていた機関を特務機関第二部と述べている。日本の諜報機関には〝別班〟〝別室〟などと称し、表向きの組織とは別の組織がある場合が多い。ヴェスパもそうした組織で働いていたものとみられる。

ヴェスパが特務機関員に徴用された理由について、太原は財力豊かな国際都市ハルビンから軍資金を調達するために、内情に通じ、外国人に信用のあるヴェスパを利用する必要があったこと。満州各地に抗日の非正規軍が活動していたが、これらの抗日軍の将領と旧知のヴェスパを使って説得し帰順させようとしたことを挙げている。

特務機関の仕事の一つは、満州から金を搾取することであった。金持ちの中国人、ロシア人、ユダヤ人を誘拐して身代金を要求し、財産を奪った。信用の置ける人間にアヘン窟の経営、麻薬の販売、ケシの栽培、日本人売春婦の移入、賭博場の経営の独占権を与え、その見返りに金を支払わせた。

カスペ誘拐事件とコースチャ中村

本書のハイライトはユダヤ人富豪の息子でピアニストのセミョーン・カスペの誘拐殺人事件である。この事件は世界に報じられて、世界中のユダヤ人社会を震撼させた。首都大学東京の中嶋毅教授の『カスペ事件をめぐる在ハルビン・ロシア社会と日本　一九三三―一九三七』（『人文学報』第４９０号）によると、この事件の背景にはハルビンにおける亡命ロシア人ファシストによる反ユダヤ主義的風潮の高まりがあり、一連のユダヤ人資産家誘拐事件の頂点に位置するものであった。

ヴェスパによると、カスペ誘拐事件は日本の憲兵隊が憲兵隊通訳のコースチャ中村を通じて命令し、中村はハルビン警察庁のマルティノフ警部とともに計画を立てた。

ヴェスパは「コースチャ中村」の悪行ぶりを描いている。「カスペ事件においてコースチャ中村は、実行犯グループとの直接の関係を現すことを許されない憲兵隊・特務機関に代わって、その要員として双方の間を結びつける特別な任務に従事していたものと推測される」（中嶋毅）。

「コースチャ中村」とは何者だったのか。

『ハルビン教会の庭』の著者砂村哲也氏は、敗戦のとき哈爾濱中学校二年生であった。同書は読売新聞記者だった砂村氏がハルビンを再訪した一九八八年七月、哈爾濱教会で白系ロシア人の老人と偶然出会うところからはじまる。その老人はカスペ事件の犯人グループの一人のシャンダリであったことがのちにわかる。当時九十四歳であった。それをきっかけに砂村氏はカスペ事件の調査を始める。一九九七年四月には出版されたばかりの『仏レジスタンスの真実』という本を書店で偶然手にした。著者はアルベール・シャンボン。カスペ事件を捜査したフランス副領事である。シャンボンはその時健在であった。砂村氏の問い合わせに対して、当時八十九歳になっていたシャンボンから、ヴェスパの本は事件の全容をかなり正確に述べているという返信を得た。

砂村氏は「コースチャ中村」についてもその正体を解明した。砂村氏によると、彼は一八九五年生まれとみられ、シベリア派遣軍に従軍、朝鮮憲兵隊、ハルビン憲兵隊でロシア語通訳を務めた。正規の通訳官ではなく、雇員であった。憲兵隊のロシア語通訳として、憲兵への密告を武器に恐喝をし、一般の白系ロシア人には蛇蝎のように嫌われたと砂村氏は記している。蛇のような執拗な性格を持ち、「彼に出会うとロシア人の多くは食欲を失った」と白系ロシア人が書いているという。一九四五年八月、彼はソ連軍に逮捕され、シベリアに抑留された。収容所ではソ連側に仲間を売る「密告者」として知られるという。戦犯容疑でモスクワの監獄に連行されるが、一九四八年に帰国した。晩年の一九六八年に『銀杏モスクワの陽に映えて‥戦犯容疑者の視たソ連の人間性』というシベリア抑留記を七山書房から出した。本名は阿部幸一。出版には「ＫＧＢが金を出した」と彼の知人が本人から聴いているという。

さらに阿部について成蹊大学の富田武名誉教授によって驚くべき正体が明らかにされる。阿部は帰国後、米国の防諜機関CICによる尋問を受けた。富田氏は尋問記録の阿部ファイルと『ロシア対外諜報活動史概要』をもとにコースチャ中村＝阿部幸一の実像に迫った（「関東軍に潜入したソ連諜報機関エージェント『アベ』の謎」『歴史読本』二〇一一年九月号）。『概要』は「アベという『将校』が一九二七年からソ連諜報機関にエージェントとして徴募され、ソウル及びハルビン憲兵隊で機密情報を入手・報告し、一時は二重スパイの疑いをかけられたものの、それに抑留中に嫌疑が完全に晴れて帰国した」としている。富田氏は、このアベが阿部幸一とヴェスパの著書に登場するコースチャ中村と同一人物であることを明らかにした。抑留からの引揚者は「満洲では、ロシア人は誰でも中村幸一を知っており、『悪魔』と恐れられていた」とCICの前で証言しているという。『概要』によると、ソ連の諜報機関の要員は、阿部の情報収集の動機は「金と山け」だけだったとしているという。

ファイルによると、阿倍の出身地は佐賀県唐津市七山村。抑留記の出版社の名前はここからとったとみられる。阿部は朝鮮憲兵隊通訳をしていた頃、中村ハツネと結婚して中村姓を名乗った。一九三二年四月にハルビン憲兵隊通訳に転属、一九四〇年に憲兵隊を解雇された。その後、いくつかの職を転々とする。

中嶋氏はカスペ事件について、「実行犯たる白系ロシア人ファシストの背後にハルビン憲兵隊と特務機関の支援が存在していただけでなく、憲兵隊通訳コースチャ中村を通じて事件に深く関与した疑いが濃厚である」とする。

中嶋氏によると、憲兵隊・特務機関とロシア・ファシスト党は相互に利用しあうある種の共犯関係にあり、「一九三四年時点でファシスト党を利用して白系ロシア人の統合を図る計画を推進していた特務機関は、いかなる手段を用いてもファシスト党員の犯罪者を救済せねばならなかった」とする。

関東軍ハルビン特務機関は、白系ロシア人を統制するための組織として「白系露人事務局」を一九三四年十二月に創設した。これは安藤麟三特務機関長と補佐官の秋草俊少佐が構想した。秋草は陸軍中野学校の創設者である。日本の敗戦時に関東軍情報部長だった秋草はソ連軍に逮捕され、一九四九年に獄死する。ハルビン特務機関は白系露人事務局の主要構成員として、ロシア・ファシスト党のメンバーを登用した。富田氏によると、阿部は秋草少佐の指示で「白系露人事務局」を組織化した。阿部＝中村の抑留記には「昭和十一年前後、秋草少佐の指示で白系露人スパイをソ連領内に潜入させた」という記述があるという。ヴェスパの記述と符合する。

武藤信義関東軍司令官が自害したなどと信憑性に疑わしい部分があるのは事実だが、砂村氏もヴェスパの本には「他に求め難い事実、真相が多分に含まれている」とする。日本の満州支配研究に欠かせない文書であることは間違いない。

参考文献

アムトレー・ヴェスパ著・山村一郎訳『中国侵略秘史　或る特務機関員の手記』大雅堂、一九四六年
範士白著・尊聞訳『日本的間諜』三聯書店、二〇一四年（一九三九年版の復刻）
砂村哲也『ハルビン教会の庭』PHPパブッシング、二〇〇九年
東京タイムズ社会部編『世界の誘拐事件』早川書房、一九六三年
西原征夫『全記録ハルビン特務機関』毎日新聞社、一九八〇年
斎藤充功『日本のスパイ王　陸軍中野学校創設者秋草俊少将の真実』学研プラス、二〇一六年
武藤富男『私と満州国』文芸春秋、一九八八年
『二〇世紀満洲歴史事典』吉川弘文館、二〇一二年
Dan Ben-Canaan, "The Kaspe File:A Case Study of Harbin as an Intersection of Cultural and Ethnical Communities in Conflict 1932-1945" Heilongjiang University, 2008
太原要「満州無宿・白い手の間諜」『人物往来』、一九五七年六月号
太原要「カスペ虐殺事件の全貌と武藤信義元帥の自刃」『人物往来』、一九五七年六月号
中嶋毅「カスペ事件をめぐる在ハルビン・ロシア人社会と日本　一九三三―一九三七」『人文学報』第四九〇号、二〇一四年三月
高尾千津子「戦前日本のユダヤ人認識とハルビン・ユダヤ人社会」『一神教学際研究』第一〇号
富田武「関東軍に潜入したソ連諜報機関エージェント『アベ』の謎」『歴史読本』、二〇一一年九月号

■著　者　アムレトー・ヴェスパ（Amleto Vespa）
"Secret Agent of Japan　A Handbook to Japanese Imperialism",
Victor Gollancz/Left Book Club,London, 1938.
"Secret Agent of Japan",Little, Brown and Company,Boston, 1938.

■訳・解説　**鳥居　英晴**（とりい　ひではる）
1949年、東京、武蔵野市生まれ。

1972年、慶應義塾大学卒業後、共同通信社入社。社会部、新潟支局、ラジオテレビ局報道部、国際局海外部、2002年退社。

［著書］『国策通信社「同盟」の興亡-通信記者と戦争』花伝社、『日本陸軍の通信諜報戦』けやき出版。

［訳書］アンドレイ・ランコフ『民衆の北朝鮮-知られざる日常生活』花伝社。

関東軍特務機関員だったイタリア人の手記

2019年8月5日第１刷発行　定価4,200円＋税

著　者　アムレトー・ヴェスパ（Amleto Vespa）
訳・解説　鳥居　英晴
発　行　柘植《つげ》書房新社
〒113-0001　東京都文京区白山1-2-10-102
TEL03（3818）9270　FAX03（3818）9274
https://www.tsugeshobo.com　郵便振替00160-4-113372
装　幀　市村繁和（i-Media）
印刷・製本　株式会社紙藤原

乱丁・落丁はお取り替えいたします。　ISBN978-4-8068-0728-5　C0030

JPCA
日本出版著作権協会
http://www.jpca.jp.net/
本書は日本出版著作権協会（JPCA）が委託管理する著作物です。
複写（コピー）・複製、その他著作物の利用については、事前に日本出版著作権協会（電話03-3812-9424, info@jpca.jp.net ）の許諾を得てください。